黄庭坚集全鉴

〔宋〕黄庭坚◎著

东篱子◎解译

中国纺织出版社有限公司 | 国家一级出版社
全国百佳图书出版单位

内 容 提 要

《黄庭坚集全鉴》精选了北宋文学家黄庭坚的诗、词、散文中的名篇精华。黄庭坚是宋代诗坛最典型的代表，也是宋代最大的诗歌流派——江西诗派的开山领袖人物。书中对一百多篇诗文给予注释、译文及著作赏析，较全面地反映了黄庭坚“不俗”的人格精神。

图书在版编目（CIP）数据

黄庭坚集全鉴 /（宋）黄庭坚著；东篱子解译. --北京：中国纺织出版社有限公司，2020. 11

ISBN 978-7-5180-7856-1

Ⅰ. ①黄… Ⅱ. ①黄… ②东… Ⅲ. ①黄庭坚（1045-1105）—古典文学—文学欣赏 Ⅳ. ①I206.441

中国版本图书馆CIP数据核字（2020）第177974号

策划编辑：金卓琳　　责任编辑：段子君
责任校对：高　涵　　责任印制：储志伟

中国纺织出版社有限公司出版发行
地址：北京市朝阳区百子湾东里 A407 号楼　邮政编码：100124
销售电话：010—67004422　传真：010—87155801
http://www.c-textilep.com
中国纺织出版社天猫旗舰店
官方微博 http://weibo.com/2119887771
佳兴达印刷（天津）有限公司印刷　各地新华书店经销
2020 年 11 月第 1 版第 1 次印刷
开本：710×1000　1/16　印张：20
字数：242 千字　定价：48.00 元

前言

黄庭坚（1045—1105），字鲁直，号山谷道人，江西洪州分宁（今江西修水县）人。黄庭坚自幼便聪颖过人，读书几遍之后就能熟练背诵。后来，这个从江西一个小村庄走出来的农家孩子成了一位与苏轼齐名、在中国书法史上举足轻重的人物。

作为北宋一代著名的文学家、书法家，黄庭坚的诗是最具宋诗艺术特色的，受黄庭坚的影响而形成的江西诗派，开启了南宋的一代诗风，并对后世造成了深远的影响。可以说黄庭坚是江西诗派的开山鼻祖，他与张耒、晁补之、秦观四人被世人合称为“苏门四学士”，黄庭坚生前甚至与苏轼齐名，世称“苏黄”。黄庭坚的主要作品有《山谷词》《登快阁》等。

黄庭坚在诗词上专学杜甫、韩愈，并取得了巨大的成就。黄庭坚在宋英宗四年（1067），即他二十三岁的时候考中进士，苏轼称赞他“超逸绝尘，独立万象之表”，可见黄庭坚有着出众的才华与超人的天赋。黄庭坚一生坎坷，可他在诗词与书法艺术上的成就确实是惊人的，对后世也产生了深远的影响，苏轼做侍从官时，曾举荐黄庭坚代替自己，推荐词中有“瑰伟之文，妙绝当世；孝友之行，追配古人”之句，可见苏轼对黄庭坚的器重。

黄庭坚的诗词很多篇章都非常有名，在他的带动和影响下，后来形成了庞大的江西诗派，在中国文学史上有着很高的地位。黄庭坚的诗歌，现存1900多首，多以近体居多，七言为主，人们常以“生、新、瘦、硬”来概括他的诗词风格，他自己也比较推崇“平淡而山高水深”，他的诗词就像流水中的石头，坚硬的本质没有变，随着岁月的冲刷，却不再张扬，这种变化是黄庭坚一生经历与磨炼的结果，这种思想在他的诗作里也多有体现。

黄庭坚的词现存90多首。他的词近于诗，在词的字词锤炼上虽然比不上他的诗的精致，但更多了一分通俗气息，更加活泼，更加自然，黄庭坚很注重词的流畅与清新。

黄庭坚的散文也很具特色，当时民间有言：“元祐文章，世称苏黄。”黄庭坚的散文创作在他生前就享有声誉，流传甚广。黄庭坚曾和苏门盟主苏轼以及广大同门汇聚京师，一起致力于文学创作，这一时期的黄庭坚富有创作激情，散文数量首次超出同期的诗歌，呈现奇特瑰丽的艺术特色。虽然后来遭遇贬谪，但这一时期黄庭坚的散文创作不但没有停止，甚至达到了鼎盛时期。黄庭坚对人生和散文创作的真谛领悟深刻，为文无意而意至，语言质朴，蕴藉有味，形成了他平淡、老成的创作风格。黄庭坚在散文创作上比较注重自我修养，并着力塑造完美的人格，将外在的伦理规范化为内心的自觉要求。另外，他还强调师古创新，通过学习文学大家的优秀作品，勇于创新，形成了特色鲜明、自成一家的散文体系。

黄庭坚一生为人正直，执法不阿，但却一生官运不顺，仕途不达，几经磨难，黄庭坚于崇宁四年（1105）转到永州，他还未听到宣布任职的命令就客死在宜州（广西宜山县）贬所，终年六十岁。

本书精选了黄庭坚的诗、词、散文中的名篇精华100多篇，逐篇给予注释、译文及著作赏析。全书比较全面地反映了黄庭坚的思想、文学成就及为人处世的态度，便于读者更好地品读国学精粹。

书中篇目详尽地反映了黄庭坚“不俗”的人格精神，与其情感纯正的内心世界，篇篇皆为黄庭坚著作的经典作品，以供各界同仁和广大读者阅读赏鉴。

目录

第一部分　五言诗

第二部分 七言诗

第三部分 杂言诗

第四部分 词

第五部分 散文

第一部分　五言诗

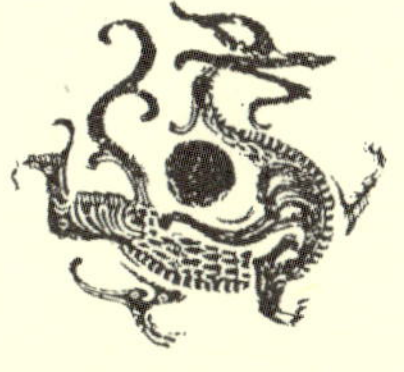

早行

【原文】

失枕惊先起[1]，人家半梦中。

闻鸡凭早晏[2]，占斗辨西东[3]。

辔湿知行露[4]，衣单觉晓风。

秋阳弄光影，忽吐半林红。

【注释】

①失枕：睡着时不觉头离开枕头。

②凭：判断。晏（yàn）：晚、迟。

③占：观察。斗：北斗星。

④辔（pèi）：驾驭牲口用的嚼子和缰绳。

【译文】

晚上睡不安稳，迷迷糊糊中忽然被惊醒，早早地起床，人们多半还在睡梦之中。

听到鸡叫了，人们就知道了时候的早晚，望着北斗星，可以来分辨所在的方向。

马络头湿了，才知道路两旁都是露水；衣裳单薄，让人感到晨风的寒凉。

秋天的朝阳在云彩中卖弄着光影，吐出万道耀眼的霞光，把树林的半边都映得通红通红的了。

【赏析】

熙宁元年（1068）九月，黄庭坚赴任叶县（今河南叶县）县尉。此诗当作于赴叶途中。此诗既表现了旅途的苦辛，也表达了对大自然美景的欣喜。或许是由于初入仕途，急切赶路的诗人尚未产生思乡的愁绪，更多的是对未来的憧憬，尽快让自己一试身手、实现自我价值的渴望。

本诗无论在诗歌的艺术风格、组织结构上，还是词汇的使用上，都有着明显的模拟唐诗的痕迹，如果把它混到唐代的诗集中，也很不容易分辨出来。这正说明了宋诗为什么要走上革新的道路。此诗风致极佳，景色优美，是一首清新、雅致的五律诗。

古诗二首上苏子瞻

【原文】

其一

江梅有佳实[1]，托根桃李场[2]。
桃李终不言，朝露借恩光[3]。
孤芳忌皎洁，冰雪空自香[4]。
古来和鼎实[5]，此物升庙廊[6]。
岁月坐成晚，烟雨青已黄。
得升桃李盘，以远初见尝。
终然不可口[7]，掷置官道旁。
但使本根在，弃捐果何伤[8]！

其二

青松出涧壑，十里闻风声。

上有百尺丝[9]，下有千岁苓。

自性得久要[10]，为人制颓龄。

小草有远志，相依在平生。

医和不并世，深根且固蒂。

人言可医国，何用太早计！

小大材则殊[11]，气味固相似。

【注释】

①江梅：生长在江边的梅。

②托根：寄根，寄生。场：这里指场圃。

③恩光：君王之恩。

④冰雪：比喻梅花洁白而富有光泽。空：仅仅，徒然。

⑤和鼎实：调和鼎中之物。

⑥庙廊：指朝廷。

⑦终然：终于，到底。

⑧弃捐：遗弃、罢黜。

⑨百尺丝，这里指菟丝，一种缠绕寄生的植物。

⑩自性：自身的本性。得：能够。

⑪小大材：指小草与青松。

【译文】

其一

江梅长有美好的果实，生长在桃李滋生的场地。

桃李始终不肯说它的好话，江梅只凭着朝露的恩光成长。

高洁的江梅孤芳自赏，容易招致妒忌，它默默在冰雪中散发清香。

古来调制羹要靠梅子，它本应进入高高的朝堂。

可惜岁月空度，为时已晚，在烟雨中梅子已由青变黄。

梅子跟桃李同置盘中，因它来自远方而被人品尝。

但它实在不那么可口，终于被抛掷在官道一旁。

但是只要它的本根还在，果实被弃又何妨！

其二

青松生长在幽涧深壑之中，但十里外都能听到风吹动它的声音。

在它上面绕有百余尺长的菟丝，在它下面匍匐着千年的老茯苓。

据茯苓的本性，能与松树做长久的朋友，为人类却老延年。

菟丝虽是小草，也有远大的志向，能跟松树生死相依。

古时的名医医和已不在世上，那就先深扎下根来，坚固本蒂吧！

小草和大树，材能是有不同的，但它们的品格和情调却很相似。

【赏析】

元丰元年（1078），黄庭坚任北

京国子监教授时，写了一封信给正在徐州的苏轼，并附上古诗二首，表示自己的倾慕之情，苏轼也和了诗，两位诗人从此相交，终生不渝。苏轼，字子瞻，号东坡居士，眉山（今四川眉山市）人，是我国历史上杰出的散文家、诗人。他早年政治上偏于保守，因反对王安石推行的新法，屡遭贬斥，历任杭州、密州、徐州等处的地方官，较关心人民的疾苦，做官时也做了一些好事。苏轼是宋诗革新的主将，他的诗内容比较充实，想象力丰富，豪放自然，艺术形式变化多端，充满着浪漫主义色彩，后人比之为宋代的李白。

黄庭坚的这两首诗皆用比体。第一首以江梅喻指东坡，而以桃李场喻指当时的官场。诗文通过咏梅，赞美苏东坡独立不移的品格，并惋惜其遭遇。第二首以涧松喻苏轼，谓其虽大才而不得其用，却声名远播。又以菟丝自喻，希望自己能与青松长久相依。在这里表明了黄庭坚虽为“小草”，却有远大的志向，与苏轼一样都具有“医国”的远大抱负。

和师厚接花①

【原文】

妙手从心得，接花如有神。

根株穰下土②，颜色洛阳春③。

雍也本犁子④，仲由元鄙人⑤。

升堂与入室⑥，只在一挥斤⑦。

【注释】

①师厚：谢师厚，名景初，黄庭坚的岳父。

②穰（ráng）下：指穰县，今河南邓州市。

③洛阳春：指洛阳牡丹花。

④雍也：指孔子的学生冉雍，字仲弓。

⑤仲由：指孔子的学生子路。元：原。鄙人：粗鄙之人。

⑥升堂与入室：均指境界、层次的提升。

⑦挥斤：挥动斧头。

【译文】

精妙的技艺是要由心灵去领会的，这位妙手嫁接花木如有神助。

花的根株深植于穰下的泥土中，花的颜色也化作了洛阳的春色。

冉雍本来是微贱之子，仲由原来也是粗鄙之人。

无论是升堂还是入室，只在大家名流一挥动斧头那一瞬间就决定了。

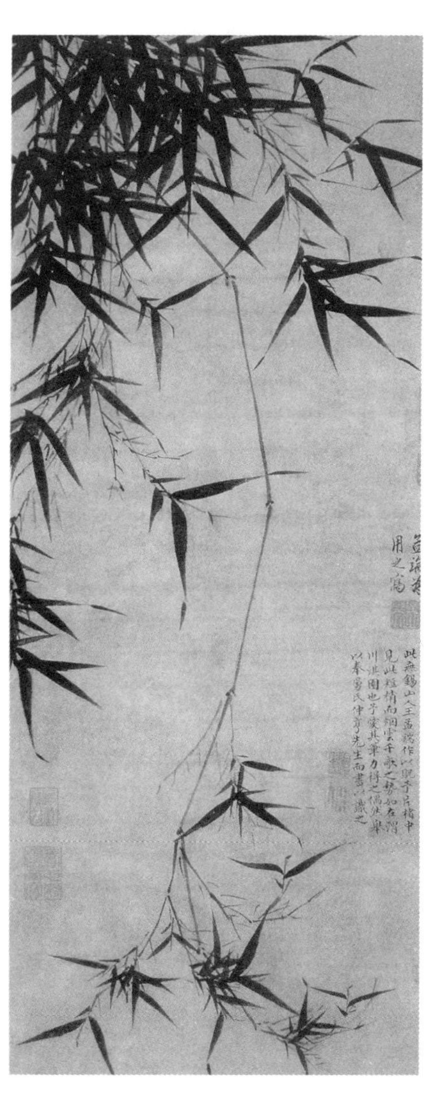

【赏析】

本诗作于元丰元年（1078），当时谢师厚闲居于邓州。诗句从花木的嫁接入手，先赞叹其神妙。接着由接花而感悟到人才的培养，孔门弟子中的粗鄙之人能够登堂入室，也全得力于导师的点拨指引，犹如嫁接的“一挥斤”。此诗妙在由琐事而悟人生哲理，类似禅悟的机锋，方回称“山谷最善用事，以孔门变化雍、

由譬接花，而缴以庄子挥斤语，此‘江西’奇处”（《瀛奎律髓》卷二十七），但也有人批评此诗“腐陋”“穿凿”。

竹轩咏雪，呈外舅谢师厚，并调李彦深①

【原文】

破腊春未融，土膏寒不发。

数声鸣条风，一夜洒窗雪。

开轩万物晓，落势良未歇。

铿铿青琅玕②，阅此岁凛冽。

摧埋头抢地，意气终自洁。

君子谓此君，全身斯明哲。

屋头维女贞，颜色少泽悦。

稍能窥藩篱，亦有固穷节③。

佳兴冉冉生，门外无车辙。

写之朱丝弦④，清坐待明月。

【注释】

①外舅：岳父。调：嘲弄、戏谑。李彦深：南阳人，谢师厚之友。

②琅（láng）玕（gān）：神话和传说中的仙树，也是翠竹的美称。

③固：坚守。

④丝弦：琴声。

【译文】

腊月底，春气还未融和，泥土冻结了，也不曾开耕。

几阵寒风，吹得枝条发响。一夜间，飞雪洒满窗上。早晨，打开门，万物都醒来了，但雪还下得正紧。

坚挺的绿竹，经受着这冬天刺骨的寒冷，被风吹倒，竹梢也碰撞在雪地里，但它始终保持着高洁的意志和气概。

君子认为这些竹子，能保全自己，就是明智的了。

屋头还有株女贞树，它的容貌和表情不够光彩愉快，但还能窥探一下道理的门墙，也能坚持自己贫穷中的气节。

我渐渐生起美好的兴致，门外没有来访者的车辙。把这些思想用琴声表达出来，清静地坐着等待明月升起。

【赏析】

元丰元年冬，黄庭坚因事从汴京（今河南开封市）回到南阳，写了这首咏雪诗呈给他的岳父谢师厚。本诗赞美在风雪中的竹子和女贞树，冬青岁寒，保持不屈不挠的品节。

宿旧彭泽怀陶令

【原文】

潜鱼愿深渺，渊明无由逃①。

彭泽当此时②，沉冥一世豪。

司马寒如灰，礼乐卯金刀③。

岁晚以字行④，更始号元亮⑤。

凄其望诸葛⑥，肮脏犹汉相⑦。

时无益州牧，指挥用诸将。

平生本朝心，岁月阅江浪。

空余时语工，落笔九天上。

向来非无人，此友独可尚。

属予刚制酒⑧，无用酌杯盎⑨。

欲招千载魂，斯文或宜当⑩。

【注释】

①渊明：指潭水清澈，即水清无鱼。

②彭泽：地名，即彭泽县，陶渊明曾担任彭泽县令。

③卯（mǎo）金刀：指“刘”字。

④以字行：指陶渊明，字元亮。也有人称其名为陶潜，字渊明。

⑤更始：指重新开始。

⑥凄其：指寒凉之意。其，词尾。在这里主要形容情绪凄凉。

⑦肮脏：指刚直倔强。犹：好似。汉相：这里代指诸葛亮。

⑧属：刚好，恰好。制酒：即戒酒。

⑨无用：不能。酌：斟酒，这里指以酒祭献。杯盎：泛指盛酒的容器。

⑩斯文：这篇文章，就是指这首诗。

【译文】

在水里游来游去的鱼儿希望在幽深的水底潜伏，可是因为水过于清澈见底，以至于水中的鱼儿无处可躲藏。

古时候的彭泽县，曾经将陶渊明这样的绝世英豪埋没了。

汉朝是刘姓的天下，善于制作礼乐制度，可是，传到司马氏的手里已经慢慢衰落了。

陶渊明在中年过后只喜欢用自己的字号，因为想要重振朝纲，所以将自己的字号改为元亮。

情绪悲凉地去缅怀汉代名相诸葛亮，陶渊明那刚直倔强的性格也和诸葛亮十分相似。

可惜的是，晋代时期没有像三国时期益州太守刘备那样的人，懂得识别并招揽贤才良将为己所用。

以至于陶渊明白白浪费了自己想要安邦定国的心愿，不得不将岁月在江湖上消磨殆尽。

陶渊明的一生只留下精美的诗篇华章，他的诗篇好似从九重天落笔一样读起来十分美妙。

古往今来，可敬的人有很多，可是只有陶渊明才能最值得我交往和敬仰。

不巧的是我正处于戒酒时期，所以不能斟满一杯酒为陶渊明献祭。

如果想要召回千年前的陶渊明灵魂，恐怕这首诗更为合适恰当。

【赏析】

这首诗写于宋神宗元丰三年（1080）冬，当时的黄庭坚由京师贬谪到吉州太和县做官，途径彭泽县的时候，忍不住缅怀并追忆当时曾在彭泽县做过县令的陶渊明，这首词创作的初衷便由此而来。

晋义熙元年（405）八月，陶渊明曾为彭泽令，十一月解印绶弃官返回自己的家乡隐居。

陶渊明一生操守高洁，从来不会因为五斗米折腰，历代以来都受到文人、士大夫的推崇和赞赏。

黄庭坚在这首诗中，对陶渊明光明高洁的人格和卓尔不群、从不与世俗同流合污的高尚品格表示深深的钦佩和企慕之情。同时，诗人更感叹这个世界上再也找不到像刘备那样的贤主，不能选贤用能，白白地让陶渊明这样心怀高远志向的人，空怀报国之情而不得伸展。全诗立意深远，沉痛感人，用典炼字，都体现出高超的艺术技巧。诗人强调陶渊明疾恶除暴之志与壮志未酬的悔恨之情，在历朝历代缅怀陶渊明或歌颂陶渊明高洁品格的诗文汇总中别具一格。

诗人特意说陶渊明将自己的字号更改，是想要自比诸葛亮，说他想要兴复汉室，让汉室和盗取汉室的贼人誓不两立。然而，到了晋代，许多臣子都只会趋炎附势，陶渊明观察到真正支持正统的人太少了，于是他在心灰意冷之下选择辞官归隐，他那刚强不屈的品格让世人赞叹不已。

陶渊明的一生尽管对当时朝廷忠心耿耿，但是，随着时间缓缓流逝，他的才华抱负却无法施展出来，终究壮志难酬，等到陶渊明去世后，流传下来的就只有那些优美的诗句了。

实际上，陶渊明创作的诗词在南朝时期并不出彩，直到唐朝时期才开始得到许多人的赞赏，而到了宋代，陶渊明的诗句传诵几乎达到顶峰，仅苏轼一

人就和陶诗一百多首，这样的盛况是曹植、刘禹锡、李白、杜甫等人望尘莫及的，从这首诗中，读者也可体会到黄庭坚对陶渊明诗词的极度推崇之意。

次韵道辅双岭见寄三叠（其一）

【原文】

莲塘倒箭靫①，桂影凉霜兔②。

平生知音地，地下无尺素③。

十夜九作梦，虏乘惊沙度④。

时不与我谋，征西枕戈去。

【注释】

①靫（chá）：盛箭的容器。

②霜兔：玉兔。

③尺素：指书信。

④虏：敌人。

【译文】

在秋天的莲塘中，枯莲梗枝枝挺立，像把箭袋里的箭全部倒出，倒插在水里似的。

在生平的知己那儿，地下没有书信寄回来。

十夜中九夜都做梦，敌人趁着大风沙越过沙漠来犯。

那水塘中坚挺的莲梗，又像是一个个严阵以待的士兵，时时准备出阵，准备牺牲。

【赏析】

两句景物描写都突出一个“凉”字，借这自然的景物烘托出一个苍凉、悲壮的环境气氛，用以哀悼那些为保卫家园而战死的英勇将士。诗句具有一种悲壮之美，令人回肠荡气。

元丰五年，沈括等建议朝廷在西北边境横山一带修筑工事，防备西夏入侵。神宗派徐禧建永乐城（今陕西米脂县西北）。九月，西夏倾国攻永乐，围城。救兵不至，城陷，徐禧败死，丧士卒役夫二十余万，举朝震动。黄庭坚对这次败仗感到很痛心，写了许多首诗赠给徐禧的朋友魏泰，表示抗击敌人的决心和对阵亡将士的哀悼之情。道辅：魏泰，字道辅，襄阳人，自号汉南居士，著有《东轩录》。三叠是指在乐府诗中，把一些句子反复重叠歌唱。

过家

【原文】

络纬声转急[①]，田车寒不运。
儿时手种柳，上与云雨近。
舍傍旧佣保，少换老欲尽。
宰木郁苍苍，田园变畦畛[②]。
招延屈父党[③]，劳问走婚亲。
归来翻作客，顾影良自哂。
一生萍托水，万事霜侵鬓。
夜阑风陨霜，干叶落成阵[④]。

灯花何故喜？大是报书信。

亲年当喜惧，儿齿欲毁龀。

系船三百里，去梦无一寸。

【注释】

①络纬：蟋蟀。

②畦（qí）畛（zhěn）：田间的界道。

③屈：委屈。

④干叶：枯叶。

【译文】

蟋蟀的鸣声越来越急；田畔的水车天寒难转。

我小时候亲手种植的柳树，现在已长得耸入云天了。

当年在屋旁的旧仆人，年轻的已更换，年老的也快死尽了。

山冈上的树木郁郁苍苍，田园中的畦径也改变了。

对我殷勤地招待宴请，委屈了父辈的亲族，亲自到来向我问候，真累了亲戚们走动。

回到家中，反而变成了客人；看着身影，真觉得自己好笑。

我这一生，像浮萍附水，到处漂流；万事纷纭，到头来只余得满鬓白发。

夜深了，寒风中繁霜零落；枯叶飞舞着，密密层层。

灯花结了，是有什么喜事吗？多半是来报书信吧！

母亲年高，自己既感到喜悦，又有些担忧。

家人的船虽然停泊在三百里外，但离开我的梦境还不到一寸。

【赏析】

元丰六年（1083）十二月，黄庭坚自江西太和移监山东德州德平镇。途经家乡分宁，作了此诗，表达对故乡和亲友的深厚感情。本诗在结构上，真

如作者所主张的“命意曲折”，诗中把景物、环境、故乡的变化、亲戚的关系跟自己的感怀结合起来写，叙事、写景、抒情浑然无间。语言上力求生新，用字简练，读起来令人印象深刻。

次韵刘景文登邺王台见思五首（其一）

【原文】

旧时刘子政[①]，憔悴邺王城。

把笔已头白，见书犹眼明。

平原秋树色，沙麓暮钟声[②]。

归雁南飞尽，无因寄此情[③]。

【注释】

①旧时：以往，往昔。

②暮：傍晚。

③因：办法，理由。

【译文】

像古时刘向那样的才智之士，如今在邺王城中，独自憔悴。虽然鬓发斑白，却依然提笔做文章，一旦拿起书，双眼都亮了，仿佛又回到年少时。

我在平原城外，远望秋天的树色，一片苍苍；你在沙麓之上，听着日暮的钟声，传遍广野。

秋天，南飞的归雁已经过尽，再也没法把这片深情寄出去了。

【赏析】

这组诗的风格很近唐诗，本诗作于元丰七年（1084）。当时黄庭坚在德州德平镇任上，刘景文居相州郸县，登郸王台作诗以寄，黄庭坚因而和之。这组诗表现了对友人深切的思念之情，诗中如“平原秋树色，沙麓暮钟声”“积潦干斗极，山河皆夜明”等，都是情景交融的好句。本诗大力赞美了刘景文出众的文学才华，并为他怀才不遇而深表惋惜。程千帆先生《古诗今选》说：“前四句一层，五六二句又是一层，但均为正比，结二句为反比。”刘季孙，字景文，河南祥符（今河南开封）人，好学能诗文，曾为王安石赏识提拔。苏东坡和黄庭坚都很爱重他，经常诗酒唱酬，并称赞他是“慷慨奇士”。

次韵吴宣义三径怀友

【原文】

佳眠未知晓①，屋角闻晴哢②。

万事颇忘怀，犹牵故人梦。

采兰秋蓬深，汲井短绠冻③。

起看冥飞鸿，乃见天宇空。

甚念故人寒，谁省机与综。

在者天一方，日月老宾送。

往者不可言，古柏守翁仲。

【注释】

①未知晓：不知道天色已亮了。

②哢（lòng）：鸟叫。

③绠（gěng）：绳子。

【译文】

睡得香甜不知天色已亮，听到屋角传来鸟儿的啼声。

世间万事都不关心，但故人依然经常入梦。

香兰被秋蓬所遮蔽，无法采撷；寒冽的井水由于绳子短了，不能汲引。

起来看到在天上飞的鸿雁，才真正感到天宇的空阔。

最挂念的是故人是否寒冷，不知有没有人为你将寒衣织成。

现在还活着的友人远在天边，人在迎送日出月落中逐渐变老了。

至于死者，还有什么话可说呢；看着在墓道古柏旁守护着的翁仲，便把一切都看破了。

【赏析】

诗人珍惜朋友间金石般的情谊，什么都可以忘怀，唯独故人是不能离弃的，甚至连贫贱、死亡都无法把友情阻隔。诗中赞美吴宣义对朋友的深情，笔力甚重，在章法上亦有开有合，结构自佳。吴宣义：名籍未详。宣义：宣义郎，北宋时寄禄官名。三径：指隐居所住的田园。《三辅决录》载，西汉末，王莽专权，兖州刺史蒋诩归乡里，“荆棘塞门，舍中有三径，不出，唯求仲、羊仲从之游”。黄爵滋《读山谷诗集》评云：“此诗即效渊明体，而得其神理。”

题宛陵张待举曲肱亭①

【原文】

仲蔚蓬蒿宅②，宣城诗句中③。

人贤忘巷陋，境胜失途穷。

寒菹书万卷④，零乱刚直胸。

偃蹇勋业外⑤，啸歌山水重。

晨鸡催不起，拥被听松风。

【注释】

①宛陵：古县名，宋时名宣城县，为宣州治所，今属安徽省。

②仲蔚：指东汉张仲蔚，隐居不仕，“所处蓬蒿没人，闭门养性，不治荣名”（皇甫谧《高士传》）。

③宣城：指南齐诗人谢朓，他曾任宣城太守，世称“谢宣城”。

④寒菹（zū）：冷的腌菜。

⑤偃（yǎn）蹇（jiǎn）：高蹈遗世。勋业：功名事业。

【译文】

东汉隐士张仲蔚的住处蓬蒿没人，原来他是在闭门养性；南齐的谢宣城经常在别人的诗句中被提及。

只要有贤能的人，就会忘记巷里的简陋，如果身居胜境，那也不会有穷途末路的悲哀。

只有那简单的饭食与万卷藏书占据你的心中。

张待举不追求功名与事业，高蹈遗世，徜徉于山水林泉，长啸而歌。

你高卧在床，那早晨的阵阵鸣叫不能把你叫起，你只管拥被而卧，听那阵阵松风。

【赏析】

此诗作于元丰七年（1084），时黄庭坚监德州德平镇。这首诗是一首题咏亭子的诗，但咏亭实为咏人。

既是咏亭，则离不开写物，然此诗却并不黏着于景物，而是脱略其形迹，以人形物。前四句尚是人与境合写，但境只是由人带出，诗中写到四位古人，由其人其事烘托出居处的朴拙古雅，如“人贤”一联谓有贤者在就忘却了巷陌的陋穷，居于胜境也就不会有穷途的悲叹，人格为穷巷增色，景色又替人排忧，人与境交相映照。

随后写他心中不以功名事业为念，唯有简单的饭食与万卷书籍，从而写出了其安贫乐道，专一读书。“啸歌山水重”给我们展示了一个徜徉山水林泉之间的隐士的品格，即超尘出世。随后两句“晨鸡催不起，拥被听松风”很传神地刻画了一个拥被高卧，聆听窗外阵阵松风的隐士形象。因为人有此种品格，那么所居之处、所建的亭子自然也就具有了这种品格。

送舅氏野夫之宣城二首

【原文】

其一

藉甚宣城郡①，风流数贡毛②。
霜林收鸭脚③，春网荐琴高④。
共理须良守⑤，今年辍省曹⑥。
平生割鸡手⑦，聊试发硎刀⑧。

其二

试说宣城郡，停杯且细听。
晚楼明宛水⑨，春骑簇昭亭⑩。
稆秬丰圩户⑪，桁杨卧讼庭⑫。
谢公歌舞处⑬，时对换鹅经⑭。

【注释】

①藉甚：指名气很大。

②贡毛：即紫毫笔。

③霜林：一作“林霜”。鸭脚：这里指银杏，因银杏叶的形状好似鸭脚而得名。

④荐：献。

⑤理：这里专指治理政事。

⑥辍：中止。省曹：此处指京官。

⑦割鸡手：这里指大材小用，沉沦下僚。

⑧硎（xíng）：磨刀石。

⑨宛水：这里指宛溪，发源于安徽宣城县东南的峄山。

⑩骑：这里指州太守部属。昭亭：这里指宣城北的昭亭山。

⑪䆉稏（yà）：此处指水稻。圩户：指种田的农户。

⑫桁（héng）杨：加诸犯人脖颈或脚踝上的大型刑具。庭：这里指诉讼案件的地方。

⑬谢公：即谢朓，南朝齐陈郡阳夏人，字玄晖，和谢灵运同族，素有小谢的美誉。

⑭换鹅经：这里指王羲之书写《道德经》，用来和某道士换鹅的故事。

【译文】

其一

宣城郡是颇负盛名的地方，用作进贡的紫毫笔便是这里首屈一指的特产。

秋霜季节，林中一眼可以看到银杏叶落满一地，在春天来临之际，适合献上丝网捞起的鲤鱼。

治理政事必须是贤良的太守，今年的你已经不再是京官了。

细数你的一生，当真是大材小用，这次暂且再试试你重新打磨的刀具。

其二

我试着和你说说宣城郡的情况，请你将手中的酒杯放下仔细听。

每天黄昏时分，有一条清澈的宛溪在亭台楼阁间环绕，春天到来的时候，部将们将会簇拥着你前往昭亭山宴饮。

水稻长势很好，种田的农户家庭富足，衙门里的刑具常常闲置，足以预见你在治理政事上法纪严明。

到那时候，你将会和当年的风流太守谢朓一样每天欢欣起舞，还会有空闲时间吟诵王羲之书写的《道德经》。

【赏析】

黄庭坚所写的这两首诗具有很强的连贯性，因而放在一起是非常合适的。其中前一首诗主要对宣城郡的物产之富饶、景色之秀丽大加赞赏，并着重写了宣城郡的特产——紫毫笔。也有暗指历代的文人墨客曾用紫毫笔写下许多名篇佳句的故事。这首诗的尾联诗人对舅父的执政能力予以肯定，说其在治理政事上是一把能手，只可惜朝廷对其大材小用。

后一首诗的前两句，主要赞叹了宣城郡的自然风光有山有水，风景宜人。后两句诗用神来之笔，为舅父描述他离开京师去宣城郡上任后将会出现的盛况：等到舅父到任后，一定会受到万民拥戴，并且不久后，还会出现人们生活富足、政治清明的大好前景。在这里，诗人还用曾在宣城郡做官的谢朓赞叹舅父的风流文采，并用王羲之书写《道德经》换取大白鹅的故事比喻舅父的淡泊名利的心境。整首诗读来顺畅简洁，其中丰富的内涵更是为人所津津乐道。诗人凭借高超的写作手法，融入了宣城郡的风景名胜、历史人物，将送舅父上任的故事娓娓道来，而又不落俗套。

黄庭坚在诗词上的造诣很高，素与苏轼齐名，世人将黄庭坚和苏轼二人简称“苏黄”。传闻黄庭坚作诗的时候，喜欢精雕细琢，在用词用典上很有讲究。诗人在送别舅父时所写的这两首诗寓意深远。比如说前一首诗的中间两联对仗极为工整，比如颔联的“霜林收鸭脚，春网荐琴高。”其中的“霜林”对“春网”，“鸭脚”对“琴高”，都是活用名词、动词为形容词的典范，历来为人所效仿。黄庭坚平生多以叙述为诗、以议论为诗及以理趣为诗的新奇艺术手法，形成了他本人的独特个性。

这两首诗很可能写于元丰八年（1085），当时是黄庭坚的舅父李莘将要去宣城郡担任知州，黄庭坚特别写了这两首诗相赠。

和答钱穆父咏猩猩毛笔

【原文】

爱酒醉魂在，能言机事疏。

平生几两屐①，身后五车书。

物色看王会②，勋劳在石渠。

拔毛能济世③，端为谢杨朱④。

【注释】

①几两屐：意为生命很短，一生又能穿得了几双木屐呢。这里暗指一生会中几次圈套。

②物色：此处指各种物品。

③济世：救助世人。

④端：应。谢：告诉。

【译文】

猩猩因贪喝酒而被人擒获，其毛被制成笔，但笔上存有其魂；猩猩能学人语，也不免泄露机密之事而遭擒获。

不知猩猩在短短的一生之中能穿几双屐，加之因贪小欲而丧生，实是一生短暂；而猩猩在身后，则以其毛所作之笔写出了大量著作。

要找猩猩毛笔，只能到《王会》篇里去查，因为猩猩毛笔来自外国；毛笔有著述之功用，故石渠阁中的大量藏书正表征着它的功勋劳绩。

拔出猩猩的毛，制成了笔，能有利于世，我真的应该把这个道理告诉杨朱了。

【赏析】

此诗作于元祐元年（1086）。黄庭坚《戏咏猩猩毛笔跋》:“钱穆父奉使高丽，得猩猩毛笔，甚珍之。惠予，要作诗。苏子瞻爱其柔健可入意，每过予书案，下笔不能休。此时二公俱直紫微阁，故予作二诗，前篇奉穆父，后篇奉子瞻。”此诗便是前篇。

这首诗咏叹毛笔，镕铸典故，结合身世，抒发感情。通过想象和议论来挖掘出毛笔所蕴含的丰富文化内涵，以精深的艺术功力剪裁旧典入于诗中，生发出崭新的内容和意境，大发议论而又不使人生厌，无一处描摹物象却仍显得天趣盎然。这些地方，正体现出宋人咏物诗的独具特点，更揭示了江西诗派诗歌创作的一些规律性的东西。

黄庭坚是运用典故的大师，“取古人之陈言入于翰墨”，把旧有的典故运用到诗里，表现崭新的内容。此诗体现了黄庭坚用事精微的特色。像“五车书”“王会”“石渠”“拔毛”这些典故，本来与猩猩风马牛不相及，但经由作者的拼接，竟然构成了巧妙的意境。本诗用典之妙还在于，虽然字字有来历，却又使人不觉得是用典，读者即使不知道在用典，一样可以领会诗意，这就是“如水中著盐，饮水方知盐味”的用典活法。纪昀评：“点化甚妙，笔有化工，可为咏物用事之法。”

和邢惇夫秋怀十首（其一）①

【原文】

吾友陈师道，抱瑟不吹竽②。

文章似扬马，咳唾落明珠③。

固穷有胆气，风壑啸于菟④。

秋来入诗律，陶谢不枝梧⑤。

【注释】

①邢惇夫：河南阳武（今河南新乡原阳）人，名居实，其父刑恕，字和叔，为北宋名士，精通典籍，经常出入当时朝廷重臣司马光、吕公著等门下。刑惇夫年少有才，苏东坡和黄庭坚都非常赏识他的才华。

②瑟：乐器。

③咳唾（tuò）：随口而出的言辞。

④于菟（tú）：老虎的别称。

⑤枝梧：相匹敌。

【译文】

我的好朋友陈师道，他独自抱瑟而立，不与众人一起吹竽。

他的文章好比扬雄和司马相如，随口而出的言辞都像明珠般洒落。

他甘于贫困而又有胆气，好比在山壑中呼啸的老虎。

他秋来寄给我的新作有独特的风格，陶渊明、谢灵运也不能跟他匹敌。

【赏析】

陈师道，字履常，一字无己，号后山居士，彭城人。起为徐州教授，历仕太学博士、颍州教授、秘书省正字，著有《后山先生集》。陈氏为苏门六君子之一，一生安贫乐道，不慕权贵，闭门苦吟，有“闭门觅句陈无已”之称。他视富贵如浮云，而于文章诗词却竭尽心力，故其文章得似扬马，诗律得似陶谢。黄庭坚称美之，可谓后山知己。此诗亦有慰勉之意。

谢公定和二范秋怀五首邀予同作①

【原文】

采莲涉江湖，采菊度林薮②。

插鬓不成妍③，谁怜飞蓬首。

平生耦耕地，风雨深稂莠④。

谢公遂如此，永袖绝弦手。

【注释】

①二范：指范德孺、范纯仁，范仲俺的二子。

②涉：跋涉，游历。林薮（sǒu）：山林与泽薮。

③妍：美丽。

④稂莠：野草、杂草。

【译文】

远涉江湖，采得莲花；度过林泽，采得菊花。

把花儿插在鬓发上，也不觉得美丽。更不用提那随风飘舞的蓬草了！

我跟妻子平时一起耕种的土地上，风风雨雨，野草长得又深又密。

谢公不幸逝世，我弄断琴弦，袖手永不再弹。

【赏析】

黄庭坚少年受知于谢景初（字师厚），跟随他学诗，并娶了谢景初的女儿。谢师厚逝世，黄庭坚深感知己难得，写了这组诗赠给谢师厚的儿子谢惊（字公定）。诗意曲折凄惋，风格颇近《国风》《离骚》。

寄陈适用

【原文】

日月如惊鸿，归燕不及社①。

清明气妍暖，亹亹向朱夏②。

轻衣颇宜人，裘褐就榹架③。

已非红紫时，春事归桑柘。

空余车马迹，颠倒桃李下④。

新晴百鸟语，各自有匹亚。

林中仆姑归，苦遭拙妇骂。

气候使之然，光阴促晨夜。

解甲号清风，即有幽虫化。

朱墨本非工，王事少闲暇。
幸蒙余波及，治郡得黄霸。
邑邻陈太丘，威德可资借。
决事不迟疑，敏手擘太华。
颇复集红衣⑤，呼僚饮休假。
歌梁韵金石，舞地委兰麝。
寄我五字诗，句法窥鲍谢。
亦叹簿领劳，行欲问田舍。
相期黄公垆，不异秦人炙。
我初无廊庙，身愿执耕稼。
今将荷锄归，区芋畦甘蔗。
观君气如虹，千辈可陵跨。
自当出怀璧，往取连城价。
赐地买歌僮，珠翠罗广厦。
富贵不相忘，寄声相慰藉。

【注释】

①社：春社。

②亹亹（wěi）：勤勉不倦貌。

③椸（yí）架：衣架。

④颠倒：纵横交错。

⑤红衣：指穿着红衣服的歌女。

【译文】

岁月好像惊鸿那样转眼即逝，燕子归来，还不到春社时候。

清明时节气候和暖，渐渐就到炎热的夏天。

轻薄的衣服这时很合人穿着，那就把毛衣收藏到衣柜中吧。

现在已不是红紫花开的芳春时节了，春色只表现在茂盛的桑柘林中。

徒然见到遗留下来的车马辙迹，在桃李树下纵横交错。

雨后新晴，百鸟鸣叫，各自找寻自己的伴侣。

树林中鹁鸪鸟归巢时，苦遭那笨拙的雌鸟叫骂。

这是天时变化使它这样，光阴过得飞快，像在催促日夜的循环交替。

刚蜕壳的蝉儿在清风中鸣噪，那是幽虫的变化。

我本来就不擅长从事衙门文案的事务，如今总是在忙于公事，很少有空闲的日子。

幸好得到像黄霸那样的长官治郡，他的恩德能惠及我这里。

我邻邑的陈县令，他的威望和德政都可取法。

决定事情时毫不迟疑，好比巨灵敏捷的手把太华山劈开。

不时还召集一些红衫歌女，唤来同僚好友宴饮休暇。

清越的歌声惊动屋梁上的微尘，音韵与金石之声相谐，起舞时满地是兰麝之香。

寄给我五言古诗，在句法上可上窥鲍照、谢灵运。

我也慨叹为处理官府案牍而终日辛劳，真想回乡买田买屋归隐。

你相约同聚于黄公酒垆旁，这与我的想法别无二致。

我本来就不是什么廊庙之材，愿意亲自下田耕稼。

如今已准备回乡归隐，肩扛锄头，分区种芋艿，列畦栽甘蔗。

看看你气势如虹，真可以凌驾那千百时流之辈。

你应当拿出怀中的璧玉，去博取连城的身家。

那时候，就可以得到朝廷赏赐田地，买置歌僮，珍珠翡翠都罗置于广厦里。

当你富贵时不要忘记老朋友，不时寄封信来安慰安慰我吧。

【赏析】

陈适用，名汝器，时知吉州庐陵县。庐陵与太和邻县，声气相闻，山谷与陈氏既有公务上的往来，亦有私交。此诗开头一段，以时节的转换隐喻政治气候变化，“颠倒”一词，颇含愤激。黄庭坚由国子监教授转为县官，实非己愿，诗中为陈氏高才而抱不平，并预祝其一朝能富贵得志，其实也是自己的愿望。元丰五年（1082）作。

子瞻诗句妙一世乃云效庭坚体盖退之戏效孟郊樊宗师之比以文滑稽耳恐后生不解故次韵道之

【原文】

我诗如曹郐[1]，浅陋不成邦。
公如大国楚[2]，吞五湖三江。
赤壁风月笛[3]，玉堂云雾窗。
句法提一律[4]，坚城受我降。
枯松倒涧壑，波涛所舂撞[5]。
万牛挽不前，公乃独力扛。
诸人方嗤点[6]，渠非晁张双[7]。
但怀相识察[8]，床下拜老庞。
小儿未可知[9]，客或许敦庬[10]。
诚堪婿阿巽[11]，买红缠酒缸。

【注释】

①曹郐（kuài）：春秋小国名。曹在今山东西南，郐在今河南中部。用于此处比喻狭小、微不足道。

②公：指东坡。大国楚：楚为大国，土地广袤，人才代出。此指东坡诗如楚。

③赤壁：矶名，在黄州（今湖北黄冈）长江边。

④提：提军，调兵遣将。此处喻东坡句律谨严、精工整饰。就如同治军一样，进退有度、严整有法。

⑤舂：冲。

⑥嗤点：讥笑，指点议论。

⑦晁张：晁补之、张宋，都是苏轼门人。与黄庭坚、秦观并称“苏门四学士”。双：匹敌。

⑧识察：察识了解。

⑨小儿：黄庭坚之子黄相。

⑩敦厖（máng）：淳朴忠厚。

⑪阿巽（xùn）：苏轼之子苏迈的女儿。

【译文】

我的诗就像曹和郐，浅陋得不成邦国。

你的诗雄大得像强盛的楚国，包尽了五湖三江。

赤壁的清风明月下，有悠扬的笛声；玉堂的琐窗之中，弥漫着轻云薄雾。

你的诗歌的句法有独特的风格，能自成一家；你筑起坚固的城墙，接受我投降。

你的笔力犹如大松倒于涧壑，激荡起涧水，使涧壑之水顿起波涛。

你的笔力雄大，万牛拖引不前，但您却能笔力独扛。

人们笑着指指点点，他比得上晁、张两人吗？

我只是怀着对苏轼的仰慕之意，像诸葛亮那样独拜在庞德公的床下。

我的小儿前途如何虽未可知，但客人们也有称赞他忠厚朴实的。

如果小儿真的能跟阿巽结亲，我就先买些红绸缠着酒瓶来表示庆贺吧。

【赏析】

诗题写得很风趣，表现了两位大诗人的深厚情谊。苏、黄的艺术见解和创作风格是有很大不同的，但这并不妨碍两人互相学习。宋史绳祖《学斋占毕》评此诗云："其尊坡公可谓至，而自况可谓小矣。而实不然，其深意乃自负而讽坡诗之，不入律也。曹郐虽小，尚有四篇之诗人《国风》；楚虽大国，而《三百篇》绝无取焉。"苏、黄一生交契，坚如金石，彼此倾倒，何有相轻之嫌？史氏之言无据。作者主张："作诗如作杂剧，临了须打诨，方是出场。"本诗的结尾正是实现了这一主张，体现了宋诗的"机趣"，对于后来诚斋体的"活法"有直接的影响。此诗文气拗折，险中见奇，体现了黄庭坚诗的特点。

次韵秦觏过陈无己书院观鄙句之作[①]

【原文】

陈侯大雅姿，四壁不治第。

碌碌盆盎中，见此古罍洗[②]。

薄饭不能羹，墙阴老春荠。

惟有文字性[③]，万古抱根柢。

我学少师承，坎井可窥底[④]。

何因蒙赏味，相享当牲醴⑤。

试问求志君，文章自有体。

玄钥锁灵台，渠当为君启。

【注释】

①秦觏（gòu）：字少章，北宋著名词人秦观之弟。陈无己：名师道，号后山居士，彭城（今江苏徐州）人。

②罍（léi）洗：罍与洗都是古代的盛水器。洗，专用于盛接盥洗之水。

③文字性：语出佛教《维摩诘经》："文字性离。"这里借来说陈师道有文学天赋。

④坎井：浅井，比喻浅陋。

⑤牲醴（lǐ）：祭祀所用的牲肉与甜酒。

【译文】

陈君有着雍容大雅的容姿，从不修治宅第而家徒四壁。

仿佛在一大堆常见的杯盘中，突然见到一个古代的罍洗。

他只粗茶淡饭，无力置办羹汤，所食的是采自墙脚下的春末的老荠菜。

唯有他的诗文，能出于本性，承传着历代的深厚根柢。

我求学缺乏师承，我的学问好比浅井一望见底。

不知什么缘由竟得到您的欣赏，这好比享用了三牲酒醴。

试向求志君说说：文章本自有它的体格，如今那被玄钥紧锁着的心灵，也应由你而开启了。

【赏析】

本诗写的是陈无已不治生计，遗世独立，安贫乐道，有古贤之风，而文字之业，根基特厚，盖其天性使然。后段自愧学无师承，才识甚浅，无以称少章见赏之意，唯当求教于陈氏，或可启发心灵，领会文章之体格。

题竹石牧牛

【原文】

野次小峥嵘①，幽篁相倚绿②。

阿童三尺箠③，御此老觳觫④。

石吾甚爱之，勿遣牛砺角。

牛砺角犹可，牛斗残我竹⑤。

【注释】

①野次：即野外。峥嵘：指山高俊秀。这里借指形态奇怪的石头。

②幽篁（huáng）：即指深邃茂盛的竹林。

③阿童：即小牧童。箠（chuí）：指竹鞭。

④御：驾驭。觳（hú）觫（sù）：因恐惧害怕而浑身发抖的样子。

⑤残：指损害。

【译文】

荒郊野外看见一块奇奇怪怪的小石头，石头旁边长有一片深邃茂密的竹林。

牧童手拿三尺长的竹鞭，正在驾驭着因害怕而瑟瑟发抖的老牛。

这块奇怪的石头我实在太喜欢了，小牧童你别让老牛用它来磨角哦！

即便是老牛非要用那块石头磨角我也勉强接受，但是万不可让牛在此斗殴，以免弄坏这片竹林。

【赏析】

这首诗作于元祐三年（1088）。苏轼与李公麟合作画了一幅竹石牧牛图，黄庭坚为这幅画作诗一首。

这首题画诗，如所题的画一样，“甚有意态”。宋代绘画艺术尤其繁荣，题画诗也颇为繁多，苏轼、黄庭坚都是这类诗作的能手。

这首诗应该从两个层次理解，前四句都是用来描写画作中的内容，从诗人创作的诗句中，我们就仿佛看见了《竹石牧牛图》的全貌。

这首诗的后面四句才是诗人由《竹石牧牛图》而引发的感慨。诗人用通俗易懂的手法写了自己最爱那块棱角分明的石头，劝说老牛不要磨损石头的棱角，后面又退而求其次地说即便老牛想要在这块石头上磨角，也希望两牛争斗的时候不要去破坏那片竹林。诗人用生活中的牛砺角、斗牛这样的常见画面，体现了诗人不愿与当局同流合污的思想情感。

黄庭坚的这首词之所以能引起大家的共鸣，就在于他并没有将《竹石牧牛图》当成一幅想象中的画作来描写。诗人完全把这幅画作当成现实生活中的实景去分析，仿佛诗人在现实生活中看见了竹林、怪石、小牧童及老牛之间的关系，其中诗人对竹、石、牧童及牛的描写是那么栩栩如生，仿佛是作者亲眼所见，而文中的“牛斗”暗指当时的党羽之争，最开始的党羽之争最起码还有基本的政治原则性，对事不对人，可是后来的争斗就愈演愈烈，以至于形成两大派系互相倾轧，从“砺角”慢慢到“牛斗”，诗人非常希望这无休止且破坏力极大的党羽之争尽快结束，不要将田园生活的美好破坏了。

这首诗写出了农村平静的田园生活，也曲折地表述了诗人对当时党羽之争的厌恶之情，黄庭坚珍爱的竹林，也代表了他向往的无忧无虑的田园生活。

秘书省冬夜宿直，寄怀李德素

【原文】

曲肱惊梦寒，皎皎入牖下①。

出门问何祥，岑寂省中夜。

姮娥携青女，一笑粲万瓦②。

怀我金玉人，幽独秉大雅。

古来绝朱弦，盖为知音者。

同床有不察③，而况子在野？

独立占少微，长怀何由写！

【注释】

①肱（gōng）：手臂。牖（yǒu）：窗户。

②万瓦：指空中、天空。

③察：觉察，察觉。

【译文】

曲肱而枕，忽被寒气惊梦醒来，皎洁的月光从窗户照射进来。

出门的时候气氛是何等闲适，此时的长夜显得孤独清冷。

姮娥携同青女，在天上粲然一笑。

想起我那像金玉般坚贞深厚的友人，他幽居独处，怀着大雅的情操。

古时伯牙弄断琴弦，为的是知音不在。

两个好朋友即便是同吃同眠都了解不透对方的事，更何况是隐居在远方的你？

我独立庭中，占候那象征处士的少微，心中无限感叹，却不知从哪里下笔写起！

【赏析】

黄庭坚在秘书省值夜，想念起母家的一位亲戚李窾，写了这首感情深挚的诗篇。李窾字德素，是位很有个性的读书人。他浮沉于俗，不谐于世，隐居在安徽桐城市北的龙眠山，经常一个人骑着青牛往来于名山大川之间，亲自烧松烟制墨。黄庭坚很敬重他的为人，并跟他结为亲家。

赣上食莲有感[1]

【原文】

莲食大如指，分甘念母慈[2]。

共房头𩟖𩟖[3]，更深兄弟思。

实中有么荷[4]，拳如小儿手。

令我忆众雏，迎门索梨枣。

莲心正自苦，食苦何能甘？

甘飡恐腊毒[5]，素食则怀惭[6]。

莲生淤泥中，不与泥同调。

食莲谁不甘，知味良独少。

吾家双井塘[7]，十里秋风香。

安得同袍子[8]，归制芙蓉裳[9]。

【注释】

①赣上：指虔州（南宋绍兴间改赣州），治赣县（今江西赣州市），因章贡二水在此合流为赣江，故云。

②分甘：将美食分与别人，多指对子女的疼爱。

③房：莲房，即莲蓬。戢（jí）戢：形容簇貌，指莲子聚生于莲房的情状。

④么荷：莲实中的嫩芽。

⑤飡（cān）：同“餐”。腊：干肉，久置易变质，食后会中毒。

⑥素食：白白糟蹋国家俸禄。

⑦双井：黄庭坚家乡村名，在分宁县西。

⑧同袍子：原指战友，此指志同道合之士。

⑨芙蓉裳：以荷花及叶制成的衣裳。

【译文】

莲子像拇指头那么大小，分尝它的甜味时，想起了母亲的慈爱。

莲子同生在莲房中，露出一个一个的角尖儿，更加深了兄弟间的怀思。

莲子中心有小小的荷叶芽儿，蜷曲着好像小儿的手。

令我想起孩子们，在门前迎着我回家，讨索梨子枣子。

莲心本是苦的，食苦的怎能感到甜呢?

香甜的东西，吃久了恐怕遇毒；不干工作而白吃，又怀着羞愧。

莲，生长在淤泥中，但不跟淤泥志趣相同。

吃莲子，谁不感到甜美呢?但真正了解莲子味道的人，的确是太少了。

我的家乡双井塘外，秋风吹送着十里荷香；怎得同心的人一起，回去采集芙蓉花来制衣裳呢?

【赏析】

此诗作于知太和县任上，元丰四年，诗人因公事途经赣上，吃到了当地的特产白莲，触物兴怀，感而成诗。

诗的前八句由食莲而兴起念母思亲之情，慈母的分甘之爱，兄弟的手足之情，童稚的天真之态，皆因这莲实而次第展现。这一段表现的是诗人的孝悌情笃。中八句由莲心之苦生发出食苦而甘，遂悟及一个人生哲理：贪图享乐只会危及自身，尸位素餐更是为人的耻辱，言外之意则有自甘淡泊倒能体味人生甘甜的含义。进而又由莲而想到其出淤泥而不染的品格，发挥了佛家无明烦恼能生涅槃清静的妙理，不妨将污浊的尘世作为历练人性的场所，境界较前更上了一层。诗人在此感叹知味者少，实说明诗中凝聚了他踏入人生尤其是涉足官场以来的种种甘苦，也表明他颇有高出常人的自负。末四句以向往归隐照应开头的天伦亲情。故乡的风物、家族的温馨是诗人永远的精神家园，只有在这里才能完成他洁身自好的人生志向。诗以食莲喻人生，通篇比体，妙含理趣，立意出新。其结体由亲情发端，推而及于人生世相、人格修养，复归于乡思，章法开合有序。且其古意盎然，有风骚余韵，乐府佳致。

这篇诗歌，乍看来很像六朝的乐府，莲实、莲心、芙蓉，都是在六朝诗中惯见的词语。但在骨子里，这始终是一篇用深思、下苦功的典型黄庭坚诗。

跋子瞻和陶诗①

【原文】

子瞻谪岭南②，时宰欲杀之③。

饱吃惠州饭[4]，细和渊明诗。

彭泽千载人[5]，东坡百世士。

出处虽不同[6]，风味乃相似。

【注释】

①跋：文体的一种，一般写在书籍和文章的后面。子瞻：指苏轼。和陶诗：指和陶渊明的诗。

②岭南：指五岭以南地区。

③时宰：指当时的掌权者，特指章惇。

④饱吃惠州饭：哲宗绍圣元年（1094），苏轼被贬谪到惠州长达三年的时间。惠州：今广东惠州市。

⑤彭泽：地区名，位于今江西九江东北部。

⑥处：即归隐田园。

【译文】

苏轼被朝廷贬谪到岭南地区，当时的掌权者想要将他杀掉。

他在惠州每餐饭都吃得很饱，而且认真地和着陶渊明所作的诗。

陶渊明是千古不朽的名人，而苏轼也是百代相传的名士。

苏轼选择出仕、陶渊明选择归隐，情况虽不同，但是，这两人为人处世的风格却是那么相似。

【赏析】

据记载，苏轼于建中靖国元年（1101）在常州因病去世。苏轼曾在崇宁元年（1102）于太平州做官，可惜只做了九天的官就被罢免了。当时的丞相名叫赵挺之，他仇视苏轼，想要趁机杀死苏轼。黄庭坚联想到自己被贬谪后的遭遇，因而写下这首词表示对苏轼的思念与崇敬之意。

一个“跋”字，写出了诗人对苏轼的崇敬之情。这首诗的首句就直接简

明扼要地指出“子瞻谪岭南，时宰欲杀之”，就是说苏轼遭人嫉妒被贬谪到远离京师的岭南地区做个地方小官，结果当权者还是不肯放过他，不仅让他丢官，还想要让他丢命。毕竟，当时的岭南地区瘴气很重，外地人很可能会因水土不服而丢掉性命。让人意料之外的是，苏轼心性豁达，非但没有因水土不服而丢掉性命，反而生活得如鱼得水，这也导致了苏轼遭到当权者的嫉妒和打击，先被贬惠州，再被贬更远的儋州。诗人对当时的当权者妒贤嫉能表示愤慨，对苏轼表示深切的同情。

此外，通过“饱喫惠州饭，细和渊明诗”这两句诗，充分体现了苏轼在惨遭贬谪和迫害的情况下还能怡然自得生活的情景，同时也赞扬了苏轼那超凡脱俗的精神境界。

事实上，苏轼喜欢陶渊明的诗，不仅仅是因为陶渊明的诗句超凡脱俗，值得细细品鉴，还因为两人在性情上和精神世界上高度契合，诗人巧借陶渊明的超凡品格赞美苏轼，从这也能看出诗人十分喜欢苏轼的人品性情。

这首诗的第三段写道：“彭泽千载人，东坡百世士。”诗人将陶渊明和苏轼二人放在至高无上的位置，赞扬了这二人都是足以流芳百世的名人。众所周知，陶渊明只做了一百多天的彭泽令就因看不惯官场的黑暗而辞官归隐了；苏轼却屡次遭到朝廷贬谪和当权者的打击报复，反而总是在官场沉沉浮浮。从表面看，两人选择的生活方式完全不同，然而，这两人令作者真正佩服的地方是：两人都不会因生活贫富就患得患失，也不会与黑暗的官场同流合污，始终保持

高洁的品性。整首诗都表达了诗人对苏轼品性高洁的赞赏，和对自己惨遭贬谪后无法像苏轼一样处世豁达，因而总是郁郁寡欢，苦闷之情无法排解。

劳坑入前城

【原文】

刀坑石如刀，劳坑人马劳①。
窈窕篁竹阴②，是常主逋逃。
白狐跳梁去，豪猪森怒嗥③。
云黄觉日瘦，木落知风饕④。
轻轩息源口，饭羹煮溪毛。
山农惊长吏，出拜家骚骚。
借问淡食民：祖孙甘餔糟⑤？
赖官得盐吃，正苦无钱刀⑥。

【注释】

①劳坑：太和县境内的地名。

②窈窕：幽深的样子。篁竹：丛竹，竹林。

③豪猪：箭猪。森：毛发直立的样子。嗥：同“嘷”，指野兽叫。

④风饕：风势猛烈。

⑤甘餔糟：乐于吃酒糟，即不吃盐。餔（bū），食、吃。

⑥钱刀：钱币。

【译文】

刀坑的地势险要无比，山石入削，劳坑崎岖难走，很短的路程就让人倍感疲劳。

请看那幽幽的竹林，却是人们逃亡的好去处，他们经常住在那里。

山梁上，白狐出现，一会儿又消失不见了；那豪猪全身的硬毛竖立了起来，怒吼声不绝于耳。

天上的云黄黄的，太阳惨淡无光，一阵风吹过，树上的叶子不断掉落，树梢呜呜作响。

我们把车马停在谷口休息，煮点莼菜等水生植物作为我们的食物。

我们惊动了山中的居民，他们闹哄哄地商量着派谁出来拜见我们。

我上前询问那些山民，问他们是不是祖祖辈辈都只吃酒糟而不吃盐?

山民问答说，正是因为有了官府配盐他们才吃过盐，平常都是苦于没钱购买啊!

【赏析】

这首诗的前八句是对山行旅况荒僻萧瑟的描写，前二句以地名关合旅途的艰险劳顿，布局精巧。接下来写竹林幽深、有野兽出没的情况，此外，还有豪猪嚎叫的听觉刺激，让人不寒而栗，心惊胆战。后八句描写旅途中的用餐小憩及和山民的对话。针对诗人对山民们世代淡食的质疑，山民的回答真可谓是对食盐抑配政策的辛辣讽刺，以此表达诗人对苛政的强烈不满。

次韵答斌老病起独游东园二首（其二）

【原文】

主人心安乐，花竹有和气。

时从物外赏①，自益酒中味②。

斸枯蚁改穴③，扫箨笋迸地④。

万籁寂中生⑤，乃知风雨至。

【注释】

①物外：即世外。

②益：增加。酒中味：饮酒所得到的乐趣。

③斸（zhú）：砍。

④箨（tuò）：笋壳。迸地：穿地而出。

⑤万籁：自然界的各种声音。

【译文】

主人心情祥和快乐，花园中的花草竹木好像都变得平和快乐。

这时如果能不被世事缠绕，以超安然之心来观看自然景色，一定别有体验，也更加能从饮酒中得到乐趣。

砍去草木枯株，才发现原来的蚂蚁巢穴改变了出口，将地面的笋壳打扫，才看到竹笋从地里冒出来了。

当自然万物从一片安静中发出声响时，就知道风雨即将到来。

【赏析】

这首诗写于元符二年（1099）夏。宋哲宗元符元年（1098），山谷由黔州（今四川彭水县）贬所徙居戎州（今四川宜宾县），画家黄斌老时担任戎州通判。斌老是大画家文与可的内侄，因受他的影响，对墨竹有很深的研究。山谷与之相见恨晚，经常在一起切磋研究。因为志同道合的缘故，他们相处得十分融洽。元符二年夏天，斌老一次生病后好转，在家中的东园独自游玩，于是写下两首诗，选录的这首为第二首。

诗中写意想中斌老游园的情景，以寥寥数笔勾勒出一幅游园幽趣图。全诗语言简单直白，不仅悄无声息地融入庄、禅语典，而且将诗人对自然的审美观照与庄、禅的心物观念完美地融为一体，给人以回味无穷之感。

赠秦少仪

【原文】

汝南许文休，马磨自衣食①。
但闻郡功曹②，满世名籍籍。
渠命有显晦，非人作通塞。
秦氏多英俊，少游眉最白。
颇闻鸿雁行，笔皆万人敌。
吾早知有觏，而不知有觌③。
少仪袖诗来，剖蚌珠的皪。
乃能持一镞，与我箭锋直④。

自吾得此诗，三日卧向壁。

挽士不能寸，推去辄数尺。

才难不其然，有亦未易识。

【注释】

①衣食：自谋衣食。

②功曹：为地方官府职事机构。

③觏（gòu）：指秦觏，北宋著名文学家秦观的胞弟；觌（dí）：指秦觌，北宋著名文学家秦观的胞弟。

④锋直：指势均力敌。

【译文】

古时汝南有一位叫许文休的人，他用马拉磨，自谋衣食。

听说那位郡中的功曹声明显赫，人人皆知。

每个人的命运都不相同，而一个人的通塞穷达也不是人力所能决定的。

秦氏一门有许多英俊的有才之士，但众人中尤其以少游最为优秀。

我听说秦氏兄弟之中，有很多文笔都在其他文士之上。

我早就知道有秦觏，而不知道有秦觌。

秦少仪带着他所做的诗来让我看，这就好比剖开蚌壳，让大家看到壳中藏的珍珠一样。

真好像纪昌手持矢镞与飞卫较量，少仪刚好与我势均力敌。

自从看到这首诗之后，我惭愧得三天的时间里都向着墙壁而睡。

荐拔士人时不易有一寸之进，而排斥时一下子就远离数尺。

真正的人才最难得，事实就是如此啊！

【赏析】

这首诗是黄庭坚“以文为诗”的代表作。诗中称为秦觌的才华而惋惜。

这首诗一开始以古人许靖兄弟的事引出来，再说秦氏兄弟都有很好的名声，而唯独秦觌很少被人知道。后半段力写秦觌。称他的诗足与自己相敌，并感觉相识恨晚，进而引出真正有才的人不被大家所认识的道理。

戏题巫山县用杜子美韵

【原文】

巴俗深留客①，吴侬但忆归②。

直知难共语，不是故相违。

东县闻铜臭③，江陵换袂衣④。

丁宁巫峡雨⑤，慎莫暗朝晖⑥。

【注释】

①巴：古国名。今川东一带。

②吴：古国名。泛指今长江下游地区。

③东县：巴东县。今湖北西。铜臭：铜钱的气味。

④江陵：今湖北江陵县。北宋时为荆湖北路治所。

⑤丁宁：同“叮咛”，再三嘱告。巫峡雨：巫山云雨。

⑥暗朝晖：遮住早晨的阳光。

【译文】

巴地有好客留人的风俗，但我这位吴人，心里却总是一心想念自己的故乡。

这是因为我们语言不通，交谈起来不是很方便，并不是故意违拗。

到了巴东县，就可以闻到铜钱的气味；再往江陵，也许已经到了初夏时分，该换上袂衣了。

我一再叮嘱巫峡的云雨，一定别遮蔽了早晨明媚的阳光啊！

【赏析】

黄庭坚被赦免后，离开戎州，沿江东下。于宋徽宗建中靖国元年（1101）初，来到四川巫山县。回忆起几年颠沛流离的生活，黄庭坚百感交集。想到前途茫茫，他心中五味杂陈，因此有感而发，做了这首五律诗。

黄庭坚正月从江安县出发，大约于二月中过巫山县。杜甫当年经过巫山县时，留下有《巫山县汾州唐使君十八弟宴别，兼诸公携酒乐相送，率题小诗，留于屋壁》："卧病巴东久，今年强作归。故人犹远谪，兹日信多违。接宴身兼杖，听歌泪满衣。诸公不相弃，拥别惜光辉。"的句子。这里，黄庭坚用其韵，写出自己八年时过境迁、朝局反覆、前途未卜的复杂心情。

又答斌老病愈遣闷二首

【原文】

其一

百疴从中来[①]，悟罢本谁病。

西风将小雨，凉入居士径。

苦竹绕莲塘[②]，自悦鱼鸟性。

红妆倚翠盖，不点禅心净。

其二

风生高竹凉[③]，雨送新荷气。

鱼游悟世网④，鸟语入禅味。

一挥四百病⑤，智刃有余地⑥。

病来每厌客，今乃思客至。

【注释】

①百疴（kē）：很多种疾病。从中：此处指“心”。

②苦竹：竹的一种，因其竹笋味苦，因此而得名。莲：为佛教中崇敬的花。

③风生高竹：风吹高竹。风本身看不见，但当它吹过竹子，竹子摇摆，就好像是竹子生出的风。

④世网：尘世的纷乱就好像网一样。

⑤四百病：《维摩诘所说经》卷上中僧肇的注说：“一大增损，则百一病生，四大增损，则四百四病，同时俱作。”

⑥智刃：智慧的利刃，这里指参透佛理后大彻大悟的状态。

【译文】

其一

人的各种疾病都是从心而生，如果你能懂得这样的道理，就知道病的本源，当然也就知道从哪里去医治。

如果能很好地参透佛理，当西风带着小雨吹入，周围一定会感到更加清凉。

看那竹子围绕着莲花刚刚盛开的水塘，那里生活的鱼鸟也会感到格外喜悦吧！

我学佛有所收获，哪怕有红妆之艳、华盖之美来诱惑我，我的禅心也不会受到丝毫影响。

其二

病好之后，我的心情十分愉悦，风吹过竹子时，我感到一阵阵凉意；那丝丝小雨中带着新开荷花的香气，简直让人心旷神怡。

万事万物皆有佛性，因此水中的游鱼也能悟透尘世中的纷乱，天上飞鸟的鸣声也具有禅味。

学佛之后，人的智慧会因此而更加增长，所有的疾病也都消失不见。

我生病的时候，很怕有客人到来，这是因为我心中烦躁的缘故；但现在我的身体好了，心情舒畅，就一心盼着有客人到来，与他们欢聚一堂。

【赏析】

黄庭坚生活在江西分宁，这里禅宗杨岐、黄龙两派十分盛行，耳濡目染之下，黄庭坚也深受佛法的影响。这两首诗就是很好的证明。

第一首诗先用佛教“万法唯心”的观点阐述疾病产生的根源，“悟罢本谁病”是说只要你参透这个道理，就会知道人生病的缘由，进而找到治疗的关键。“西风将小雨，凉入居士径”说明参悟佛理之后有所得，西风小雨也使人分外清爽。随后二句运用佛教中所崇敬的莲花象征清净，最后两句“红妆倚翠盖，不点禅心净”以维摩问疾，天女散花的故事说明自己学佛有所得，即使有诱惑自己的东西，也能不受到感染。

第二首诗主要描述自己身体好转后的心情。“风生高竹凉，雨送新荷气”，这是因为心情舒畅而觉得周围一切都变得美

好，让人心旷神怡。随后两句“鱼游悟世网，鸟语入禅味”中加入了黄庭坚的个人禅学见解，点明全诗主旨。最后两句“病来每厌客，今乃思客至”运用对比的手法写出了生病之时与病愈之后截然相反的心情。身体不舒服的时候，烦躁的心情不愿见到任何人，一旦身体好转，就想着和友人欢聚一堂。

十二月十九日夜中发鄂渚晓泊汉阳亲旧携酒追送聊为短句①

【原文】

接淅报官府②，敢违王事程③。

宵征江夏县④，睡起汉阳城。

邻里烦追送⑤，杯盘泻浊清⑥。

祇应瘴乡老⑦，难答故人情⑧。

【注释】

①鄂渚：传说位于今湖北武昌黄鹤山上游三百步长江中。汉阳：即如今的湖北武汉。亲旧：等同于亲故。

②接淅：用手捧着淘过的米，这里指来不及将米煮熟。淅，即已经淘湿的米。

③敢：岂敢。王事：帝王命令差遣的公事。程：指期限。

④宵征：夜行，这里指连夜从武昌出发。

⑤追送：偏义复词，实际上指“送”，这里指殷勤地送别。

⑥浊清：偏义复词，实际上指“清”，清冽的美酒。

⑦瘴（zhàng）乡：特指南方一带瘴气横行的地方，容易使人生病。老：终老。

⑧答：这里指报答之意。

【译文】

来不及将生米煮熟就要前往官府报到，岂敢违抗帝王规定的行程。

只好连夜从武昌县出发，一觉睡醒后就已经来到了汉阳城。

劳烦邻居乡亲殷勤地前来为我送行，杯盘不小心洒下清冽的美酒。

我真应该在瘴气横行的南方地带终老，只担心再也找不到机会报答乡亲对我的深情厚谊。

【赏析】

这首诗的首联“接淅报官府，敢违王事程”，给人营造一种紧张、急迫的氛围，诗人将那道贬谪的王命看作催命符，让他连将已经淘湿的生米煮熟的机会都没有，就要连夜出发离开。这里的“接淅”二字用得极为恰当，也暗指诗人对王命的痛恨之情。

这首诗源于诗人不得不匆忙离开之际，还有当地的亲朋好友为自己送行，因而有感而发写下这首诗。众所周知，黄庭坚的诗句善于精雕细琢，用词用典皆有考究。可是，这首诗完全是有感而发，因此，这首诗的语句尽管少有用典，语句朴实流畅，但其中真挚的感情已经足以打动人心。

黄庭坚擅长写律诗，这首诗还是严格遵守起、承、转、合的为文章法的。我们看到这首诗的首联将自己匆忙离开武昌的原因交代清楚，颔联紧接着承接上联，将自己不得不连夜离开的情景描述得生动形象，颈联转而写邻里乡亲为自己殷切送别的场景，末联直接简明扼要地总结全诗，抒发略带凄婉的离别之情。

这首诗是黄庭坚在晚年时期从鄂州再次被贬谪到宜州的时候所作。那时

候的黄庭坚在沙市生活到冬季末。只是，到了崇宁元年（1102）九月之际，又被贬谪到鄂州做官。没过多久，再次被贬谪到常年瘴气横行的宜州。崇宁二年（1103）十二月十九日晚，那时候正是寒冬腊月，黄庭坚接到帝王指令后连夜乘船赶往被贬谪的场所，当时引得当地百姓为他送行，情难自禁之下就写下了这首律诗。

题花光老为曾公衮作水边梅[①]

【原文】

梅蕊触人意[②]，冒寒开雪花。

遥怜水风晚，片片点汀沙[③]。

【注释】

①花光老：衡阳花光寺的长老，指仲仁。曾公衮：名纡，后被贬到衡州（今湖南衡阳市）。

②意：情意、情思。

③汀（tīng）：水边平地，小洲。

【译文】

梅花的花蕊，居然触动了花光寺长老的情思，不惜冒着严寒，开出了花朵。

我远远地想到，在有晚风吹来的水边，一片一片的梅花花瓣，洒在汀洲的沙上。

【赏析】

崇宁三年（1104），黄庭坚赴宜州贬所，在途经衡阳时与和尚仲仁相识，

一连相处好几天，十分融洽。这首为仲仁题画的小诗，看起来十分随意，但却有无限感慨，也可以说是黄庭坚及东坡等人一生的小结。

陈留市隐并序

【原文】

陈留江端礼季共曰："陈留市上有刀镊工，年四十余，无世家子姓；惟一女年七岁矣，日以刀镊所得钱与女子醉饱，则簪花吹长笛，肩女而归，无一朝之忧，而有终身之乐。疑以为有道者也。"陈无已为赋诗，庭坚亦拟作。

市井怀珠玉①，往来人未逢。

乘肩娇小女，邂逅此生同。

养性霜刀在，阅人清镜空②。

时时能举酒，弹镊送飞鸿。

【注释】

①市井：集市。怀珠玉：怀有美才而深藏不露。

②阅人：观察人生。

【译文】

陈留的江端礼说："陈留的集市上有一个剃头的人，有四十多岁，没有成家，只有一个七岁的女孩与他一起生活。他每天以干活所得的钱供自己和小女孩用，吃饱喝足之后则头上簪花，口中吹笛，把小女孩放在自己肩上一起回家，看起来无忧无虑，乐在其中，他大概是一个有道之士。"陈师道为此赋诗歌咏，我也拟作诗一首。

陈留市上的隐士虽居于市井之地，但他怀有美才而深藏不露，来来往往的人们都不了解他。

坐在他肩上的娇小女孩，像与他偶然相逢，一起过着这样的生活。

刀镊工善于修养性情，像雪白的剃刀一直没有损坏；他观察人生，像明亮的镜子把一切照得清楚透彻。

刀镊工他经常自饮自乐，或弹着剃刀，或举着酒杯，目送那鸿雁远去。

【赏析】

此诗所写的陈留市隐，靠自己的劳动过着无拘无束的生活，与作者不慕虚名、不攀权贵的思想情趣正相吻合，所以刀镊工在黄庭坚眼里、笔下就成了“有道者”。

诗中对他们平凡而自得其乐的生活加以赞赏、美化，反映了作者思想中超尘绝世的倾向。同时的诗人陈师道先有一首五言古诗歌咏此事，黄庭坚非常欣赏其中“闭门十日雨，吟作饥鸢声”两句。陈师道是个经常饥肚子的穷诗人，对刀镊工实在的生活情况可能了解得深刻些，所以能写出比黄庭坚更有现实感的诗句来。

第二部分

七言诗

次韵赏梅

【原文】

安知宋玉在邻墙[①]。笑立春晴照粉光。

淡薄似能知我意[②]，幽闲元不为人芳[③]。

微风拂掠生春思，小雨廉纤洗暗妆[④]。

只恐浓葩委泥土[⑤]，谁令解合返魂香[⑥]？

【注释】

①宋玉在邻墙：旧题宋玉《登徒子好色赋》，叙述东邻一美女倾心于己而登墙观望。如是三年而已不为所动。这里是把墙上梅花比作登墙观望宋玉的美女，别具新意。黄庭坚状花常有奇妙比喻。

②淡薄：指梅花香味较淡，暗含“淡泊”之意。

③元：本来。芳：发出芳香。

④廉纤：细雨纷飞的样子。

⑤浓葩：指盛开的梅花。委：垂下，落下。

⑥解：懂得。合：配制，合成。

【译文】

她哪里知道，宋玉就在邻家的墙外。她只是含笑站着，让春日新晴的阳光照在她那素洁的身上。

她恬淡清静，仿佛能了解我的心意；她安详和顺，本来就不是为了别人而芳香的。

微风悄悄地拂过，使她生起了荡漾的春思；细雨轻轻地洒下，把她沾了暗尘的幽妆洗净。

只恐怕美丽的梅花萎谢在泥土里，谁能够懂得制造返魂香呢？

【赏析】

此诗作于熙宁元年（1068）叶县任上。诗篇从梅花与赏梅者的关系展开联想和想象，以梅花的淡泊幽闲暗拟赏梅者的闲雅高洁，梅花似人，人似梅花，即物即人，物我为一。

我们听惯了黄庭坚那沙哑而苍老的嗓音，忽然传来这清越悠扬的歌声时，怎能不为之而惊喜？黄庭坚是反西昆体的健将，现在我们可追查出了：原来他是从西昆的营垒中杀出来的，诗人年青时代的某些作品中还带有浓郁的脂粉香味。

过平舆怀李子先时在并州①

【原文】

前日幽人佐吏曹②，我行堤草认青袍③。

心随汝水春波动④，兴与并门夜月高⑤。

世上岂无千里马？人中难得九方皋⑥。

酒船鱼网归来是，花落故溪深一篙⑦。

【注释】

①平舆：这里指今天的河南汝南县东六十里的区域。李子先：黄庭坚的

同乡好友，当时在并州（今山西太原市）担任一名小官。并州：即古代地名。

②前日：即前些日子；往日。幽人：原指隐士。这里指品行高洁的人。吏曹：古代官署名。泛指官吏。

③青袍：汉代以后卑贱之人多穿青色衣服。因此，青袍多用来指贱者的服饰。

④汝水：发源于河南嵩县，向东流入淮河。

⑤并门：此处指并州。

⑥九方皋：即春秋时期善于相马的人。传闻其曾为秦穆公获取千里马。

⑦篙：这里指用竹竿或杉木等制成的撑船工具。

【译文】

当年，你这个品行高洁的人出任小小的吏曹。我在堤上为你送行，看到青草跟青袍的颜色难以分辨。

我的心情随着汝水的春波而动荡，您的兴致许是也跟随着夜晚并州城门上升起的月亮那样增加了吧？

世界上难道没有千里马吗？只不过是在人群中很难找到九方皋罢了！

我们的家乡有船可以装美酒，有渔网可以捕捞鱼儿，不如辞官回家，我们还像从前一样在飘满落花的溪水中游玩，小溪的水不够才像撑船的篙一样深。

【赏析】

这首诗为怀友思乡之作。一四句说对方赴并为官、月夜雅兴，二三句写自己见草怀友、心潮逐浪。这四句扣住“幽人”来写：对方是隐士，所以虽然为官，雅兴不改；自己思念对方也是从堤草、汝水这些清幽的自然景物上生发出联想。五六句直抒胸臆：世上人才虽多，但知音却非常难得！结尾二句回应“幽人”意脉，以故乡风物作结，以隐居美景唤起归隐之心。

黄庭坚在熙宁元年（1068）于叶县担任县尉一职，九月来到汝州，因为延误官期还遭到上级官吏的指责，再加上县尉的职位很低，俸银比较少，连养家糊口都成问题，所以，诗人的内心总是闷闷不乐。这首诗便是诗人在熙宁四年（1071）的秋天，辞去叶县尉职位的时候所写，全诗所描述的景色皆是暮春之时的风景。

清明

【原文】

佳节清明桃李笑①，野田荒冢只生愁。

雷惊天地龙蛇蛰②，雨足郊原草木柔。

人乞祭余骄妾妇，士甘焚死不公侯。

贤愚千载知谁是，满眼蓬蒿共一丘③。

【注释】

①桃李笑：这里用拟人手法形容盛开的桃花、李花。

②蛰（zhé）：这里指动物冬眠。

③蓬蒿：此处指杂草。丘：即坟墓。

【译文】

在清明节到来之际，桃花和李花竞相开放。田野上那些荒草丛生的坟墓让人倍感凄凉。

春雷阵阵，连那些仍然处于冬眠状态中的动物们都给惊醒了。春天总是下雨，将荒郊野外变成青绿色的草原。

古时候曾有齐人经常前往坟墓中乞讨祭祀的食物回家向自己的妻子和妾室炫耀，也有一个名叫介子推的名士因拒绝为官最终被火烧死。

其实，无论是先贤名士，还是碌碌无为的平庸之人，千年过后又有谁记得呢？最终留在人世间的不过是长满杂草的坟墓罢了。

【赏析】

这是黄庭坚在清明节之际有感而发，表达了诗人对生命无常的感慨。

这首诗通篇都是运用对比手法，比如“清明”对“荒冢”，“龙蛇蛰”对“草木柔”，尤其是颈联中“无耻的乞讨者妻妾相守”和“忠贞不渝的隐士惨被烧死”相对比，表达了人生无常，好人不长命的慨叹，最后一句诗说不管一个人是无耻还是高洁，最终都会死亡，化为虚无，千年后根本不会被人提起。

这首诗描写了诗人消极虚无的思想感情，读来令人无限感伤！其实，这和诗人在政治上经常不得意的经历和其深受禅宗思想的浓厚影响有关，只是，通读全诗，明面上是表达了诗人消极的人生观，实际上也表达了诗人对人性丑恶的憎恶，对黑暗世道的激愤之情。

过方城寻七叔祖旧题

【原文】

壮气南山若可排①，今为野马与尘埃②。

清谈落笔一万字③，白眼举觞三百杯。

周鼎不酬康瓠价④，豫章元是栋梁材。

眷然挥涕方城路⑤，冠盖当年向此来⑥。

【注释】

①南山：终南山。

②野马：指春日野外林泽中的雾气，蒸腾如奔马，故名。

③清谈：清雅深刻、不囿于私利的谈吐。

④康瓠（hù）：破瓦壶。

⑤眷然：顾念难舍貌。涕：眼泪。

⑥冠盖：礼帽和车盖，古代官吏的服饰和车乘，借指士大夫。

【译文】

他当年的壮气豪情，真有力排南山之势，但现在一切都成了飘浮在太空中的尘埃。

他清谈高论，下笔作文，洋洋万字，睥睨世人，举觞痛饮，一尽三百杯！

在当世，贵重的周鼎还不如一把瓦壶的价值，要知道，大樟树原来可是栋梁之材啊！

我无限眷怀地流泪，在方城路上，当年衣冠之士乘着车子就是向着这儿来的。

【赏析】

此诗作于元丰元年（1078）春天，黄庭坚从北京至邓州（今属河南），途经方城，写下了这首追思其七叔祖的七律。本诗开头一联即以一个大的转折凸显出他的气概才情与悲剧命运间的巨大落差，大开大合中包孕了无限的沉痛惋惜。中间二联承此衍展，“清谈”“白眼”一联发挥其“壮气”一面，其文思敏捷、才力纵横、睥睨世俗、豪气干云的形象活现于前；“周鼎”“豫章”一联感叹其怀才不遇，埋没尘埃，由上句反面的痛惜转而为下句正面的肯定，逆挽拗折中透出如椽的笔力，伤悼之意，愈旋愈深。斯人已矣，终化为“眷然挥涕”的不尽追思之情。

李夷伯子真于河上，子真以诗谢，次韵①

【原文】

十年不见犹如此，未觉斯人叹滞留②。

白璧明珠多按剑，浊泾清渭要同流③。

日晴花色自深浅，风软鸟声相应酬。

谈笑一樽非俗物，对公无地可言愁。

【注释】

①李夷伯：字子真，与黄庭坚同年举进士。河上：此时作者在北京国子监任职，南临黄河，故曰河上。

②斯人：这人。滞留：官职的沉沦不得升迁。

③同流：出自《尚书·毕命》："敝化奢丽，万世同流。"

【译文】

十年不见，你还是那个样子，看不到你因没升官而长吁短叹。

你像白璧和明珠那样，容易引起别人的嫉妒，会对你按剑而怒。混浊的泾河和澄清的渭河是应该合流的。

天晴了，太阳照在初春的花儿上，颜色有浅有深，软风轻拂，鸟儿的鸣声互相应和。

两人谈笑相欢，这樽酒也不算得是鄙俗的东西啊！对着你，真的没有言愁说恨之处了。

【赏析】

此诗作于元丰元年（1078）。时黄庭坚任国子监教授，生活过得比较愉快。此诗歌颂了朋友固守清贫、坚持自我的高贵精神，同时告诫朋友要学会灵活，以免受到伤害。

次韵子瞻题郭熙画秋山①

【原文】

黄州逐客未赐环②，江南江北饱看山。

玉堂卧对郭熙画③，发兴已在青林间。

郭熙官画但荒远，短纸曲折开秋晚④。

江村烟外雨脚明，归雁行边余叠巘。

坐思黄柑洞庭霜⑤，恨身不如雁随阳。

熙今头白有眼力，尚能弄笔映窗光。

画取江南好风日，慰此将老镜中发。

但熙肯画宽作程⑥，十日五日一水石。

【注释】

①郭熙：河阳温人（今河南温县）。专于山水画，并擅长作幅壁画。

②黄州逐客：指苏轼。他在元丰二年被贬为黄州团练副使。不得签书公事，本州安置。赐环：谪降官召回朝廷。“环”与“还”谐音。

③玉堂：翰林学士院正厅之称。郭熙画：《蔡宽夫诗话》：“今玉堂中屏乃待诏郭熙所作《春江晚景》。”苏轼原诗有云：“玉堂昼掩春日闲，中有郭熙画春山。鸣鸠乳燕初睡起，白波青嶂非人间。”

④短纸：短幅。开秋晚：展现晚秋之景。

⑤坐思：因此而想到。

⑥作程：完成的期限。

【译文】

贬谪黄州的苏轼在尚未被召回朝廷的时候，就趁机饱览大江南北的自然山水风光。

现如今在玉堂面对郭熙的《春江晓景图》，他已生发出徜徉青山绿水中的兴致。

郭熙的《秋山平远图》，虽在小幅纸上，那画面曲曲折折，一片秋日荒远的景象。

那画面上江边小村笼罩在一片烟雾当中，若隐若现，但细看之下，可以看到是在下雨，远处天边一行归雁，剩下的就是那层层叠叠的山峰。

看到这样的画面，我不禁想起了家乡洞庭山上霜后的柑橘，真是恨自己不能生一双翼，如雁南飞。

现如今郭熙虽然已经白发苍苍，但他依旧眼力不减，观察细致，所作之画依然神驰其中。

我想让你为我画上一幅江南的美好风光，借以安慰我这从镜中观看已然发已斑白的渐老之人。

只要是郭熙愿意为我作画，我一定会把作画的期限放宽，你可十日一水，五日一山，从容画来。

【赏析】

宋代出了许多有名的山水、人物画家，中国画的理论和技法也有了长足的进展，这给了宋诗以巨大的影响。一方面，在文艺理论上，国画的风格、意境，被诗人吸收到诗歌创作中，出现了大批“诗中有画”的山水诗。另一方面，在艺术手法上，国画的结构、布局，给诗人提供了一些新的技法。诗和画逐渐结合而成为统一的艺术。翻开宋人的诗集，我们便会发现大量的题

画诗。

这首诗是和苏轼题郭熙的《秋山平远图》一诗的。首起四句从苏轼入手。先写苏轼在黄州尚未被召回朝廷之时饱览大江南北的山山水水，紧接二句写苏轼在翰林院看郭熙的《春江晓景图》，已然生发徜徉林泉的兴致，从苏轼的感受之中我们已然看到了郭熙高超的绘画技艺。“郭熙”以下六句写自己观看《秋山平远图》时的感受，诗人先给我们展示了这幅图画的画面，江村烟雨，归雁群山，一幅秋日荒远之景跃然纸上，随后两句“坐思黄柑洞庭霜，恨身不如雁随阳”，引发了作者无尽的归思，这种归思是思念家乡风物的乡思，也是身处宦海而心在林泉的归隐之趣，从中表达了诗人的心志。

次韵公择舅①

【原文】

昨梦黄粱半熟②，立谈白璧一双。

惊鹿要须野草，鸣鸥本愿秋江。

【注释】

①公择：李常，字公择，黄庭坚舅父。公择少时即读书庐山，聚书白石庵僧舍，颇著文名。

②黄粱半熟：唐人沈既济《枕中记》载：卢生在邯郸道上的客店中，借枕昼眠入梦，历尽人世富贵荣华。梦醒，见店主人所炊黄粱尚未熟。后因以“黄粱一梦”比喻世事的虚幻和欲望的破灭。

【译文】

过去的事，如卢生的一梦，醒来时黄粱才半热。想起昔日的虞卿，立谈片刻，就蒙赐白璧一双。

易受惊的小鹿儿，只希望能在山野中安静地吃口青草；飞鸣着的鸥鸟，也希望能在秋江上自在地翔游。

【赏析】

元丰三年（1080）秋，作者自汴京归江南，赴太和县任，途经舒州之三祖山山谷寺，有林泉之胜，流连忘返，自号山谷道人。诗作于此时。

首二句谓人生的种种追求、荣华，犹如黄粱美梦般易于破灭；荣华富贵，本是身外之物，容易得到，也容易失去。三四句以惊鹿、鸣鸥自比，说自己的本性只是皈依自然，对尘世、官场有一种入骨的厌倦。

诗人时年三十六岁，仿佛已饱经风霜、倦于世事了。这首六言绝句用意深刻，感怆无限。

寄袁守廖献卿

【原文】

公移猥甚丛生笋[①]，讼牒纷如蜜分窠。

少得曲肱成梦蝶[②]，不堪衙吏报鸣鼍[③]。

已荒里社田园了，可奈春风桃李何。

想见宜春贤太守，无书来问病维摩[④]。

【注释】

①公：指官府、官家。

②肱：手臂。

③鸣鼍（tuó）：鼍鼓，一种打击乐器。

④病：生病，病中的。

【译文】

官府的来往文书琐碎烦杂，有如竹笋丛生，狱论文案纷纷乱乱，有如蜜蜂分窠。

正偷空枕着手臂小睡，最令人难以忍受的是，才入梦境，又被衙门内的鼍鼓声惊觉。

里社的田园早已荒芜了，即使到了春风吹拂、桃李盛开的时候，又有什么办法好想呢？

可以设想宜春这位贤能的太守，为什么没有书信来问候我这生病的维摩居士了。

【赏析】

廖子孟，字献卿，安州人，初官建阳知县，后通判干州。元丰三年（1080），以屯田郎中知袁州。其子廖正一，字明略，与苏门诸子交好。此诗写官府的文书事务繁杂困人，难得歇息；为官在外，故里田园荒秽，桃李无主。中间两联是黄庭坚擅长的流水对，一意分成两句，语气连贯，明快畅达。一结换笔，意尤蕴藉风趣，耐人寻味。

池口风雨留三日[1]

【原文】

孤城三日风吹雨[2]，小市人家只菜蔬。

水远山长双属玉[3]，身闲心苦一舂锄[4]。

翁从旁舍来收网，我适临渊不羡鱼[5]。

俯仰之间已陈迹[6]，暮窗归了读残书。

【注释】

①池口：即今天的安徽贵池，位于安徽省南部。

②孤城：这里指贵池城。

③属玉：此处指鸀鳿，一种鸟。

④舂（chōng）锄：这里指白鹭。

⑤临渊不羡鱼：比喻只有愿望而没有具体行动。此处反用其意，说尽管面对江湾，却不羡慕鱼儿。

⑥俯仰之间：形容非常短暂的时间。陈迹：这里指旧事，即过去的事情。

【译文】

贵池城连续三天不是刮风就是下雨，普通人家只好为了避雨，在家里吃着粗茶淡饭以便填饱肚子。

在辽阔的天地间，一对鸀鳿自由自在地飞过；水边有一只白鹭呆站着，

看起来似乎很悠闲，但实际上却在为找寻食物而焦虑。

渔翁从邻舍来收起渔网，我却是面对着潭水，也不羡慕那些鱼儿。

转眼间，一切事情都成了过去；黄昏时候，回到窗前，继续仔细阅读那些残书吧。

【赏析】

黄庭坚这首诗的前四句主要是借景抒情。首联就为读者描绘了一幅“贵池城风雨图”：长江边上有一个名叫贵池城的孤城，当我来到贵池城的时候，连续三天阴雨绵绵，无可奈何的诗人只能呆在屋子里无聊度日。诗人看见往日热闹的小城街道因为风雨而变得静悄悄，普通人家因为风雨而只能靠粗茶淡饭填饱肚子。这些景物，诗人皆是信手拈来，没有做任何修饰，使整幅画面充满诗情画意。诗人在字里行间无不流露出对恬淡舒适的小城生活的热爱。

这首诗的后四句是叙事抒情。渔翁慢悠悠地从房间出来，来到水边收网，这是生活在江边的渔夫再平凡不过的生活小事，可是，就是这么一件小事，竟让世人无限触动。诗人由网想到鱼，后面直接反用“临渊羡鱼，不如退而结网”这个俗语（《汉书·董仲舒传》），表达了诗人不求在仕途上扬名立万，而渴望过这种闲适生活的心境。

元丰三年（1080），黄庭坚赴太和县任途中，因风雨滞留池口而作此诗，通过旅途中的见闻杂感表现其不慕荣利，以读书自娱的人生态度，悠闲旷达中透出苦闷不平。此诗采用随感录式的写法，触物兴怀，涉笔成趣，写景淡雅有致，抒情则力翻成案，清新中自寓奇奥。在格律上，将古诗的气脉运于律诗，颔联对偶工整，而颈联则又运以散行句式，如流水贯注。尾联以虚词转折，古雅朴茂。全诗清新雅健，格高调逸，别有风味。

郭明甫作西斋于颍尾，请予赋诗二首（其一）

【原文】

食贫自以官为业[1]，闻说西斋意凛然[2]。

万卷藏书宜子弟[3]，十年种木长风烟[4]。

未尝终日不思颍，想见先生多好贤。

安得雍容一樽酒[5]，女郎台下水如天。

【注释】

①食贫：生活贫困。

②凛然：令人敬畏的样子。

③宜：适合。

④长风烟：使环境增加风烟的气状。

⑤雍容：形容雅致大方，从容自在。

【译文】

我家境清贫，只能把做官作为自己的事业了；听说你新建了西斋，便起了敬慕之意。

西斋里万卷藏书，最适宜于子弟们学习；十年种树，在风烟中生长成材。

我经常思念着颍州的朋友，想到你是最喜欢跟贤士交往的。

怎能够从容地跟你樽酒相对，泛舟在水色如天的女郎台下？

【赏析】

朋友新建了个书斋，请黄庭坚赋诗。全诗都是想象之词。在黄庭坚集中，这算是比较流畅自然的律诗。诗中劝勉友人，好好读书向学，修养成才。

诗意含蓄有味，可想见诗人那雍容和蔼的意态。颔联风致尤佳，为后世所传诵。本诗结构严谨，起首两句扣题，结尾收处结合自己，但这种格局比较平板，故方东树“嫌其习气空套”（《昭昧詹言》卷二十）。

汴岸置酒赠黄十七①

【原文】

吾宗端居丛百忧②，长歌劝之肯出游。

黄流不解涴明月③，碧树为我生凉秋。

初平群羊置莫问，叔度千顷醉即休④。

谁倚柁楼吹玉笛⑤，斗杓寒挂屋山头⑥。

【注释】

①汴岸：汴河。黄十七：黄介，字几复，与黄庭坚同宗族。

②吾宗：我的同宗，指黄几复。端居：平常日子。丛：集。

③黄流：浑浊的流水。解：懂。涴：污染。

④叔度：东汉黄宪，字叔度，家世贫寒，志向高洁，不应官府征辟。

⑤柁楼：即舵楼，掌舵处的船楼。

⑥斗杓（sháo）：北斗七星成勺形，其柄部三星称杓星，或称斗柄。

【译文】

我的同宗平日总是心中集满忧愁，我作长歌劝他才肯出来小游。

浑浊的流水并不能污染天上明月，碧树荫浓为我带来凉秋。

黄初平点石成羊且莫问，黄叔度胸怀千顷醉便休。

谁靠着汴岸的舵楼吹奏玉笛，北斗七星的斗柄转动寒夜挂在屋山头。

【赏析】

元丰三年（1080），黄庭坚结束了在北京国子监的教授任职，改官太和知县。在从汴京出发前去江西太和的时候，同宗的好友黄介在汴河岸边摆酒为他送行。这是一个秋天的夜晚，惜别之际，黄庭坚写下了这首诗以赠黄介。

诗的首联表示对黄介愁虑繁深的理解，因而邀他出行以消忧。

颔联宕开写景，而景中寓情。澄明的秋月倒映在汴河之中，河水一片浑黄，而澄明者依然澄明；岸边绿树如碧，风拂叶摇，凉气袭来，让人感到一阵阵的秋意。这两句描写，由天而地，由河而树，画面开阔而清爽，在明月高秋的景色描写里展现的是澄澈明洁的人格境界，而这正是作者与朋友的共同向往与追求。

颈联上承首句的“吾宗”，连用两个黄姓人物的典故劝说朋友：神仙之事，虚诞渺茫，应放在一边，不妨酒中陶醉而心中澄澈，一如东汉黄宪的怀抱。此时，船楼上笛声悠悠，夜空里星斗横移。

尾联转而写景，作者将难以言尽的劝勉之意，惜别之情，都化入这静夜的笛声里。

夜发分宁寄杜涧叟

【原文】

阳关一曲水东流①，灯火旌阳一钓舟②。

我自只如常日醉③，满川风月替人愁。

【注释】

①阳关：王维《送元二使安西》成诗后广为传诵，后入乐府。称作“渭城曲”。以为送别之用。

②旌阳：地名。

③只如常日醉：自我排遣心中烦忧，安慰自己，不过是像平日那样喝醉罢了。

【译文】

在阳关曲声中乘船离乡，依依不舍，挥手而去。顺水东下，故乡是越来越远了。暮色中，旌阳山的灯火还依稀可辨，但也渐渐地远去。

远望旌阳山下的灯火，我已在江中孤独的渔船上了。

我只是像平常那样地喝醉了，而满江的风月却替人们悲愁。

【赏析】

诗作于元丰六年（1083）底，黄庭坚移监德州德平镇。赴任前先返乡分宁，然后沿修水东下，诗作于离家赴任途中。

本诗前两句写离别之情，融情入景，深婉地表现出故土难离，无奈而怅惘的情绪。第三句一反常情，故作超脱，末句更是翻出新意，将离情别绪尽付与山川风月。看似旷达淡漠，实则更见思乡望归的炽烈之情。在自然浑成、声情丰美的外表下，仍可见其用意构思的新奇，刻意经营的匠心。

情和景的关系，我们说得很多了。朱光潜先生也强调这“移情”的作用在诗中的重要性。物之有情与无情，存乎诗人一念之中。即如《诗经》的“杨柳依依”“风雨如晦”，亦何尝没有诗人的主观感情色彩？

次元明韵寄子由①

【原文】

半世交亲随逝水②，几人图画入凌烟③？
春风春雨花经眼④，江北江南水拍天。
欲解铜章行问道⑤，定知石友许忘年⑥。
脊令各有思归恨⑦，日月相催雪满颠⑧。

【注释】

①元明：即黄庭坚的哥哥黄大临，元明是黄大临的字。子由：即苏轼弟弟苏辙，子由是苏辙的字。

②交亲：就是指互相亲近，友好交往。逝水：这里化用《论语》“子在川上曰：‘逝者如斯夫，不舍昼夜。’”

③凌烟：指凌烟阁，此处指唐代长安太极宫内的凌烟阁。

④经眼：过目。

⑤铜章：即县令的印章。行：将。

⑥石友：指志同道合的挚友。此处指子由。忘年：这里指两人一见如故，不管年岁大小都能成为朋友。

⑦脊令：属于一种水鸟，这里指兄弟。

⑧雪满颠：比喻满头白发。

【译文】

半生的交情，亲密的交情如同流水般逝去，有谁能如同唐朝时期凌烟阁中画上的二十四功臣一般建功立业？

又是一番春风，又是一番春雨，年年开落，春花过眼；我怅望着江北，他怅望着江南，春水生时，波浪拍天。

我想要解下铜印，辞去官职，准备去寻求人生的真谛，相信你这位挚友一定会同意和我成为忘年之交。

我们都在怀念着自己的兄弟，但又回不去，不得不随着时光的流逝，只剩下满头白发。

【赏析】

这是黄庭坚在元丰四年（1081）担任吉州太和县（今江西泰和县）的县令时创作的诗篇，当时的诗人年仅三十七岁。此时的苏辙被朝廷贬谪到筠州（治所在今江西高安市）担任监盐酒税。在此之前，黄庭坚的哥哥黄大临曾寄给苏辙一首诗，里面有这么两句诗："钟鼎功名淹管库，朝廷翰墨写风烟。"黄庭坚便借着哥哥写的这两句诗写下这首诗寄给苏辙。

写寄人的诗，不光是写对方的事，而把自己的身世和感受融入，以唤起对方（包括读者）的共鸣，是古人名作中常见的手法。黄庭坚用这个韵写了四首诗。

这首诗的首联就不同于一般的七言律诗，我们能从中看到杜甫《登高》一类诗的痕迹。第一句诗主要是对时光易逝的感叹，第二句诗也很自然地询问苏辙为何这么多朋友都没有真正建功立业的人？这两句诗是对偶句，读来如同话家常，一点也不刻薄突兀。

这首诗的颔联也是用对偶手法，“春风春雨花经眼，江北江南水拍天”语句读起来十分欢快，将朋友之间曾经亲密无间，到最后因种种原因距离太远，恐怕一生再难相见的慨叹脱口而出，尽管这两句诗没有说友情，但是通过“春风春雨”“江北江南”“花”“水”等景物，也让世人对世事无常的无奈之情溢于言表。黄庭坚的这两句诗历来为人所称道，当然，如同这般融情于景、清丽脱俗的诗句，或许是黄庭坚仔细斟酌打磨而成，因此，有人说黄庭坚的这首诗足以“代表江西诗派熔词铸句的最高成就”。

这首诗的颈联出现转折，诗人说自己想要辞掉官职，和苏辙在一起谈经论道。这两句诗不仅写出了诗人对苏辙的仰慕之情，还写出了自己厌倦官场的心情。

这首诗的尾联再次出现转折，描述自己和苏辙都很思念哥哥，然而却没办法回去和哥哥相聚，那种想要回家却不能的无奈情绪，以及自己和哥哥元明、苏辙和哥哥苏轼彼此兄弟间的深情厚谊深深地感染众人，很容易使大家产生思想上的共鸣。

黄庭坚的这首诗之所以出名，关键在于其颔联和颈联引人注目。颔联融情入景，将景色描写得木入三分；颈联议论友情，将黄庭坚和苏辙之间的默契描写得十分到位。因此，黄庭坚的这种写法历来被人当作律诗的模板。

登快阁

【原文】

痴儿了却公家事①，快阁东西倚晚晴②。

落木千山天远大，澄江一道月分明。

朱弦已为佳人绝③，青眼聊因美酒横④。

万里归船弄长笛⑤，此心吾与白鸥盟⑥。

【注释】

①痴儿：这里是诗人自喻。

②东西：原本指东、西两个方向。这里指在阁中的四处周边。

③朱弦：即指琴。佳人：原指美人，此处可指知己、知音。

④青眼：这里指正眼看人。聊：姑且。

⑤弄：演奏。

⑥与白鸥盟：和鸥鸟盟誓表示自己没有功利心，此处指归隐。

【译文】

我不是做官的好材料，敷衍完官事后，就在快阁中四处浏览，倚栏远眺，迎着雨后的晚晴天。

极目远眺，到了初冬季节，万木萧条，天空更显得辽阔，而在明亮的月光下，澄澈的赣江如白练一般在快阁下流过。

因朋友的离开，我早已失去了弄弦吹箫的兴致，除非看到美酒，我的眼中才会流露些许喜色。

想想我这一生的仕途坎坷，真不如辞官归隐，乘着小船，吹着横笛，返回家乡去，到了家乡和白鸥为友，或许才是我最好的归宿。

【赏析】

这首诗被历代评论家认定为黄庭坚诗词的代表作之一。在宋神宗元丰五年（1082），当时的黄庭坚在吉州泰和县（今江西泰和县）担任知县一职，诗人在处理完公事后，常常前往快阁观赏自然风光。这首七律诗便是黄庭坚登临快阁时有感而发所写。

诗人落笔处看似随意，其实是运用通俗易懂的口吻，说明自己为什么有时间去快阁浏览风光的事情。尤其是“倚晚晴”这几个字更是为下句描写自然风光做铺垫，进而引出“落木千山天远大，澄江一道月分明”的千古绝句。这句诗读来，读者仿佛也跟着诗人一起站在快阁上，沐浴着落日的余晖，眺望极尽开阔辽远的自然风貌。诗人通过描写晚秋时期的落叶飘零、天空浩渺、澄江水清澈明，向读者展示了吉州泰和县美好的自然风光。这既是诗人登临快阁亭时看见的自然风貌，也是诗人胸襟宽广的真实写照。

在“朱弦已为佳人绝，青眼聊因美酒横”这两句诗中，诗人主要借用了两个历史典故来抒发自己当时的思想感情。其中“朱弦已为佳人绝”这句诗借用的是俞伯牙知音难觅的典故，而“青眼聊因美酒横”这句诗借用的是阮籍青白眼的典故。这两句诗的大概意思是因为知音不再，所以我没有心思弹奏乐曲，我对很多事情都失去了兴趣，唯有美酒还能得到我的青眼相待。

最后两句诗写出诗人对官场逐渐厌倦，渴望回到家乡归隐的心情。结尾

两句诗和开头两句诗遥相呼应，有头有尾，著名书法大家潘伯鹰先生曾评论称："一气盘旋而下之感。"这首诗的最后两句诗意味悠长，给人以无限想象的空间。

本诗是黄庭坚诗的代表作，作为律诗，本诗读来却如同歌行，一气流转，直注而下。方东树《昭昧詹言》卷二十评称："起四句且叙且写，一往浩然。五六句对意流行。收尤豪放，此所谓寓单行之气于排偶之中者。"颇得其要。所谓"对意流行"即指用流水对的句式表达诗意的上下相承，具有直贯而下的气势。姚鼐评此诗"能移太白歌行于律诗"（《昭昧詹言》引），亦是此意。

赠郑交

【原文】

高居大士是龙象，草堂丈人非熊罴①。

不逢坏衲乞香饭②，唯见白头垂钓丝。

鸳鸯终日爱水镜，菡萏晚风雕舞衣③。

开径老禅来煮茗④，还寻密竹径中归。

【注释】

①罴（pí）：熊的一种，即棕熊。

②衲：和尚。

③菡（hàn）萏（dàn）：荷花。

④茗：茶。

【译文】

那位住在大寺中的老和尚好比大力的龙象，这位住在草堂的老人应是佐命的贤臣。

没遇上那位穿着袈裟的和尚来乞食香饭，只见这位白头老者在垂丝钓鱼。

鸳鸯整天爱在如镜般的水面游戏，荷花如舞衣般在晚风中四散飘落。

老和尚到来时，出门开路迎接；煮茶招待之后，还沿着在密竹丛中的小路回去。

【赏析】

郑交，字子通，见于《山谷书尺》及题跋。郑交：元丰年间武宁隐士，筑草堂以居。平日喜饮酒赋诗，与龙潭寺的法安禅师和延恩寺的惟清上人等交往，自号“草堂山人”。

全诗力写郑交，而以惟清、法安作衬，主宾交错成文。三四句分写惟清与郑交，以“不逢”“唯见”两虚词阳开阴合，转折有力。后四句写草堂风物，亦写见客、忆人，文气尤为跌宕。曾国藩曾说：“山谷以元丰六年解官太和，过武宁，闻惟清上人当至延恩寺，因谒郑交问消息，题此诗于郑交草堂之壁。”（曾国藩《求阙斋读书录》卷十）

送王郎[①]

【原文】

酌君以蒲城桑落之酒[②]，泛君以湘累秋菊之英[③]。

赠君以黟川点漆之墨[4]，送君以阳关堕泪之声[5]。

酒浇胸次之磊隗[6]，菊制短世之颓龄。

墨以传万古文章之印，歌以写一家兄弟之情。

江山千里俱头白，骨肉十年终眼青[7]。

连床夜语鸡戒晓[8]，书囊无底谈未了。

有功翰墨乃如此，何恨远别音书少。

炒沙作縻终不饱[9]，缕冰文章费工巧[10]。

要须心地收汗马[11]，孔孟行世日杲杲[12]。

有弟有弟力持家，妇能养姑供珍鲑[13]。

儿大诗书女丝麻，公但读书煮春茶。

【注释】

①王郎：这里指黄庭坚的妹夫王纯亮，世弼是王纯亮的字。

②蒲城：这里指蒲坂，位于今天的山西永济县。桑落之酒：指蒲城所产的名酒。

③湘累：指屈原。秋菊之英：即指菊花。

④黟川：今安徽歙县，以产墨闻名。点漆：形容墨好，其色如漆。

⑤阳关：今甘肃敦煌西南，为汉唐时通往西域的要隘。

⑥磊隗（wěi）：喻指心中郁结之不平闷气。

⑦眼青：指青眼，比喻有好感。

⑧连床夜语：即指亲密相处的情景。

⑨炒沙作糜：即炒沙成粥，比喻根本做不到的事。

⑩镂冰文章：就是指在冰上雕镂，比喻徒劳无功。

⑪心地收汗马：这里指内心有实实在在的收获。

⑫日杲（gǎo）杲：好似红日一般光亮。

⑬珍鲑：这里比喻美味的鱼菜。

【译文】

为你斟满蒲城的桑落美酒，酒中放进屈原餐用的秋菊。

赠给你黟县如漆般黑亮的佳墨，送别你时唱着催人泪下的《阳关曲》。

酒，是用来浇你胸中的积郁不平之气；菊，是用来抑制短暂的生命不再衰老。

墨，是用来传写万世文章的心印；歌，是用来抒发一家兄弟的亲情。

如今的我们早已满头白发沦落天涯，十几年的深情厚谊，彼此心意相通。

我们今日要睡在一起秉烛夜话，不知不觉间晨鸡报晓；没想到你才华出众，引经论典，说个不停。

你的学问如此了得，怎么会在我们分别后，为了抱怨烦恼而写一封书信呢？

将沙子放在火上炒热，却不可能当成报餐的饭菜；在冰块上雕刻花朵，终究只是徒劳无功。

必须收敛心神、沉潜道义，才能理解如日月经天的孔孟之道。

你有弟弟能够勤俭持家，妻子又贤惠孝敬、对待婆婆也从不怠懈。

儿子长大了能读诗书，女儿能干、勤纺丝麻。你呢，只要安心地享乐，读书之余，品味新茶。

【赏析】

这首诗作于元丰七年（1084）秋，当时黄庭坚调监德州德平镇（今山东德平）。王郎，即王纯亮，字世弼，黄庭坚的妹婿。黄庭坚与其相会于德平，临别作此诗以赠之。这首诗主要是黄庭坚送别自己的妹夫王纯亮的临别赠言，因为诗句质朴，劝诫之心诚恳，读来发人深省。

这首诗的前十句写送别之情，以排比句法一气呵成，词采华美，音韵流

转，尤其六句九言长句的铺排，在黄庭坚诗中堪称别调。中间八句，赞美王郎才学渊博，继而又规劝王郎不要懈怠努力修养，殷切嘱望之情溢于言表。最后四句安慰他宽心读书，无须有何顾虑。

全诗笔力健劲，气势酣畅，前松而后紧，极尽曲折变化之能事。而温厚蕴藉之情，贯穿其中，通篇洋溢着黄庭坚对亲友鼓励劝勉的深情厚谊。方东树《昭昧詹言》论诗写道："奇警而出之自然，流吐不费，"写得真是恰到好处。

大多数读者比较喜欢这首诗的前半段，实际上，黄庭坚真正下功夫的地方却在"江山千里俱头白"后面的半句话。方东树曾这样评价道："入思深，造句奇崛，笔势健，足以药熟滑，山谷之长也。"他的意思是说想要有更深层次的体会，还是要好好读读这首诗的后半段。

寄黄几复[①]

【原文】

我居北海君南海，寄雁传书谢不能[②]。
桃李春风一杯酒，江湖夜雨十年灯。
持家但有四立壁，治病不蕲三折肱[③]。
想见读书头已白，隔溪猿哭瘴溪藤[④]。

【注释】

①黄几复：即黄介，南昌人，和黄庭坚是发小，当时黄介担任广州四会（今广东四会县）县令。

②寄雁：有传说称大雁南飞的时候，不过衡阳回雁峰，几乎不会飞往岭

南一带。

③蕲（qí）：祈求。肱：指手臂由肘到肩的部分，古时候有三折肱而为良医的说法。

④瘴溪：古时候传说称岭南偏远地区多瘴气。

【译文】

我在北方为官，而你却在遥远的南方，想给你寄封书信，但却因为相距甚远而无法寄达。

当年你我在和煦的春风中，欣赏着芬芳的桃花和李花，一同举起酒杯畅饮；十年来我们都流落江湖，如今在这寂寞的雨夜，彼此独对残灯，思念着远方的朋友。

尽管你家徒四壁，但穷且益坚；处理政事绰绰有余，不需经历多次挫折，便能取得好成绩，比三折肱而为良医的人犹高一筹。

想你读书多年，现在已经白发苍苍；如今仍然身处猿声悲切、瘴气弥漫的岭南之地，我实在为你忧心。

【赏析】

这首诗是黄庭坚的代表作之一，这首诗的前两句起势略显突兀，“我居北海君南海，寄雁传书谢不能”曾经两小无猜的好朋友分别在祖国的北方和南方为官，以至于想要见一面都难比登天，借指诗人怀念朋友黄介，可是却因距离遥远而不得见的感慨。

接下来的两句诗历代以来为人所传颂。“桃李春风一杯酒，江湖夜雨十年灯”这两句诗看似平平无奇，可是，通过工整的对仗，巧妙的用词，硬是营造出一种清新隽永的美好意境，具有十分强烈的艺术感染力。诗人遥想年轻的时候，和好朋友黄介二人一起在春光明媚的午后，一边欣赏着恣意绽放的桃花和李花，一边品尝着美酒佳肴，那是一段多么令人怀念的美好时光，然而，长大后的诗人和黄介却因为工作的地方距离太远，再加上其他因素，导致二人想要见一面都难于登天，只好在凄凉的夜雨中对着孤灯难以入眠。这些词句给读者以更加具象的事物，并留给读者充分的想象空间。

后面的四句诗，诗人分别从“持家”“治病”“读书”这三方面描写黄介的为人与处境。诗人称黄介在政治上很有能力与作为，根本不需要所谓的为政经验去添砖添瓦。只是，朝廷识人不清，这样的治国安邦的人才却只委任了一个小官，无法发挥出黄介的聪明才智，诗人为仕途不顺的黄介深表同情。尾联又和首句的“我居北海君南海”遥遥呼应。诗人猜测十年前一起把酒言欢的朋友恐怕已经白发苍苍，只是仍然读书不倦，可怜黄介一代人才却只能在十分偏远的地区做一个小小的县令，表达了诗人对黄介怀才不遇的不平和愤慨之情。

这首诗中用的都是极普通的词语：桃李、春风、江湖、夜雨、一杯、十年、酒、灯，在前人诗中早已司空见惯，可是诗人把它们巧妙地配搭起来，却构成了全新的意境。诗人通过强烈的对比，引起读者深刻的共鸣。这是宋诗中非常值得注意的手法，不用僻字，不用拗句，不用名不见经传的典故，巧妙地把自己的主观情志跟客观事物结合起来，让人想到刘勰在《文心雕龙》中所描绘的艺术境界：“寂然疑虑，思接千载；悄然动容，视通万里。吟咏之间，吐纳珠玉之声；眉睫之前，卷舒风云之色。”能让人在反复欣赏的同时获得美的享受。

全诗八句一气涌出，以故为新，运古于律，句法兀傲，音响奇峭，却没有一点斧凿的痕迹，达到了锻炼至极而返璞归真的化境。

牧童诗

【原文】

骑牛远远过前村，短笛横吹隔陇闻①。

多少长安名利客②，机关用尽不如君③。

【注释】

①陇：同“垄”，指田垄。

②长安：即如今的西安，这里指唐代都城。

③机关用尽：算尽心思。

【译文】

远远地看到小牧童骑着水牛经过村前，清风隔着田垄将悠扬的笛声缓缓传进我的耳朵。

那些在长安城内热衷于追名逐利的人，费尽心思也不如你活得这么悠闲自在。

【赏析】

这首诗读来妙趣横生，又含有一定的人生哲理。

黄庭坚一落笔就写道：“骑牛远远过前村，短笛横吹隔陇闻。”这两句诗将无忧无虑的小牧童刻画得入木三分，一幅“牧童骑牛吹笛图”便跃然纸上。小牧童骑着水牛慢慢悠悠地在村前走过，他那悠扬的笛声随风散步到一望无际的田野里。牧童当真是活出了真性情，这份洒脱自在的生活，是多少陷入

名利场的人终其一生也得不到的。当然，牧童在村前骑牛吹笛的画面也使整幅画卷充满野趣。

诗人紧接着写道："多少长安名利客，机关用尽不如君。"这两句话历来被奉为真理，被许多人参考借鉴。诗人用长安的名利客，和骑牛吹笛的牧童作对比，发现那些一生都在名利场挣扎的官客，根本不能和悠闲自在的牧童相提并论。诗人对沉浸在名利场的人表示瞧不起，对自得其乐的牧童大加褒奖，在这褒贬之下，就流露出诗人孤芳自赏、不想和世俗之人同流合污的思想情感，与此同时，诗人还对田园生活表示出了深深的向往之情。

鄂州南楼书事①

【原文】

四顾山光接水光②，凭栏十里芰荷香③。

清风明月无人管，并作南楼一味凉④。

【注释】

①鄂州：位于今天的湖北省武汉、黄石一带。南楼：即指武昌蛇山顶。

②四顾：向四周看去。山光、水光：指山水之色。

③凭栏：依靠着栏杆。十里：即指水面辽阔。芰（jì）：即菱角。

④并：合并为一处。一味凉：即一片凉爽。

【译文】

向四周看去，山水连同一线，倚着栏杆看见十分辽阔的水面上，菱角和绽放的荷花清晰可见，清风送来一阵阵的香气。

明月清风没有人理睬或看管，从南楼上看去，明亮的月光和清风融合在一起，带给人一片凉意。

【赏析】

这是一首描写夏夜登高望远的古诗，其中“明月”在其中不仅作为具体的景物存在，而且在这首诗中起到关键性的作用。正是因为有了明月的存在，诗人才能在南楼上望见远处的风景，正是有了朦朦胧胧的月光，诗人才能看见山水一色的美景，才能知道自己闻见的是菱角和荷花的香味。后两句诗运用拟人的手法，将无人看管的清风与明月“混为一谈”，甚至让两者水乳交融，仿佛夏夜的阵阵凉意也是清风与明月融合在一起的功劳。

黄庭坚的一生充满戏剧性，他在仕途上举步维艰，因受人陷害，曾一度被贬谪到偏远地区六年，好不容易被召回去做官几个月，紧接着又被罢免官职，不得已来到武昌闲居。当他在夏夜独处时，看见清风明月无人看管，自由自在，联想到自己每当想要有所作为就会被打压获罪，内心的那种怅然若失之感便油然而生。

雨中登岳阳楼望君山二首[①]

【原文】

其一

投荒万死鬓毛斑[②]，生出瞿塘滟滪关。

未到江南先一笑[③]，岳阳楼上对君山。

其二

满川风雨独凭栏[④]，绾结湘娥十二鬟[⑤]。

可惜不当湖水面[⑥]，银山堆里看青山[⑦]。

【注释】

①岳阳楼：位于今天的湖南岳阳城西门，对面是洞庭湖。君山：指洞庭湖中的一座小岛。

②投荒：指被流放到偏远荒芜的地区。

③江南：泛指长江下游南岸，包括诗人的故乡分宁。

④川：此处指洞庭湖。

⑤绾结：(将头发)向上盘起。又作"绾髻"。

⑥当：即正对着，意思是在湖面上面对着湖水。

⑦银山：又作"银盘"。

【译文】

其一

我曾被贬谪到偏远荒芜的地方，历经磨难，九死一生，如今早已两鬓斑白，总算活着走出了瞿塘峡和万分危险的滟滪关。

还没有走到长江以南地区的时候，我就开心地笑了笑，站在岳阳楼上，眺望着位于洞庭湖中的一座小岛。

其二

独自倚靠着岳阳楼的栏杆，向外欣赏着洞庭湖的风风雨雨；烟雨中的君山好似湘夫人的青螺发髻一般漂亮。

可惜我不能站在洞庭的湖面上；倘若我能站在白浪滔天的洞庭湖浪尖上细细观望君山的美景，那该有多好！

【赏析】

这是黄庭坚描写洞庭湖的组诗。诗人在前一首诗中主要描写了自己好不容易被赦免，允许离开那险恶的偏远荒芜之地，几乎九死一生才活着走出了瞿塘峡和滟滪关，表达的是诗人劫后余生的喜悦之情，后面两句诗说自己还没有回到自己的故乡，只是站在岳阳楼上眺望远方，就已经喜不自禁。这首诗将曾遭遇无数苦难的诗人那种洒脱豪爽的性情描写得淋漓尽致。整首诗言辞恳切，对自己劫后余生的喜悦之情溢于言表。

黄庭坚的第二首诗主要是承接上一首诗，重点放在了描写岳阳楼上观赏洞庭湖湖中的君山的场景。其中的“满川风雨”，明面上是写洞庭湖中的狂风骤雨，实际上是写诗人所处的政治局势十分恶劣。然而，就是在这样恶劣的政治形势下，诗人还能乐观积极地去欣赏洞庭湖中的美景，足以看出诗人的心性之豁达。第二句诗写出了君山风景的俊秀清丽，称君山的风景远远看去好似雍容华贵的湘夫人。而后面两句诗则是进一步设想，倘若自己能站在

波涛汹涌的洞庭湖水浪尖上仔细观赏君山的美景，那该是多么惬意的一件事情。一句“银山堆里看青山”，就将洞庭湖中的美景尽收眼底。

实际上，通过这两首诗，足以看出诗人豁达的人生观，只有身处危难还能保持积极乐观的状态，诗人才能写出如此意气风发的诗篇。

据有关资料记载，黄庭坚自从在绍圣初年因为修编国史一事，屡屡被政敌诬陷，遭到朝廷的不断贬谪。直到宋徽宗即位，黄庭坚的政治地位才有所提高。这两首诗的背景便是诗人在遭受一系列的颠簸之苦后，从湖北顺流而下，经过岳阳时，登上岳阳楼去观看洞庭湖中君山的美景，同时，诗人为劫后余生后的自己感到庆幸，而诗人那种历经风雨仍然百折不挠的生活态度值得大家学习。

王充道送水仙花五十支

【原文】

凌波仙子生尘袜，水上轻盈步微月①。

是谁招此断肠魂②，种作寒花寄愁绝。

含香体素欲倾城③，山矾是弟梅是兄④。

坐对真成被花恼⑤，出门一笑大江横。

【注释】

①微月：指类似新月的罗袜。

②断肠魂：指悲伤的灵魂。

③体素：即质地素洁，这里主要形容水仙花十分素雅。

④山矾：即郑花，春天开香气弥漫的小白花，叶可以染黄，黄庭坚认为“郑花”一名过于俗气，于是将郑花改为“山矾”。

⑤真成：真是个。

【译文】

美丽的洛神体态轻盈，浮动在水波之上，轻盈地一踏而过。

是谁将洛神悲伤的灵魂招引过来，化作冬季绽放的水仙花，来寄托她深深的愁绪。

水仙花的香气醉人，质地素雅高洁，郑花如同水仙花的弟弟，而梅花则好似水仙花的兄长。

我独自欣赏着水仙花的姿态，兀自烦恼不已，想要出门散散心，却看见横在眼前的长江水。

【赏析】

这首诗处处用拟人化的手法来描写水仙花的各种形态。开篇即写道：“凌波仙子生尘袜，水上轻盈步微月。”洛神素有凌波仙人的美称，传说其能“凌波微步，罗袜生尘”。诗人将静止不动的水仙花比作美丽高洁的洛神女迈着轻盈的脚步慢慢前行。诗人用动态的笔触描写静态的水仙花，将水仙花的姿态写得娇美动人。

前面四句是紧紧围绕着水仙花的娇美姿态来描写，让人看见水仙花，便能联想到美丽高洁的洛神女，然而，后面四句却转而将素雅脱俗的水仙花比作一名粗犷的男子，和郑花、梅花称兄道弟去了。这样重大的反转让整首诗的风格为之一变。

这首诗从前四句来看，水仙花在诗人的笔下就如同一个体态轻盈、品性高洁的美丽女子；而从后四句来看，水仙花突然变成了一个身怀异香、素雅冷清的孤傲男子，和郑花及梅花称兄道弟，让人平白生出了一种错乱感，其

实，这也是诗人内心变化万千、混乱烦恼的心境使然。正所谓“看山不是山，看水不是水”，将一个人的心情直接反映在看待事物的态度上，然而，这种看上去不那么规范协调的诗反而给人一种矛盾错落的美感。

杂诗七首（其一）

【原文】

此身天地一蘧庐①，世事消磨绿鬓疏②。

毕竟几人真得鹿，不知终日梦为鱼。

【注释】

①蘧（qú）庐：指古代驿站中供人休息的房屋，相当于今天的旅馆。

②绿鬓：指乌黑且富有光泽的鬓发。

【译文】

如果把天地比作一间旅馆，我也是其中的一员，世事艰辛，将我们原本乌黑亮丽的头发变成如今如同枯草一般稀疏。

这个世界上究竟有多少人能够真正地获得滔天的权势富贵呢？相信绝大多数人不过是在幻想中生活罢了。

【赏析】

黄庭坚所写的这首诗历朝历代都被当作名言佳句被众人赏析借鉴。这首诗的格局很大，他将广阔无垠的天地比作一间旅馆，而芸芸众生都只是旅馆中的过客。世道无常，瞬息万变，转眼间，我们原本乌黑浓密的头发，经过岁月的不断打磨，已经变得稀稀疏疏且没有光泽。

诗人的后两句诗写道："毕竟几人真得鹿，不知终日梦为鱼。"诗人将荣华富贵和滔天权势比作鹿，将幻想中的世界比作记忆短暂的鱼儿，诗人一方面感叹生命无常，绝大多数人的命运不过是平平凡凡，碌碌无为，另一方面也是对自己命途多舛的慨叹。

整首诗的格调深沉凄凉，营造出一种悲凉之感。

奉答李和甫代简二绝句①

【原文】

其一

山色江声相与清②，卷帘待得月华生③。

可怜一曲并船笛④，说尽故人离别情。

其二

梦中往事随心见⑤，醉里繁华乱眼生。

长为风流恼人病⑥，不如天性总无情⑦。

【注释】

①李和甫：这里指黄庭坚的朋友，其生平不详。

②相与：指共同，一道。

③待得：即等到。月华：指月光，这里指月亮本身。

④可怜：可爱。

⑤随心：顺着心意。

⑥风流：这里指高洁不群的品格与耿介不屈的性格。恼人病：正话反

说，这里指烦心事。

⑦天性：先天具备的品质、性情。

【译文】

其一

黄昏时分，山色清幽，江声寂静，卷起白天遮阳的帘子，等待东方一轮明月冉冉升起。突然，江边并排停泊的两只船上，传来悠扬的笛声，仿佛吹笛人在向远方的朋友诉说离别的情绪。

其二

梦中，往事历历在目，喝醉酒后，想到那些荣华富贵不过是迷惑人眼的幻象罢了。长时间以来，我因为这耿介不屈的性格惹了许多烦恼。还不如那自私无情的天性，这么一来，就不会遭受这般痛苦了。

【赏析】

黄庭坚写的第一首诗运用借景抒情的手法，抒发了诗人对许多年未见的朋友李和甫的怀念之情。

第一首诗的前两句："山色江声相与清，卷帘待得月华生。"这两句诗主要是化用杜甫《书堂饮既夜复邀李尚书下马月下赋绝句》："湖水林风相与清，残尊下马复同倾。"黄庭坚经过对杜甫诗句的大力改造，成功地化为己用，借用杜甫和朋友在夜月之下的湖边共叙友情，用来描写诗人因思念远方的朋友李和甫，导致其有些郁郁寡欢。而"卷帘待得月华生"则直接将欧阳修《临江仙》词中"阑干倚处，待得月华生"后半句词嫁接到自己的诗句中，并且让人看不出丝毫的拼凑痕迹，由此也足以看出黄庭坚博览群书、博闻强记的特点。

黄庭坚写的第二首诗主要是向朋友诉说自己的苦恼。诗人在现实中屡遭打击，他的理想抱负始终无法实现，因此，诗人只能从饮酒、参禅宗获得心灵的解脱，消除内心长久以来的痛苦。

在这首诗中，诗人尽情地向朋友诉说自己的烦心事，因为太过于思念朋友，于是在梦里一遍遍回忆和朋友在一起的事，由此可知诗人对朋友的深切思念之情。后面说自己醉酒后发现，所谓的荣华富贵不过是迷惑人眼的幻象而已，此处又凸显了诗人对富贵荣华的淡漠之情。

戏呈孔毅父①

【原文】

管城子无食肉相②，孔方兄有绝交书③。

文书功用不经世，何异丝窠缀露珠④。

校书著作频诏除⑤，犹能上车问何如。

忽忆僧床同野饭，梦随秋雁到东湖⑥。

【注释】

①孔毅父：名平仲，黄庭坚的好友，江西新喻（今江西新余）人，曾任秘书省校书郎、秘书丞等职，官至中书舍人。

②管城子：这里指毛笔。

③孔方兄：即古代钱币。古代的铜钱外圆而中有方孔，因此文人戏称其为孔方兄。

④丝窠（kē）：这里指蜘蛛网。

⑤校书：古代官职，这里指校书郎。著作：这里指著作郎。诏除：即指朝廷下诏、拜官授职。

⑥东湖：位于今江西南昌市郊。

【译文】

你看，这位“管城子”先生是没有封侯食肉之相的，而“孔方兄”又给我下了绝交书。

我在著书立传上颇为用功，只可惜没有经邦治国之才。这就等同于在蜘蛛网上挂着的露水，都不能起到什么作用。

朝廷一纸诏书将我召回都城，但是却很随意地封赏了我一个小小校书郎、著作郎的官职，我这样的卑微小官，恐怕只能做登上马车问候他人身体状况的小事了。

忽然想起当年与你一起同宿寺庙、同桌吃着粗茶便饭，尽管生活清贫，但却回味无穷；现在真不如你我在梦里随着那南飞的鸿雁去往东湖，继续过那种悠闲的隐居生活呀。

【赏析】

这首诗的首联写道：“管城子无食肉相，孔方兄有绝交书。”诗人把写字用的毛笔比作“管城子”，将钱币比作“孔方兄”，运用拟人化的手法，写出了自己作为一介文人不被朝廷赏识，不仅做不了大官，也发不了财。诗人将自己不被朝廷赏识的牢骚通过风趣的语言表述出来，读来令人深感诙谐幽默。

这首诗的颔联开始阐述了自己没能博取功名利禄的原因，表面上说自己空有才学却不懂安邦立国之道，实际上却用反语暗讽朝廷不懂赏识人才。

这首诗实际上为黄庭坚的自嘲之作，从中可以见出诗人的精神世界。诗中用诙谐幽默的口吻自我嘲讽，说自己靠文章生活，一不能当官，二不能发财。自己的文章也不过只是蛛网上的露珠，于事无补。自己一会儿当校书郎，一会儿被任命为著作郎，这些职位都不需要什么才学，只要能够和别人随便应酬几句就算把工作做好了。这些诗句表面上是自嘲，骨子里却是自负，表

示了对世人汲汲以求的名利的鄙视、得失荣辱全不挂怀的高洁情操。结尾二句点明自己想要归隐，进一步深化了主旨。

和答元明黔南赠别①

【原文】

万里相看忘逆旅②，三声清泪落离觞③。

朝云往日攀天梦④，夜雨何时对榻凉。

急雪脊令相并影⑤，惊风鸿雁不成行。

归舟天际常回首，从此频书慰断肠⑥。

【注释】

①元明：指黄庭坚的哥哥黄大临，字元明。

②相看：指相对。逆旅：即旅店。

③觞：指酒杯。

④攀天：借指仕途坎坷，阻力重重。

⑤脊令：古代鸟名，指鹡鸰。

⑥频书：经常通信。

【译文】

在万里之外，兄弟相看，暂时忘记身处旅舍之中；猿猴的悲鸣让我们从离别中清醒，不舍的泪水落在离别时的酒杯里。

在巫峡中，想起那行云布雨的神女，托梦怀王的往事，让我忍不住联想到自己的升迁之梦破灭；夜间的小雨淅淅沥沥地下着，什么时候可以和哥哥

一起同榻而眠、再不分开。

大雪纷飞，两只鹡鸰依然形影相依；鸿雁在风暴来临时惊慌失措，飞不成行。

想必离别后，哥哥会在有一天回来的时候，站在船边常常翘首以盼；从今以后，希望哥哥多给我写信，好宽慰伤心的我。

【赏析】

这首诗主要歌咏兄弟之间的真挚情谊。第一句诗写的是兄弟相聚之喜，第二句诗写的是兄弟离别之悲。在第三句诗中，诗人追忆往事，感叹已成一梦，第四句诗中，作者遥想将来，期盼兄弟再次团圆。五六两句描绘了环境的严酷，写兄弟于患难之中互相慰藉和分别之苦。结尾两句诗推进一层，从对方落笔，表现了依依惜别之情。此诗善用典故，大大丰富了诗的内涵。

这首诗将黄庭坚在化用典故上的深厚功力展现一二。黄庭坚善于用典，却通过自己高超的文学素养将典故自然而然地融于诗作中，毫无雕琢刻意。当然，也正是这些典故，将诗的内涵丰富起来，更是触发读者的联想，使整首诗的韵味回味悠长。当然，黄庭坚是很重情义的一个人，不管是对朋友，还是对亲人，字里行间、情真意切，感人至深。

题胡逸老致虚庵①

【原文】

藏书万卷可教子，遗金满籯常作灾②。

能与贫人共年谷，必有明月生蚌胎③。

山随宴坐图画出④，水作夜窗风雨来。

观水观山皆得妙⑤，更将何物污灵台。

【注释】

①胡逸老：历史中对此人没有相关记载。致虚庵：此处指胡逸老的书房名。

②籯（yíng）：指竹箱。作：这里指兴起，成为。

③明月：此处指珍珠。明珠出于老蚌，也比喻品行好的年轻人出于门庭。

④宴坐：此处指闲坐。图画：即“画图”。

⑤观水观山：又作“观山观水”。

【译文】

倘若祖先留下的是一万卷藏书，那么就可以用其来教导孩子；可是，如果祖先留下的是满满一箱金子，那么往往就会为自己引来祸端。

倘若可以和贫穷的人一起分享财物食品，那么，这样的人肯定出身于高明大户。

有人随意坐在美好的山色里，这样一幅恬淡闲适的画面就好似图画般呈

现在众人眼前；山谷中的流水声远远地传来，如同风雨敲窗的声响。

不管是观赏山脉还是观赏流水，我们都可以领略其中的妙趣，还有什么烦恼可以影响我们的心性呢？

【赏析】

黄庭坚的这首诗主要是写给一个名叫胡逸老的人。在诗人的眼中，胡逸老是一个不贪慕荣华富贵而向往山水之间的人。黄庭坚在表达对胡逸老敬慕之情的同时，表达了自己的素雅情怀。

黄庭坚的首联是化用韦贤的典故。根据《汉书·韦贤传》中记载称：有一个名叫韦贤的大儒，他将自己的四个儿子都教育成才。这里对胡逸老生于书香门第做了简要介绍，也赞美了胡逸老的品格高尚。

紧接着，诗人在颔联中进一步阐述胡逸老对普通百姓的怜爱之心，说他愿意将家中的粮食分给贫苦百姓一起享用。

“山随宴坐图画出，水作夜窗风雨来”这两句诗写出了胡逸老闲适恬淡、不急不躁的心性修养。

这首诗的尾联与首联遥遥呼应，说胡逸老的心性豁达闲适，所以，他眼中的山水风貌总能传达到他的心田。这里也暗指诗人如同胡逸老一般，经常用山水之景洗涤污浊思想，使灵台清明。

咏李伯时摹韩幹三马次苏子由韵简伯时兼寄李德素

【原文】

太史琐窗云西垂①，试开三马拂蛛丝②。

李侯写影韩幹墨③，自有笔如沙画锥④。

绝尘超日精爽紧，若失其一望路驰。

马官不语臂指挥，乃知仗下非新羁⑤。

吾尝览观在坰马⑥，驽骀成列无权奇⑦。

缅怀胡沙英妙质⑧，一雄可将十万雌。

决非皂枥所成就⑨，天骥生驹人得之。

千金市骨今何有，士或不价五羖皮。

李侯画隐百僚底，初不自期人误知。

戏弄丹青聊卒岁⑩，身如阅世老禅师。

【注释】

①太史：指苏辙。苏辙曾任起居郎，所以称他为太史。琐窗：镂刻连环花纹的窗户。

②试开：打开。三马：指三马图。

③李侯：李公麟。写影：即临摹。

④笔如沙画锥：意思是笔法就好像用尖锥利器在沙子上写字画画一样。

⑤仗下：天子的仪仗之中有立仗马。新羁：新养的马。

⑥览观：即观看。坰（jiōng）：遥远的郊野。

⑦驽骀（dài）：劣等的马。权奇：指非凡奇特。

⑧缅怀：深切地怀念。胡沙：西域沙漠之地。古时称西域为胡，故称胡沙。英妙质：英姿飒爽的骏马。

⑨皂枥：即马槽。

⑩戏弄丹青：即以作画为游戏。丹青，均为颜料色彩，常用以代指图画。聊卒岁：聊以度日。

【译文】

在宫中，太史苏辙居住的地方，打开很久不见天日的三马图画卷，将上面的灰尘蛛丝慢慢抹去，窗外，白云西垂。

李公麟此时正在临摹唐代著名画家韩干的《三马图》，他的笔法遒劲有力，就好像用尖锥利器在平沙地上刻画一般。

他笔下的马精神焕发，奔跑起来像风一样，每一匹马都神情专注，只顾在路上向前奔驰，完全忘记了自己的存在。

马官一句话也不说，只用手臂做手势，指挥骏马，我这才明白这些立仗马训练有素，而不是新养的马可以与之相比的。

我曾经观看过那些处在郊野中的马，那些马都是劣马，没有任何奇特的地方。

我十分怀念西域沙漠之地的那些雄姿英发的骏马，它们当中一匹骏马就可以统率十万匹的平常马。

这样的骏马可不是在槽枥之间饲养就可以得到的，那是天上的神骥生出的马驹被人们所得到。

现在，以千金买良驹这样的事情早就没有了，有才能的士人有时候连五张羊皮都比不上。

李公麟官位低下，以绘画作为隐居，他一开始没有想到自己会成为画家，他多才多艺但大家却只知道他是一位画师。

因此他干脆以作画为游戏，聊以度日，闲暇的日子就如一位老禅师，参禅阅世，用以消磨时光。

【赏析】

此诗作于元祐二年（1087），黄庭坚当时与苏轼、苏辙等都在京师任职。当时，李公麟应苏轼之请临摹了唐代著名画家韩幹的三马图，苏辙为这幅图作诗，黄庭坚步苏辙诗韵而作此诗。

这首作品以咏马为主题，但其真实含意却是表达人才不够重用的悲哀。前六句，诗人描述了李公麟临摹唐代韩幹的墨迹，而且他所摹的马神采奕奕，把马的神态和姿势描绘得活灵活现，栩栩如生。后四句则一转，写那些神采不凡的良马已经成为驯良的立仗马。在这里，诗人将良马与那些平常马相比，得出了“驽骀成列无权奇”的结论。以下四句，诗人又一转，写那些西域胡沙中的名马，“一雄可将十万雌”，但这样的马又怎么能是槽枥之间就可以饲养得到的呢？这可是天上神骥生出的马驹被人们所得到。随后两句“千金市骨今何有，士或不价五羖皮”是作者对现实统治者对待有才之人的不满，对于人才的漠视竟然到了不值五张羊皮的地步，这真让人心寒。最后六句转入对李公麟这样的人才依旧怀才不遇的描写，他多才多艺，但因为官位低下的缘故，无法施展自己的志向，所以只能以作画为戏，参禅悟道以打发时间，这都是因为统治者不重视有才之人的结果啊！

北窗

【原文】

生物趋功日夜流①，园林才夏麦先秋②。

绿阴黄鸟北窗簟③，付与来禽安石榴④。

【注释】

①生物：指大自然中的一切生物。趋功：趋于一定的功利。

②麦先秋：植物果实一般在秋天收获，但麦子夏天收获，因此，《礼记·月令》中说："孟夏麦秋至。"

③簟（diàn）：竹席。

④来禽：即林檎，又叫花红。安石榴：即石榴。这两种植物都是在初夏时节开花。

【译文】

自然界的一切生物都有各自的追求、各自的目的，它们的繁衍生息就好比长江大河，日夜奔流不息；你看那园林之中的花木茂盛，才刚刚进入夏天，但庄稼田中的麦子却已经黄了，静静等待人们收割。

我坐在北窗下铺着竹席的床上，惬意地听窗外树上绿树浓荫中黄鹂的鸣唱，任那窗外林檎与石榴花开得如火如荼。

【赏析】

此诗作于宋哲宗元祐四年（1089），当时黄庭坚在汴京任著作佐郎，此诗写他在自己居住地方北窗下的所见所闻。

这首诗将初夏的景色展现得淋漓尽致，下语虽然看似平淡但却耐人寻味。第一句“生物趋功日夜流”说的是自然界中的万事万物繁衍生息，永不停息。随后一句“园林才夏麦先秋”转入了具体的描写，生物的生长变化都有各自的特点，刚刚进入夏天，而外面庄稼地中的麦子却已经黄熟，等待着人们去收割，从而让我们想到，自然界的道理是这样，那么人世的变迁也是一样的道理。三四两句借窗外的景物，抒发自己的感受。诗人坐在北窗下铺着席子的床上，听窗外树上黄鹂的鸣唱，一副悠然自得的样子。第四句“付与来禽安石榴”写出了诗人听任自然的心态，很容易引起读者的共鸣。

题子瞻枯木①

【原文】

折冲儒墨阵堂堂②，书入颜杨鸿雁行③。

胸中元自有丘壑④，故作老木蟠风霜。

【注释】

①子瞻：指苏轼的字。

②折冲：原本的意思是折退敌方的战车，这里指抵御敌人，在诗中有纵横驰骋的意思。儒墨：儒家和墨家。阵堂堂：这里指阵势强大。

③颜杨：此处指唐代颜真卿与五代杨凝式。颜真卿是唐代著名书法家，杨凝式是五代时期的著名书法家。

④元：通“原”，有本来、原先的意思。丘壑：原本指山水幽深的地方，

此处比喻深远的意境。

【译文】

苏轼的格局强大，他在儒家与墨家之间随意切换，所向披靡；苏轼在书法上的造诣很深，足以和颜真卿、杨凝式相提并论。

苏轼游遍祖国山川，看到了许许多多大自然那如同鬼斧神工一样的美丽风景，因此，苏轼能够将老木在风霜中盘屈的意态刻画出来。

【赏析】

黄庭坚在宋哲宗元祐三年（1088）于史局担任著作佐郎。那年春季，苏轼主管考试，黄庭坚担任苏轼的属官。就在同一年，苏轼曾在醣池寺壁刻画了小山枯木，诗人看见这幅画后，有感而发写下这首诗。

这首诗为题画之作。前二句说苏轼在学术上有集大成的特点，书法可与颜、杨并驾齐驱。后二句说正是这些深厚的艺术修养、人生体验，才使苏轼画出格高韵古的枯木图，达到诗、书、画三者相互圆融的艺术化境。

这首诗的开篇就写道："折冲儒墨阵堂堂"，可以理解为苏轼用自己的满腹经纶平息了一场关于儒家和墨家的争议，并且苏轼饱读圣贤书，学术上从不偏激，因此他能轻易摆平儒墨之争。不过，整首诗的诗眼却是"胸中元自有丘壑"，这里不仅仅是夸赞苏轼在落笔之前脑子里已经有清晰的画面，更是从侧面夸赞了苏轼平生涉猎广泛，具有超强的综合素养。黄庭坚对苏轼的夸赞毫不吝啬，从这里也足以看出诗人对苏轼的仰慕之情。

寺斋睡起二首（其一）

【原文】

小黠大痴螳捕蝉[1]，有余不足夔怜蚿[2]。

退食归来北窗梦[3]，一江风月趁渔船。

【注释】

①螳捕蝉：这里指螳螂捕蝉的故事。

②夔（kuí）：神话故事中的独脚兽。蚿：指长有很多足的虫子。

③北窗梦：化用陶渊明《与子俨等疏》："五六月中，北窗下卧，遇凉风暂至，自谓是羲皇上人。"

【译文】

什么是小聪明？什么是大蠢笨？我们从螳螂捕蝉的故事中就能看出来；从独角兽到多足之虫的演变故事中，我们也可以看出有余与不足是相对而言。

我的公事办理完毕，回家吃饭后就躺在北窗下恍恍惚惚地睡着了，我做了一个梦，梦里我跟随那艘渔船，在一江风月的推动下渐渐远去。

【赏析】

这首诗主要表达了诗人强烈的隐居意图。据说在元祐时期，苏轼和黄庭坚等一应才子都在朝堂上做官，只是，随着党争越来越激烈，苏轼和黄庭坚也不断遭到对手的攻击和污蔑，以至于被迫离开朝堂中心，贬谪到非常偏远的地方做个小官。黄庭坚原本应该在编撰完《神宗实录》后升迁，但是却因遭受对手

的污蔑，官职最高才做到著作佐郎，这首诗便是在这样的背景下所写。

这首诗的前两句主要是化用《庄子》中“螳螂捕蝉”和“夔怜蚿”的哲理故事，由此说明“小黠大痴”和“有余不足”实际上都是相对而言的。正所谓螳螂捕蝉，却没有想到黄雀在后。而人世间的种种算计，也和那些长有许多脚的小虫子没什么两样。后面的两句诗就是表达诗人强烈的隐居意图，诗人连做梦都想要“一江风月趁渔船”，与此同时，表达了诗人对官场尔虞我诈的厌倦之情。

夏日梦伯兄寄江南

【原文】

故园相见略雍容①，睡起南窗日射红。

诗酒一年谈笑隔，江山千里梦魂通②。

河天月晕鱼分子，槲叶风微鹿养茸③。

几度白沙青影里，审听嘶马自搘筇④。

【注释】

①雍容：闲适的姿态。

②通：相通。

③槲（hú）叶：槲树的叶子。

④筇（qióng）：竹杖。

【译文】

我梦到故园，与哥哥相见，从容和睦。醒来时，红彤彤的阳光已射到南窗上。

兄弟俩诗酒相酬，如今已离别一年，再不能一起愉快地谈笑了。尽管远隔千里江山，但我们的精神还是相通的。

河流倒映着天空的月晕，游鱼在散布卵子，槲叶在微风中颤动，小鹿儿正安静地长养着。多少次啊，我在水边的白沙中，在青林的影子里，仔细地听着马嘶声——是不是你来了——自个儿拄着根竹杖站着！

【赏析】

黄庭坚在叶县任上已经快一年了，免不了想家，想到哥哥黄大临。这一首诗感情很细腻，特别写景两句，幽深精美，是不减唐人的佳作。清人黄爵滋《读山谷诗集》云“山谷诗尽多自然佳句”，即是对此等诗而言。

和答登封王晦之登楼见寄①

【原文】

县楼三十六峰寒②，王粲登临独倚阑③。

清坐一番春雨歇，相思千里夕阳残。

诗来嗟我不同醉，别后喜君能自宽。

举目尽妨人作乐，几时归得钓鲵桓④。

【注释】

①和答：针对对方来诗的意思作答。诗人间相互唱和，首先作诗的叫“原唱”，依照别人诗的题材和体裁去写诗叫“和”。登封：县名，即今河南登封市。

②三十六峰：登封县近嵩山，山有三十六峰。

③王粲（càn）：字仲宣。东汉末年文学家、政治家，建安七子之一，曾作名篇《登楼赋》。

④鲵桓：指大鱼。

【译文】

楼正对着高寒的三十六峰，想到你像王粲那样登楼北望，独倚着栏杆。想象王晦之登临的情景，起得很有气势。

清静地坐着，一番春雨洒过，夕阳将下，引起对千里外朋友的相思。

接到你的诗，很可惜我不能跟你同醉。在离别之后，真高兴你能使自己宽怀。

但我举目四望，一切都好像妨碍我愉快作乐。什么时候才能归去，在大海上钓鱼呢?

【赏析】

这首诗是熙宁四年（1071）春黄庭坚在叶县任上作。诗歌意气高扬，境界开阔，表现了青年诗人的胸襟和抱负。王晦之是黄庭坚的朋友，当时他在河南登封做官，本诗写出了对老朋友的思念与留恋之情。

冲雪宿新寨忽忽不乐[①]

【原文】

县北县南何日了，又来新寨解征鞍。

山衔斗柄三星没[②]，雪共月明千里寒。

小吏有时须束带[③]，故人颇问不休官。

江南长尽捎云竹，归及春风斩钓竿。

【注释】

①冲雪：冒雪。

②斗柄：北斗星。三星：参星。古人观察，参星与商星相对，十月以后，参星首先出现于东方，要待参星隐没之后，商星才开始出现于西方。因此可以据此而确定时间。

③束带：陶渊明在彭泽县令职上，穿戴随意，郡督邮将至，衙吏告知须戴冠束带见之。陶渊明遂挂印去官。

【译文】

终日奔走县南县北之间，不知几时方了，而今又来到新寨，下马解鞍歇息。

只见北斗七星的斗柄已低垂在山间，三星也隐没于东方了，积雪在明月的映照下，千里清寒。

当个小吏，有时还不得已要束带拜见上官，老朋友就经常捎话：为什么不辞官归去。

在江南的故乡已长满高耸入云的绿竹，如今归去，正赶上春风吹拂的时候，还来得及斩些竹子做钓竿吧。

【赏析】

黄庭坚作为叶县县尉，经常因公差下乡。诗写作者无日不奔波于道途中，往往至夜间才解鞍休息，其行役之苦可知。加之身为小吏，见上官必须束带，受尽屈辱，故发归隐之思。黄罃《山谷先生年谱》引《垂虹诗话》载，本诗五六句原作“俗学近知回首晚，病身全觉折腰难”，王安石见之，击节称叹，谓黄某清才，非奔走俗吏。今集中所载乃改定本，原诗愤懑之意已趋平和，未必胜于原作。

答龙门潘秀才见寄①

【原文】

男儿四十未全老，便入林泉真自豪。

明月清风非俗物，轻裘肥马谢儿曹②。

山中是处有黄菊③，洛下谁家无白醪④。

想得秋来常日醉，伊川清浅石楼高⑤。

【注释】

①龙门：即伊阙，在洛阳南。

②轻裘肥马：指富贵生活，语出《论语·雍也》。谢：辞，不受。

③是处：到处。

④白醪（láo）：指糯米甜酒。

⑤伊川：即伊水。石楼：龙门香山寺中的一处建筑。

【译文】

男儿四十岁之时，正值壮年，尚未老朽，但你却成游于山林泉石之间，真是有一股超俗的豪气。

明月清风不是凡夫俗子所能欣赏的东西，但你却与之共往；轻裘肥马之类的富贵生活，你却辞去不受。

看你所居之处，山中处处黄菊丛生，附近家家盛产美酒。

想你秋日常常醉酒，徜徉于四周美景之中，看那伊水清澈见底，石楼高耸云端。

【赏析】

这首七律以气概豪迈见长，借对龙门潘秀才的称颂，表达对超凡脱俗的人生境界的向往。潘秀才于壮年时即优游林泉，自有拔出流俗的气度。首联起笔就气势不凡，笼罩全篇。中二联述其隐逸生涯，也是豪气流贯，从对“明月清风”与“轻裘肥马”的弃取中见出其高雅迈俗，赏菊饮醪又颇具陶渊明的风度神韵。尾联宕开一笔，推想其秋日醉酒，徜徉于伊川、石楼之间，以景物渲染其胸襟情趣，韵致悠远。方东树评此诗：“起兀傲，一气涌出。三四顿挫。五六略衍。收出场。然余嫌多成空套，山谷最有此病，不足为法。”所论中肯。这样的章法安排此后渐成黄庭坚七律的一种格套，也是事实。

题落星寺岚漪轩

【原文】

落星开士深结屋①，龙阁老翁来赋诗②。

小雨藏山客坐久③，长江接天帆到迟。

宴寝清香与世隔④，画图绝妙无人知。

蜂房各自开户牖⑤，处处煮茶藤一枝。

【注释】

①落星寺：在鄱阳湖北，庐山之南，因落星石而得名。《水经注》卷三十九《庐水》："（彭蠡）湖中有落星石，……传曰：有星坠此，因以名焉。"开士：佛家语。此处指和尚。

②龙阁老翁：指黄庭坚舅父李公择，曾做过龙图阁直学士。也有论者以为是诗人自指，或说指历代来此吟咏题诗的文人墨客。

③藏山：出自《庄子·大宗师》："夫藏舟于壑，藏山于泽，可谓固矣。然而夜半，有力者负之而走，昧者不知也。"

④宴寝：即燕寝，安息。此处指休息之所。

⑤蜂房：指寺中僧房，鳞次栉比，好像蜂房一般聚集在一起。

【译文】

落星寺中的和尚在寺的深处建了间小屋，龙图阁的老翁曾来这里赋诗。

细雨蒙蒙，把山都遮住了，客人也安闲地久坐；遥望长江，接连着天际，远处的帆船也好像慢慢地驶来。

闹居休息之所，清香满室，氤氲缭绕，使人兴味悠然，似乎与这雨中小寺浑然一体，顿生趣尘出世之感。寺中图画妙绝，不被俗人所知道。

每间僧房都敞开着窗户，密密麻麻聚集在一起，就好像是一个巨大的蜂房一样；处处都升起了缕缕清烟，僧人们正各自煮着苦茶，一枝枝枯藤正在噼噼啪啪地燃烧。

【赏析】

这是一首奇拗的七律，有人误把它编到古诗中。此诗句句挺健，字字锤炼，音节奇拗，是黄庭坚的名篇，也是江西诗派中拗律的代表作，为历来论者所称道。黄庭坚的外甥徐俯就很喜爱这首诗。

此诗是《题落星寺四首》中的第三首。《外集诗注》:“四诗非同时作，后人类聚于此。故诗语有重复，不可指其岁月。”《水经注》卷三十九《庐水》:“(彭蠡)湖中有落星石，……传曰：有星坠此，因以名焉。”此诗全用拗律，作者有意将平仄交错，在音调上产生突兀峭拔的特色，使全诗具有一种奇崛的美。而且，用语平淡却意境奇恣，最见作者艺术功力。

戏和答禽语

【原文】

南村北村雨一犁，新妇饷姑翁哺儿[①]。

田中啼鸟自四时[②]，催人脱袴著新衣。

著新替旧亦不恶[③]，去年租重无袴著！

【注释】

①饷：伺候，喂食。

②四时：四时分明。

③恶：差，令人厌烦。

【译文】

南村北村，雨过后，人们赶着犁田，新妇带饭到田中给家姑吃，家翁在喂小孙儿。

在田中啼唤的鸟儿是四季分明的，催着人们脱掉旧衣穿新衣。

穿上新衣，替换旧衣，本来也不赖，但去年的租税重，人们穷到连简陋的衣服也没得穿！

【赏析】

宋初诗人梅尧臣写了四首《禽言》诗。欧阳修、苏舜钦亦同时有作。

后苏轼又写了《五禽言》诗，其中布谷诗云："南山昨夜雨，西溪不可渡。溪边布谷儿，劝我脱破袴。不辞脱袴溪水寒，水中照见催租瘢。"因布谷鸟的鸣声似"脱却破袴"，故从禽声的谐音展开想象，表现较深刻的思想意义。黄庭坚和的就是这首布谷诗。

出迎使客质明放船自瓦窑归

【原文】

鼓吹喧江雨不开①，丹枫落叶放船回。

风行水上如云过，地近岭南无雁来。

楼阁人家卷帘幕，菰蒲鸥鸟乐湾洄②。

惜无陶谢挥斤手③，诗句纵横付酒杯。

【注释】

①喧：喧闹。

②菰（gū）蒲：即菰和蒲，常借背湖泽。

③挥斤：运斤成风。

【译文】

江面上鼓吹乐声喧闹，阴雨迷蒙不开。枯叶落在船上，让人心情寂寥。

秋风吹拂在水面上，好比流云飘过。地处偏远，大雁有都不愿飞来。

两岸的人家高卷楼阁上的重重帘幕，江中的鸥鸟爱这菰蒲里的流水潆洄。

可惜的是找不到像陶渊明、谢灵运那样的运斤成风的好手，写下纵横奔放的诗句，把豪情付与酒杯。

【赏析】

黄庭坚诗中不乏清新平易之作。本诗写黎明时分放船归来一路所见的风光，物象鲜明，意境广远，充满了浓郁的诗意。末二句以抒情作结，情味更为隽永。

雕陂

【原文】

雕陂之水清且泚①，屈为印文三百里。

呼船载过七十余，褰裳乱流初不记。

竹舆岖垭山径凉，仆姑呼妇声相倚。

篁中犹道泥滑滑②，仆夫惨惨耕夫喜。

穷山为吏如漫郎，安能为人作嚆矢③？

老僧迎谒喜我来，吾以王事笃行李。

知民虚实应县官，我宁信目不信耳。

僧言生长八十余，县令未曾身到此。

【注释】

①清且泚（cǐ）：水流清澈。

②篁：竹轿。

③嚆（hāo）矢：箭。

【译文】

雕陂的流水清澈，三百里间河床弯弯曲曲，像印章上的篆文。

喊过船来载着我们渡河，衣服湿了也不介意。

竹轿发出嘎嘎的响声，山路凉快，下人们高呼着跟随在后边。

道路湿滑，农夫们高兴，而下人们则满腹抱怨。

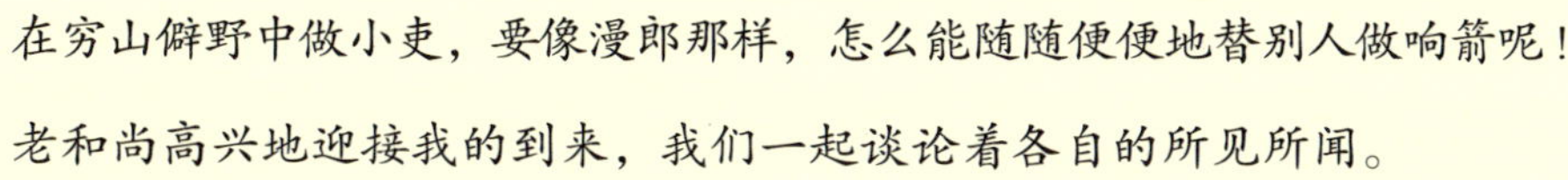

在穷山僻野中做小吏，要像漫郎那样，怎么能随随便便地替别人做响箭呢！

老和尚高兴地迎接我的到来，我们一起谈论着各自的所见所闻。

了解人民情况的虚实，汇报给朝廷。

老和尚说：活了八十多岁，从未见过县令到过这儿。

【赏析】

这是一首很值得注意的诗作。黄庭坚在太和任上，为了准确地执行新法，元丰五年四月中，他亲自在太和辖下的农村做了多天的调查，翻山涉水，入万岁山，宿旱禾渡，上大蒙笼，过金刀坑，找一些老农民谈话。了解到正推行的盐法有不便民之处，黄庭坚按实际情况做了一些有利于农民的修改，并写了十多首诗以记此事。

送张材翁赴秦佥

【原文】

金沙酴醾春纵横[①]，提壶栗留催酒行。

公家诸父酌我醉，横笛送晚延月明。

此时诸儿皆秀发，酒间乞书藤纸滑。

北门相见后十年，醉语十不省七八[②]。

吏事衮衮谈赵张，乃是樽前绿发郎。

风悲松丘忽三岁，更觉绿竹能风霜。

去作将军幕下士，犹闻防秋屯虎兕[③]。

只今陛下思保民，所要边头不生事。

短长不登四万日[④]，愚智相去三十里。

百分举酒更若为？千户封侯傥来尔。

【注释】

①酴（tú）醾（mí）：一种植物。

②省：清醒。

③虎兕（sì）：指虎与犀牛，比喻凶残的人。

④短长：时间长短。

【译文】

金沙花和酴醾花纵横盛开，一片春色。

你家的父辈们与我饮酒至醉，听着横笛，送去了黄昏，又迎来明月。

那时孩子们都灵秀开扬，在酒席间拿出白滑的藤纸请我写字。

十年后，在北门相见，当时的醉语已忘掉十之七八了。

在滔滔不绝地谈论赵广汉、张敞怎样当官的人，正是当年在酒筵上黑发的少年啊。

悲风吹着栽了松树的山丘，匆匆又过了三年，更觉得绿竹能耐风霜了。

现在去做将军幕下之士，还听说为“防秋”调集了虎兕般的士兵。

现在皇帝想“保护人民”，所要的只是边境不发生战事。

人寿短长，不过四万日，愚蠢聪明，也相距不远。满斟的酒杯，却不知为何举起，被封为王族，不过是偶然的事情罢了。

【赏析】

此诗作于宋哲宗元祐元年（1086），送张材翁到秦州（今甘肃省天水市）任军中的幕职。诗中回忆了昔年与材翁长辈的交游和材翁的成长，并对朝廷的屈辱求和表示不满，为材翁难以建立战功而感到惋惜。本诗结构曲折奇特，句法生动变化，可体现黄庭坚奇古独特的艺术风格。

双井茶送子瞻①

【原文】

人间风日不到处②，天上玉堂森宝书③。
想见东坡旧居士，挥毫百斛泻明珠④。
我家江南摘云腴⑤，落硙霏霏雪不如⑥。
为公唤起黄州梦⑦，独载扁舟向五湖⑧。

【注释】

①子瞻：指苏轼，字子瞻。

②风日：这里指风和阳光。

③玉堂：宋代时期将翰林院称作玉堂。

④斛：古代重器，十斗为一斛。泻明珠：这里指苏轼赋诗作文如同明珠倾泻而出。

⑤云腴：指茶叶。借指高山云雾生长的茶叶肥美鲜嫩。

⑥硙（wèi）：也作“磑”，即小石磨，指研制茶叶的碾具。落硙：比喻将茶叶放在石磨里磨碎。霏霏：此处指茶的粉末纷飞。雪不如：指茶的粉末洁白，雪都无法和其相比。

⑦黄州：北宋元丰年间苏轼被贬谪的地方。

⑧五湖：太湖的别称。

【译文】

你所在的翰林院，是人间风吹不着、太阳晒不到的好去处，那里面书籍如林，森然罗列。

想你往日曾是寓居东坡的居士，现如今在翰林院中挥毫起草皇帝的诏令，你奋笔疾书，那字犹如斛中的明珠倾泻而出。

从我江南的老家捎来的上好茶叶，用茶硙细细地研磨，那细细的叶片连白雪都无法与之相比。

当你喝了我送给你的茶后，会让你想起曾在黄州时的旧梦，那就是独自驾着一叶扁舟，在太湖之上游玩。

【赏析】

黄庭坚的这首诗作于元祐二年（1087）。双井茶是黄庭坚故乡分宁（今江西修水）出产的名茶。

黄庭坚的个性与苏轼南辕北辙。黄庭坚并非政治家，也没有太大的政治野心，平易恬退，个人得失从不会耿耿于怀。但苏轼却不是这样，他要学习东汉末年因反对宦官专权而死的名士范滂，“危言危行、独立不回”，要做“忘躯犯颜之士”。正如刘安世在《元城语录》中说：“（东坡）在元丰则不容于元丰，人欲杀之；在元祐则虽与老先生（指司马光）议论，亦有不合处。”苏轼在元丰三年（1080）因“乌台诗案”而险些丧命。黄庭坚在这首诗中很含蓄地规劝苏轼：要吸取教训，得意之时别忘了不愉快的往事。

次韵王定国扬州见寄

【原文】

清洛思君昼夜流①，北归何日片帆收②？

未生白发犹堪酒③，垂上青云却佐州④！

飞雪堆盘脍鱼腹⑤，明珠论斗煮鸡头⑥。

平生行乐亦不恶⑦，岂有竹西歌吹愁？

【注释】

①清洛：即清汴。元丰年间，导洛入汴，联成一体，因为诗人在汴京，即指汴水。

②北归：指王定国由扬州北还京城。

③堪：能承受。

④垂上青云：即刚被提升。

⑤脍：切细的鱼肉。

⑥鸡头：此处指鸡头米。

⑦不恶：不差。

【译文】

清清的洛水啊，像我对你的思念，昼夜不息地奔流，你到何时才能北归片帆收？

你头上白发未生，还能经得起消愁的美酒，刚被提升你却要出任扬州的

佐官！

用鱼肚作脍，细细切碎，像雪片儿飞下，堆满盘中；煮熟了的鸡头芡实，像千万颗明珠，数以斗计。

平生中能行乐也是不差的呀，哪里会有竹西的歌引动愁怀呢？

【赏析】

黄庭坚集中赠友之作很多。这些诗歌表现了封建时代读书人的理想和抱负，抒发他们失意时的感慨。

黄庭坚此首次韵诗表达了对朋友的思念与劝慰。首句以古代诗人常用的以流水表达思念之情的写法，运用拟人手法，说清洛思念你，那昼夜流淌的水送去了问候，随后便问朋友何时北归，朋友深情寓于其中。随后两句“未生白发犹堪酒，垂上青云却佐州”是对朋友现状的关切。说是朋友要趁年轻，尚可以饮酒为欢，但令人遗憾的是本来要青云直上的你却出任扬州的佐官。“飞雪堆盘脍鱼腹，明珠论斗煮鸡头”，具体写王定国在扬州的生活。这种美好的生活，其背后却隐含着一丝悲凉之意。“平生行乐亦不恶，岂有竹西歌吹愁”二句是对朋友的宽慰，朋友在扬州有美好的生活，本来不是什么坏事，所以劝朋友要借竹西歌化解愁怀。

诗中有深挚的同情，亲切的劝勉，热情的鼓励，与朋友共同分享生活中的欢乐与悲哀。尽管处处是罗网，每句诗都可以构成文字狱，但诗人们的情谊依然在维系着，即使因此而被贬官，被流放，也是心甘情愿的。王定国名巩，是宰相王旦之孙，一位有隽才的贵介公子。苏轼《百步洪》诗引记定国在彭城，棹小舟游泗水，北上圣女山，南下百步洪，吹笛饮酒，乘月而归。苏轼时夜着羽衣，伫立黄楼上，相视而笑，以为李太白死后，世间三百余年无此乐。以此可想象王定国的风流才气。后来，王定国因受东坡政治上的连累，被贬到宾州。元祐年间，东坡举荐他任宗正丞（掌管皇族事务机关的属

官），后任扬州通判。吴汝纶称此诗曰："苏奇处在才气，黄奇处在工力。如'未生白发'等联，皆痛撰出奇，前无古人，自辟一家蹊径。"

寄贺方回①

【原文】

少游醉卧古藤下②，谁与愁眉唱一杯？

解作江南断肠句③，只今惟有贺方回。

【注释】

①贺方回：这里指北宋末期的词人贺铸，字方回。

②少游：即指北宋婉约派词宗秦观，字少游。

③解作：可以写出。

【译文】

秦观喝醉了，顺势躺在那茂密的古藤花下，此时此刻，又有谁也是紧锁眉头，一边唱着歌，一边喝着酒呢？

如今能够将江南那感伤至深的意蕴写出来的人，想必只剩下贺铸了吧。

【赏析】

这是黄庭坚写给好友贺铸的一首诗，但是诗人却从北宋婉约派词宗秦观的身上下笔，这又是什么原因呢？原来，秦观不仅是黄庭坚的好朋友，还和黄庭坚一样同为苏轼的弟子，此外，秦观和贺铸也是挚友。

这首诗将三个好友间的深情厚谊写得十分微妙，三个人在词作方面的成就都非常高，并且，秦观在婉约词作上堪称宗师级别的人物，而贺铸在豪放

词和婉约词上的写作技艺都十分高超，三人以诗词相交，构思不可谓不精巧。

谢张仲谋端午送巧作

【原文】

君家玉女从小见①，闻道如今画不成。

翦裁似借天女手②，萱草石榴偏眼明③。

【注释】

①玉女：对他人女儿的美称。

②翦裁：原本指裁制衣服，后来多比喻大自然对景物的安排。

③萱草：一种植物。

【译文】

你家女儿很小的时候就很漂亮，我也多次见过；只是时隔多年后，想要为你的女儿作画时，却感到无从下笔。

上天是多么厚待你女儿呀，她的纤纤玉手好似上天精心剪裁而成，端午节时的美丽萱草和火红的石榴花，都无法遮掩你女儿的美貌。

【赏析】

黄庭坚的这首诗主要讲述了好友张仲谋拥有一个容颜貌美、身材苗条的女儿，说其女儿小时候就很漂亮可爱，想必长大后更加美丽绝伦。在端午节来临之际，黄庭坚送别友人时，一方面感叹时光的悄然流逝，另一方面也是对友人的劝慰，让和自己一样怀才不遇的友人，在伤感离别的时候，想一想家人，也是一种无言的慰藉。

次韵黄斌老所画横竹①

【原文】

酒浇胸次不能平②，吐出苍竹岁峥嵘③。

卧龙偃蹇雷不惊④，公与此君俱忘形。

晴窗影落石泓处⑤，松煤浅染饱霜兔⑥。

中安三石使屈蟠⑦，亦恐形全便飞去。

【注释】

①次韵：接连用所和诗中的韵作诗，也叫步韵。黄斌老：指宋代画家文与可的妻侄，四川梓潼人，擅长画墨竹。

②胸次：即胸中，胸间。也指胸怀。

③峥嵘：即岁月峥嵘，此处指苍竹生于寒冬严峻天气。

④卧龙：这里形容树木或树根盘曲的样子。偃（yǎn）蹇（jiǎn）：即横卧状。

⑤石泓：指砚台。

⑥松煤：此处指用松烟制成的墨。霜兔：用雪白的秋兔毛制成的毛笔。

⑦屈蟠：此处指盘曲。

【译文】

酒流入胸中，心中抑郁久久无法平静，吐出来青苍的竹子，能忍受那严寒的冬季。

横竹像偃蹇而卧的神龙，即使雷震于前也不惊惧。大概是画家和竹子都

把自己的形骸忘掉了吧。

晴窗倒影映在石砚的水中，磨好了松烟墨，蘸饱笔头上雪白的兔毛。

在画中，安放三个怪石，使竹子屈曲盘绕着，恐怕它如龙有全形而破空飞走。

【赏析】

这首诗是黄庭坚为黄斌老所作的题画诗，诗中交叉用笔，首联先写其胸有不平，以画竹子抒发出来。颔联即写其所画之竹“卧龙偃蹇雷不惊”，再又联想到人，写人与竹达到了忘我的境界，即“公与此君俱忘形”。颈联“晴窗影落石泓处，松煤浅染饱霜兔”写其挥毫运笔，从而承接上文，既有所画之竹的展现，又有画竹之人的风神。尾联是随着画竹过程的结束而作结，“中安三石”意在何为？那就是竹子画得十分有神，怕它如龙有全形而破空飞走，从而更加突出所画横竹栩栩如生。

据说，此诗为黄庭坚在元符元年（1098）被朝廷贬谪到戎州的时候所写。当时，诗人被贬谪后总是郁郁寡欢，不过，他和擅长画竹子的黄斌老关系很好。有一次，黄斌老就亲自作了一幅画送给黄庭坚，这首诗便是黄庭坚为这幅画所作。从这首诗中可以看出黄斌老所画竹子极为传神，黄庭坚对黄斌老画技的赞赏之情也可看出。

徐孺子祠堂①

【原文】

乔木幽人三亩宅②，生刍一束向谁论③？

藤萝得意干云日，箫鼓何心进酒樽。

白屋可能无孺子④，黄堂不是欠陈蕃⑤。

古人冷淡今人笑，湖水年年到旧痕⑥。

【注释】

①徐孺子：这里指东汉高士徐稺，字孺子，徐稺为豫章郡南昌人。徐稺的祠堂位于南昌，根据其故居修建而成。

②幽人：这里指隐士。三亩宅：此处指徐稺故居。

③生刍：这里指新割的青草。

④白屋：平民的住宅。可能：指岂能。

⑤黄堂：这里指州治。陈蕃：生于东汉时期，传说陈蕃为豫章郡太守时，“不接宾客，唯（徐）稺来特设一榻，去则县（悬）之”（《后汉书·徐稺传》）。

⑥湖水：这里指南昌城外的东湖，也就是今天的青山湖，徐稺祠堂位于湖南边的小洲上。

【译文】

在高大的树木下，有古代隐士徐稺的故居。当年那一束新割的青草，试

问谁能了解呢？

那些野藤萝蔓，意兴盎然地互相攀援着，冲云蔽日；人们又有什么心思，在神巫的箫鼓声中，去进献一樽清酒。

如今，在平民的茅草屋中，怎会没有徐孺子这样的高士了呢；而官府的黄堂上，并不是缺少陈蕃那样的官吏啊！

古人多不慕荣华、淡泊自处，而今的俗人只会议论讥讽而已；只有徐穉祠堂外的湖水，年年涨落，纷纷回复到旧日的岸痕。

【赏析】

这首诗写于熙宁元年（1068），当时黄庭坚年仅二十四岁，将赴任汝州叶县尉。诗人拜谒徐穉的祠堂时，忍不住感慨世风之凉薄，于是写下这首诗。当时徐穉因不满宦官专权，多次被征聘都不愿出仕。在家乡过着贫寒的生活，亲自耕种田地，时人称之为“南州高士”。诗中表达了对这位有骨气读书人的敬慕之情。

这首诗受杜甫《蜀相》的影响颇深，但缺乏杜诗的灵气。这首诗的首联即取“丞相祠堂何处寻？锦官城外柏森森”的意境，只是上下句顺序颠倒，增添一个“生刍”的典故。下句中“何心”问得好，冷清的祠堂，超凡脱俗的隐士，谁也没有心思来祭奠他。确实耐人寻味。

尾联上句议论，句意分明。值得回味的是最后一句诗：潮涨潮落，这是自然规律；兴亡盛衰，这是社会规律。“才如（韩）信（彭）越尤菹醢，安用思他猛士为”？这一“旧痕”任何一个朝代都会见到。诗人委婉曲折的语言中蕴含着深刻的讽刺意味，而以景结尾，的确妙绝。

送范德孺知庆州

【原文】

乃翁知国如知兵①，塞垣草木识威名。

敌人开户玩处女②，掩耳不及惊雷霆③。

平生端有活国计④，百不一试薶九京⑤。

阿兄两持庆州节⑥，十年骐驎地上行⑦。

潭潭大度如卧虎⑧，边头耕桑长儿女⑨。

折冲千里虽有余，论道经邦政要渠⑩。

妙年出补父兄处，公自才力应时须。

春风旍旗拥万夫⑪，幕下诸将思草枯。

智名勇功不入眼⑫，可用折箠笞羌胡⑬。

【注释】

①乃翁：此处指范仲淹。

②玩：玩忽。

③掩耳不及惊雷霆：化用“迅雷不及掩耳”这句俗语，比喻军事行动好似天雷突降，让敌方来不及提防和抗拒。

④端：指真的、实在。活国：即救活国家。这里比喻范仲淹有治理国家的能力。

⑤百不一试：指一百分的才能还没有施展出来一分。薶：一作“埋”。

九京：指九泉之下。

⑥阿兄：这里指范纯仁。节：古代符节，在古代，符节主要用于军事指挥。

⑦骐骥：此处指良马，日行千里，往往用来比喻有大志、有能力的人才。

⑧潭潭：即幽深的意思，比喻人深沉大度。

⑨耕桑：这里指安居乐业。长：此处指养育。

⑩政：同“正”。要：必要，需要。渠：这里指他。

⑪旍（jīng）旗：旍，同“旌”，亦作“旌旗”，旗帜的总称。

⑫不入眼：此处指不放在心上，多指不追求个人功名。

⑬箠（zhuī）：即鞭子。这里比喻获胜很容易。笞：即用鞭子打人，转为打击。羌胡：古代对北方少数民族的称谓。

【译文】

你父亲范仲淹在治理国家上很有才华，如同他在治理军队时，带着大军镇守在西北边境，他的威名远扬，众所皆知。

我军等待敌人进宫，静若处子，敌人以为可以对我军发起进攻，结果我军竟然以迅雷不及掩耳之势打敌人一个措手不及。

你父亲范仲淹尽管在治理国家上很有才华，可惜没有来得及施展出来多少就去世了。

你的哥哥曾两次去庆州一带镇守，在镇守边关的时候，你哥哥总是骑着马来回巡视。

你哥哥为人沉稳大度，好像坐着的猛虎一样威严万分，据说你哥哥治理边境很有办法，他教会当地人种田养蚕，让百姓将子女养育成人。

你哥哥在实战经验上很有本事，不过，他在治理国家大事上的才能更加卓越，国家就需要像你哥哥这样的人才。

你正当壮年，将要出发去庆州镇守一方。当你再次来到你父亲范仲淹和哥哥曾镇守过的地方，想必你的能力和才华更能适应时代的需求。

如果你顺应时代的发展在庆州驻军镇守，我相信你在治理军队上很有方法策略，一定要士兵士气高昂，让那战旗在风中屹立不倒，并且凡是你手下的将军，都要做好时刻和敌人作战的准备。

军事指挥者的高明之处并不在于威名和战功，而在于不主动发起战乱，对边境地区的小打小闹不进行大规模的武力镇压，对于想要冒犯我国领土的敌人稍加教训便放其离开，以便维护祖国边境的长治久安。

【赏析】

这首诗是一首送别诗，全诗共十八句，可分三个部分，每部分为六句。

诗人开篇定下了议论军国大事的雄健基调，前两部分的诗句主要讲述了范德孺的父亲范仲淹和哥哥范纯仁，诗人在军事才能和政治才能上给予范德孺高度认可与夸赞。诗人说范仲淹和范纯仁二人武能安邦，文能治国，是难得一见的安邦定国之才。

第三部分则主要讲述了黄庭坚送别范德孺时对其的临别赠言，诗人对范德孺的军事才能同样寄予厚望，期待他能够像他的父亲和哥哥那样在庆州一带做出一番业绩。第三部分承接前两部分的内容，衔接得严丝合缝，也表达了诗人渴望范德孺成为一个能够安邦治国的人才，而不是一个只会打胜仗的将军。

黄庭坚在这首诗中的中间一段三换其韵，参差错落。翁方纲说：“三段井然，而换韵之法，前偏后伍，伍承弥缝，节奏章法，天然合笋，非经营可到。”（见《七言诗行钞》卷十《黄诗钞》）

书摩崖碑后[1]

【原文】

春风吹船著浯溪[2]，扶藜上读《中兴碑》[3]。

平生半世看墨本[4]，摩挲石刻鬓成丝[5]。

明皇不作苞桑计，颠倒四海由禄儿。

九庙不守乘舆西[6]，万官已作鸟择栖。

抚军监国太子事，何乃趣取大物为[7]？

事有至难天幸尔，上皇跼蹐还京师[8]。

内间张后色可否？外间李父颐指挥。

南内凄凉几苟活[9]，高将军去事尤危。

臣结春秋二三策，臣甫杜鹃再拜诗。

安知忠臣痛至骨，世上但赏琼琚词[10]。

同来野僧六七辈，亦有文士相追随。

断崖苍藓对立久，冻雨为洗前朝悲[11]。

【注释】

①摩崖：一作“磨崖”，指在山崖峭壁上磨平石面，镌刻碑文或题字，称“摩崖石刻”。

②浯溪：位于今湖南祁阳县西南五里。

③藜：即拐杖。

④墨本：即拓本。

⑤摩挲：指抚摸。

⑥九庙：原指太庙，古代天子庙九室。这里指京城。

⑦趣：指急忙之意。大物，即国家。

⑧跼（jú）蹐（jí）：即没办法舒展的样子。

⑨南内：玄宗从蜀地回来后就住南内兴庆宫，后来迁往西内软禁。

⑩琼琚（jū）：即华美的佩玉。此处指文辞华丽。

⑪冻雨：指暴雨。

【译文】

载着我的小船被一缕缕春风吹到浯溪岸边，我拄着拐杖，艰难地去往山上细细品读着崖上镌刻的《中兴碑》。

在此之前的我只看见过《中兴碑》的拓本，如今我到了双鬓斑白之际，总算可以亲手抚摸着《中兴碑》石刻内容。

唐玄宗在安邦定国上面没有经验，任凭安禄山将天下搅得一团糟，以至于到了无法收拾的地步。

唐氏宗庙和宫殿都被敌人抢去，唐明皇只能凄凉地往川西逃去；文武百官开始纷纷另谋高就，向伪朝廷低声下气地俯首称臣。

带领军队保护国家，这是身为一国太子的本分，可是，唐肃宗却不想着保家卫国，反而急匆匆地登上皇位，这就显得太过于心急了吧?

能够平定战乱原本就是很不容易的事情，如今侥幸获得胜利，太上皇也还是惶恐不安地返回京师朝堂。

从那以后，他的人身自由受到许多限制，在宫里，太上皇需要看张后的脸色做事，在宫外，太上皇也不得不听从李辅国的颐指气使。

太上皇在南内苟且偷生的时候，恰逢向来对他唯命是从的高力士也被赶

走了，这时候事态就变得更加危机万分。

有一位名叫元结的臣子在舂陵上书献计献策，有一位名叫杜甫的臣子在四川看见杜鹃不止一次下拜，泪流满面地作诗。

只可惜世人很少有人知道忠臣的刻骨悲伤，只是对他们著写的诗文中的华美辞藻感兴趣。

和我一起看《中兴碑》的人中有六七个和尚，此外，还有几名文人名士相随。

我身处断崖边的青苔旁，刚好一阵暴雨袭来，好似要将我对前朝那无尽的感伤消除。

【赏析】

这首诗是黄庭坚看见《中兴碑》的碑文后所抒发的一系列感怀之情。诗人平铺直叙地切入主题，讲述自己晚年时期有缘到浯溪一游，并且见到了自己心心念念的《中兴碑》的碑文的故事。

诗人联想到在此之前看见过许多《中兴碑》的拓本，如今有幸见到原碑，只可惜自己已经年迈。接着又开始讲述安史之乱的始末，诗人认为，造成安史之乱的主要因素就是因为唐明皇不懂得如何治理江山，而且还远离贤臣，亲近诸如安禄山这样的小人造成的。后来，战争侥幸成功，可是唐肃宗已经匆忙坐上皇位了，于是，唐明皇就变成了毫无实权的太上皇，没多久，对他忠心耿耿的高力士被赶走，唐明皇的日子就更难熬了。

最后四句诗，诗人说身为大臣的元结和杜甫都是忧国忧民的贤臣，然而，世人却很少关注他们在政治上做出的贡献，只是比较喜欢两人所留下来的华美辞藻罢了。

这是黄庭坚在晚年时期的作品，此时的诗人在文学造诣上的成就已经有目共睹。这首诗看似朴实无华，但就是这些平凡的话，更能打动人心。此外，

黄庭坚在这首诗中还高度概括了安史之乱前后的历史事实，认为唐明皇之所以以悲剧终老，都是他自作自受罢了。

观王主簿家酴醾①

【原文】

肌肤冰雪薰沉水②，百草千花莫比芳。

露湿何郎试汤饼③，日烘荀令炷炉香④。

风流彻骨成春酒，梦寐宜人入枕囊。

输与能诗王主簿⑤，瑶台影里据胡床⑥。

【注释】

①王主簿：姓名不详。主簿，州县中掌文书的属官。酴（tú）醾（mí）：原为酒名，也作花名。

②沉水：香名。

③露湿：被露水所沾湿。

④日烘：东汉荀彧为尚书令，其衣带有香气，人称“令君香”。这句写阳光照射下的花散发出香气，就好像荀彧以炉香熏衣。

⑤输与：不及，不如，比不上。

⑥瑶台：美玉砌成的台。胡床：可折叠的坐具，即交椅。

【译文】

那冰肌玉骨般的酴醾花如同一位美丽的女子熏过沉水香，无论是气韵还是资质，都是其他花草无与伦比的。

酴醾花被露水沾湿之后，就像何晏因吃热汤饼而出汗一样，酴醾花在阳光照耀下散发着光芒，就像荀彧以香熏衣一样味道怡人。

酴醾花风姿绰约，犹如那味道醇美的春酒，令人迷醉，用酴醾花做出的枕头可以让人安然入睡，美梦不断。

但酴醾花的风采终究敌不过那诗文优美、风流不拘，在胡床里优哉游哉的王主簿。

【赏析】

这是一首咏花诗，作于元丰六年（1083）。全诗以人拟花，读来让人耳目一新。首联以冰肌玉骨的美人比喻为花，令人想到《庄子·逍遥游》中写到的藐姑射山神人，“肌肤若冰雪，绰约若处子”，无论姿质气韵都远超其他人。诗一开始就以其非凡的风姿摄人心魄，使人为之沉醉，为之倾倒。颔联的两个比喻更是不落窠臼，独具匠心。上句写花的新鲜皎洁，鲜艳欲滴；下句描写花朵芬芳馥郁，香气袭人，虚虚实实，交相辉映，完美融合。颈联转以虚笔描绘花的风情，以酒的陶醉与梦的宜人将花的神韵传给大家。但不难发现，诗到最后，对花的种种摹写都是为了衬托王主簿洒脱不拘、风流倜傥的形象，已完成自己赠诗的意图。

这首诗在黄庭坚的诗中算是标新立异，其风神摇曳中又很好地显露出峭拔之骨，将黄庭坚诗的本色彰显得淋漓尽致。

次韵盖郎中率郭郎中休官二首[①]（其一）

【原文】

世态已更千变尽，心源不受一尘侵[②]。

青春白日无公事[③]，紫燕黄鹂俱好音。

付与儿孙知伏腊[④]，听教鱼鸟逐飞沉。

黄公垆下曾知味[⑤]，定是逃禅入少林[⑥]。

【注释】

①郎中：官名。盖、郭二人都是黄庭坚的同僚。

②心源：佛教以心为万法（物）之源。神秀《观心论》："心者万法之根本也。一切诸法，唯心所生。"

③青春：春天。

④伏腊：夏天的伏日与冬天的腊日，秦汉时均为节日，合称伏腊。

⑤黄公垆：黄公卖酒的地方。

⑥逃禅：逃避世俗的纷扰而入禅修行。少林：寺名，在少室山，禅宗祖庭。

【译文】

世间万象都历经了千变万化，但是你们的内心一直纯净如初。

春天，白天时闲来无事，就悠闲地听那枝头紫燕与黄鹂的歌声，心情十分愉悦。

你们大可以把祭祀这些事情交由儿孙们去做，你们呢，就去看看天上的鸟儿与水中的游鱼，享受享受大自然的乐趣吧！

历经过世道变迁与人生况味的你们，是不是有了遁入佛门的想法了呢？

【赏析】

这首诗是黄庭坚于元丰二年作于北京国子监教授任上。原诗二首，此处选录第二首。熙、丰年间正是新法大举正好推行的时候，黄庭坚借盖、郭二郎中休官的时机作诗以表达自己的感情。诗人以一种对现实政治疏离、冷眼旁观的态度，表现自己逍遥自任，对执政者的傲视与不合作。局势变幻莫测，但诗人始终保持自己心灵的纯洁。

教授只是一个地位低下的闲职，因此有大把的时间尽情享受春日的闲暇，在鸟语花香之中流连忘返。尘世俗事，完全可以置之不理，任由儿孙们去尽享节日的乐趣，任鱼鸟在天地间随着自己的本性高飞浮沉。

诗句最后回应“休官”的主旨，回想以往共饮同醉的日子，不禁让人感慨万千，如今休官归去，一定是遁入禅门而去了。不管居官还是休官，主客双方在疏离现实这一点上达到了共鸣。

答永新宗令寄石耳[1]

【原文】

饥欲食首山薇[2]，渴欲饮颍川水。

嘉禾令尹清如冰[3]，寄我南山石上耳。

筠笼动浮烟雨姿，瀹汤磨沙光陆离[4]。

竹萌粉饵相发挥[5]，芥姜作辛和味宜。

公庭退食饱下筋[6]，杞菊避席遗萍虀[7]。

雁门天花不复忆[8]，况乃桑鹅与楮鸡[9]。

小人藜羹亦易足[10]，嘉蔬遣饷荷眷私[11]。

吾闻石耳之生常在苍崖之绝壁，苔衣石腴风日炙[12]。

扪萝挽葛采万仞，仄足委骨豺虎宅。

佩刀买犊剑买牛，作民父母今得职。

闵仲叔不以口腹累安邑，我其敢用鲑菜烦嘉禾！

愿公不复甘此鼎[13]，免使射利登嵯峨[14]。

【注释】

①永新：吉州属邑，太和邻县。石耳：地衣类植物，在山林岩石上生长，可以食用。

②首山，即首阳山。薇：一种野菜，又名野豌豆。

③嘉禾：永新县别称。

④瀹（yuè）汤：以汤煮物。磨沙：磨成碎末。

⑤竹萌：竹笋。粉饵：糕点一类食品。相发挥：互相映衬，使之更美好。

⑥下筋：下筷子。

⑦杞菊：枸杞与菊花。避席：退席离去。遗：弃，不用。萍：一种水草。

⑧雁门天花：代州雁门郡五台山有天花蕈。佛教有天雨花之说。

⑨桑鹅：菌类，一作桑耳。楮鸡：楮树上生的木耳，一作树鸡，因其味类鸡而得名。

⑩藜羹：用嫩藜煮成的羹，一种粗劣食品。藜，植物名，嫩叶可食。

⑪嘉蔬：此指石耳。遣饷：派人馈赠。荷眷私：承受眷顾恩惠。

⑫苔衣：苔藓类植物。石腴：水边石上生长的苔藻。风日炙：风吹日晒。

⑬鼎：此指菜肴，即石耳。

⑭射利：追求财利。嵯峨：这里指高山。

【译文】

我饥饿的时候就想吃首阳山出产的野豌豆菜，我口渴之时就想喝颍川河的水。

嘉禾的县令啊，你为官清廉，给我寄来了南山产的石耳。

看着那竹笼里的石耳，想着它们生长在山野之中的样子，把它们磨成碎末用来熬汤，那汤水闪耀着诱人的光泽。

如果配上竹笋、粉团一类的食材，加上芥末、生姜之类的调料之后，味道实在是鲜美极了。

我忙完公干回到家里，看到这道菜，我几乎停不下来，枸杞、菊花及腌菜之类我已经都视而不见了。

烹制后的石耳的味道甚至让我忘记了雁门五台山的香花，更何况经常见到的鹅、鸡之类的东西。

我平时吃饭很随意，藜叶煮汤也能吃得很开心，承蒙你的眷顾，让我吃到石耳这种稀有的东西。

我听说石耳生在悬崖峭壁之上，它们与山涧上的苔藓一起经受风吹日晒。

要想采得此物，要攀援到万丈之上，采摘的人双脚不能站立，也经常会发生意外。

你作为永新的县令，重农安民，作为一方地方官，你要使这里的人们安居乐业。

我闻听古时候的贤人闵仲叔就不以自己的口腹之欲而劳累人们，我们岂敢因一己之私而劳烦嘉禾的人们和你呢？

但愿你我之后不要再对这种食物乐此不疲，以免人们为了各种利益而做这种铤而走险的事情。

【赏析】

元丰六年（1083），黄庭坚担任太和令时，邻县的县令给他寄赠了出产于山中的石耳，想到采集石耳的艰辛，他有感而发，作此诗以答谢。

诗句一开始，即借古人的事迹明志，实为全诗之纲。从下面所接一句来看，又似为对宗令的称许，实在精妙。诗的前一部分通过对石耳这一山珍的描绘，将自己感激的心情很好地表现出来。这一段诗人采用赋体笔法，先写石耳之美。那置于笼中的石耳让人想象到它们在山野之中生长的情形，用它煮出的汤水色泽明亮，配上竹笋芥姜，真是味道鲜美，让人馋涎欲滴。接着再用其他食物从侧面衬托，就连杞菊、萍虀也只能退避一边，来自天国的极品也不再被人记起，更别说那些普通的食物了。这样一来，正反结合，更加衬托出石耳的味道之鲜。

“小人”一联承上启下，既很好地表达出自己的谢意，也从另一方面说明自己秉性简朴自然，诗意由此而作一大的转捩，在对石耳来之不易的感慨中寄寓了自己的规箴之意。石耳生于万丈悬崖绝壁之上，采摘十分不易，因此诗人才劝宗令不要因偏爱它而让人民趋之求利。但这种表达是委婉的，先称颂他重农安民，治县有方，再表示自己不敢以口腹累人，经此转折之后最后才说明自己的意思，由此达到“主文谲谏”的效果。

看似普通的一首赠答诗，经诗人的巧妙安排，就将积极的思想意义抒发出来，实在是妙极妙极。

蚁蝶图

【原文】

蝴蝶双飞得意①，偶然毕命网罗。

群蚁争收堕翼②，策勋归去南柯③！

【注释】

①蝴蝶：日本京都建仁寺藏《山谷诗抄》引蔡载语："山谷诗，意谓二苏而有说焉。"此处喻指苏轼、苏辙。

②群蚁：一群小蚂蚁。

③策勋：记功劳。

【译文】

两只蝴蝶正在翩跹飞舞，却在不经意间撞到了蜘蛛网中送了性命。

一群蚂蚁爬来，争着收取从网上坠下的蝴蝶残翼。自以为会凯旋而归、步步高升，哪里知道这一切不过是南柯一梦而已！

【赏析】

黄庭坚的这首诗带有辛辣讽刺的意味，从言辞中我们不难看出，激愤不已的黄庭坚早已将"温柔敦厚"忘记得一干二净。诗中，那些小爬虫既丑恶又可笑的嘴脸呼之欲出，虽然作者没有评论，但其形象栩栩如生，读者自能会意。

据南宋岳珂《桯史》载，题上了这首诗的那幅《蚁蝶图》刚一传到京城，

冒充“新党”的蔡京见到之后，就气得七窍生烟，准备加黄庭坚以“怨望”的罪名，重重治他的罪。由此不难看出，这首小诗真有四两拔千斤之效。

全诗精炼简洁，别看只有二十四字，但包罗万象，寥寥数笔就将整个事件刻画得栩栩如生，更加彰显出诗人的爱憎分明，嫉恶如仇。其艺术形象真实生动，让人叹为观止。

再次韵呈明略并寄无咎①

【原文】

夏云凉生土囊口，周鼎汤盘见科斗②。

清风古气满眼前，乃是户曹报章还③。

只今书生无此语，已在贞元元和间。

一夫鄂鄂独无望④，千夫唯唯皆论赏。

野人泣血漫相明⑤，和氏之璧无连城。

参军拄笏看云气，此中安知枯与荣⑥。

我梦浮天波万里，扁舟去作鸱夷子⑦。

两士风流对酒樽，四无人声鸟声喜。

梦回扰扰仍世间，心如伤弓怯虚弹。

不堪市井逐乾没⑧，且顾朋旧相追攀。

寄声小掾笃行李⑨，落日东面空云山。

【注释】

①明略：廖明略，名正一，安州（今湖北安陆）人。无咎：晁无咎，名

补之，济州巨野（今属山东）人。他们二人同登元丰二年进士第，廖初授华州司户参军，晁为澶州司户参军。

②周鼎汤盘：珍贵的文物。汤，指商汤，《礼记·大学》有“汤之盘铭”。科斗：即蝌蚪文，一种很古老的文字。

③户曹：户曹参军，指廖明略。报章：答诗。

④鄂鄂：指言貌，与下文“唯唯”，都是指顺从的样子。

⑤野人：用和氏璧事，野人即指和氏，出自史书《韩非子·和氏》和《史记·蔺相如列传》。这里形容一片报国之心无人理解。漫：徒劳。相明：让君王相信。

⑥枯与荣：原指草木兴盛颓衰的样子，这里比喻命运之否泰、仕宦之升沉。

⑦鸱（chī）夷子：典故名，出自《史记》，指春秋时期越国范蠡。范蠡助越王勾践破吴国后见越王义薄，故自驾扁舟游五湖，自号“鸱夷子”。

⑧乾没：投机取巧，侥幸取得好处。

⑨小掾（yuàn）：属官，这里指晁廖二人。笃行李：常派使者，勤寄书信。笃，厚，引申为勤；行李，使者。

【译文】

你的文章就像夏天的云，山穴的风，让人倍感凉爽，又如周鼎上的蝌蚪文一样，让人觉得古气尚存。

你的诗作放在我面前，让我深深感到一种古风清气，是那么雅致。

现在的读书人已经没有了这样的诗作，你可以和贞元、元和年间的文人相媲美了。

你的直言不讳，不畏邪恶，这一切让你在仕途上升迁无望，试看世间众人，多是趋炎附势，唯唯诺诺，言不由衷。

你的拳拳报国之心可比进献和氏璧的卞和，最终无人理解，遍遭冷遇。

而你就像那拄笏看云的王参军那样不计较自己的荣辱得失。

我梦见自己独自驾乘小船，像范蠡那样泛舟五湖，随波而去。

我还梦见你们二人举杯畅饮，风流无限，四周无人，唯有鸟儿似有喜事般的鸣叫。

梦醒时分，再次看到世间的纷纷扰扰，让我的内心倍感恐惧。

我不能忍受这世俗的功名利禄，只想和朋友在书信中谈天说地，互道平安。

希望我们之间的书信往来永不间断，我就在落日时分，云山尽头，等待着你书信的到来。

【赏析】

元丰二年，黄庭坚与廖明略唱和之诗前前后后共有七首，这里选取的是第五首。这首诗一开始先称颂对方来诗有“清风古气”，将之比喻成夏云凉风、周鼎汤盘，由此可见在诗人心中，对对方的评价之高。

在那时，称其人、其作为“古”是极高的评价，古象征着雅，因而诗称当今书生已不可能达到他的境界，没有谁能与之媲美。

中间一段称赞对方敢于仗义执言，以众人畏畏缩缩的样子而论赏更加衬托出对方怀才不遇、命途多舛，“野人泣血”“璧无连城”，这样的句子让人为之揪心，语言极其悲痛。但“参军”以下却突然转为一种豁然旷达的超旷之境，“拄笏看云”，不辨荣枯，一副活脱潇洒的姿态跃然眼前，“我梦”二句表达诗人与对方的默契，“两士”又关合晁无咎。

一边是诗人浮游江湖的梦想，一边是两士的樽酒相对之乐，这一切就好像烦恼忧愁顿消，但很快，诗人又不得不从梦境重新回到纷扰的尘世，心里的恐惧竟然让自己如惊弓之鸟一般。

不过，好在诗人最终还是以真挚的友情将这种恐惧的心情化解于无形，

在殷切的叮咛中寄托了自己的希望。黄庭坚的七古以慷慨悲壮、磊落顿挫作为最大特点，本诗情节跌宕起伏，让人不禁为他们之间惺惺相惜的友情感动。

送谢公定作竟陵主簿①

【原文】

谢公文章如虎豹②，至今斑斑在儿孙。

竟陵主簿极多闻，万事不理专讨论。

涧松无心古须鬣③，天球不琢中粹温④。

落笔尘沙百马奔，剧谈风霆九河翻⑤。

胸中恢疏无怨恩，当官持廉庭不烦⑥。

吏民欺公亦可忍，慎勿惊鱼使水浑。

汉滨耆旧今谁存⑦？驷马高盖徒纷纷⑧。

安知四海习凿齿，拄笏看度南山云。

【注释】

①谢公定：名惊，谢师厚之子。黄庭坚内弟。竟陵：县名，隶复州，今湖北天门。主簿：州县掌管文书等杂务的官。

②谢公：指公定祖父谢绛（希深），杨亿曾将其文句书于扇，称“此文中虎也”（欧阳修《归田录》）。

③鬣：松针，言如马鬣形。

④天球：玉名，见《尚书·顾命》，孔颖达疏引郑玄说：“天球，雍州所贡之玉，色如天者，皆璞，未见琢治。”粹温：纯粹温润。

⑤剧谈：疾言，畅谈。九河：黄河的众多支流。

⑥庭不烦：为政清静，法令简要。

⑦汉滨：汉水之滨。竟陵在汉水之北。耆（qí）旧：有威望的长者。

⑧驷马高盖：代指高官显宦。盖，车篷，此代指车。

【译文】

你祖父谢公的文章气势有如虎豹，这种气势至今还可以在你们这些子孙辈的文章中看到。

竟陵主簿谢公定你见多识广，专心致志，心无旁骛地研究讨论学问。

涧底的松树虽无心炫耀，但它却有着有如马鬣般的松针；璞玉虽未加琢磨，但它的中间集聚着温润的美玉。

你才气高绝，下笔有如骏马奔腾，扬起路上的尘土与沙石，与人畅谈则如疾风迅雷过后九河之水翻腾不停。

你为人胸怀宽广，从来不记恩怨，现在你去做官，一定要廉洁奉公，政令清静简要。

小吏和百姓骗一骗你，也得忍受下来。就像不弄浑潭水惊起鱼儿一样，你也不要随意惊扰百姓！想想那汉水之滨的有声望的长者，如今还有谁活于世上？睁眼看去，只有那高官显宦的骏马华盖奔走纷纷。

谁知道闻名四海的习凿齿，正在拿着朝笏，悠闲地看那飞过南山的云朵呢！

【赏析】

这首送人的七古写于元祐元年秋。前八句写谢公定之人品才华，先由其家世及文章渊源叙起。这一段驱遣经史，镕裁故实，以奇拗古拙的笔调勾画出一位博雅君子的形象，有传神写照之妙。

这首诗共十六句，前八句主要写谢公定的才华及人品。他的文章继承了祖辈们文章的特点，其人又见多识广，经常心无旁骛地研究讨论学问。其人品则有如古松，又如未加琢磨的璞玉。随后两句“落笔尘沙百马奔，剧谈风霆九河翻”则以动感十足的“百马奔”与“九河翻”为我们描写了一个才华横溢，谈吐不凡的博学之人。“胸中恢疏无怨恩”以下四句则主要是黄庭坚对谢公定出任竟陵主簿所提出的要求，希望他与民休息，而“慎勿惊鱼使水浑”。最后四句诗又转到了写人上面，现实之中是人们为了名利而奔走，“驷马高盖徒纷纷”则形象地为我们描画了现实中的情景，而与之相比的谢公定，则“拄笏看度南山云”，他淡泊名利，萧散闲远，秉承了先贤的遗风。

杜甫、韩愈开以诗论诗的风气，黄庭坚此诗尤以想象的奇特、比喻的巧妙开辟新境。它模拟韩愈的《病中赠张十八》，句法拗崛，用韵险窄，笔力纵恣，堪称“庭坚体”的代表。诗中还参以散文句式，形成流转跌宕的古文气势，有助于传达亲切诙谐的口吻。这些都是典型的黄庭坚风格。

次韵几复和答所寄

【原文】

海南海北梦不到①，会合乃非人力能。

地褊未堪长袖舞②，夜寒空对短檠灯③。

相看鬓发时窥镜，曾共诗书更曲肱④。

作个生涯终未是⑤，故山松长到天藤。

【注释】

①海南海北：指两人相隔万水千山，各在天南海北。

②地褊：地处偏远。未堪长袖舞：不能够施展长袖之舞，形容不能很好地施展自己的才能。

③短檠（qíng）灯：形容书生苦读的情形。

④曲肱：弯曲小臂而枕，比喻清贫。《论语》："饭疏食饮水，曲肱而枕之，乐亦在其中矣。"

⑤作个：这个。终未是：终究不是长久之计。

【译文】

你我曾远隔千山万水，各自处在天南海北，就连在梦中见一面也十分困难，但如今却在京城相会，这一定是天意吧，不是人力能够达到的。

你一直生活在偏远的地方，因此你的本领不能很好地发挥出来，只能在寒夜之中面对孤灯，一边读书一边叹息。

你我相对看镜子中的自己，各自白发丛生。回想当日你我虽然日子过得清贫，但曲肱饮水，相互谈论诗书，也是一段十分美好的时光。

你我这样久沉下僚的生涯又怎么是长久之计呢？回想那故乡的山上，老松挺立，藤萝缠绕，恐怕已经直至天际了吧。

【赏析】

此诗写于哲宗元祐二年（1087），当时，黄庭坚在汴京。黄庭坚此诗曾有跋："丁卯岁几复至吏部改官，追和予乙丑在德平所寄诗也。"黄庭坚曾有《寄黄几复》诗，作于1085年，到这时已经两年，两人在京城见面，黄庭坚作了此诗。

哲宗元祐二年，黄庭坚由德平被召到京城，任著作佐郎，黄几复也到京城，老朋友见面，自然十分欢喜。因此诗的第一句"海南海北梦不到，会合乃非人力能"将二人的见面归结于天意，因为，两人各安天涯，连在梦中见一面都很困难。随后二句是想象黄几复在偏远小县的状况，他不能将自己的

才华施展，只能一边读书，一边叹气。后五句又写两人见面后的情景，长时间的分别之后，各自都已增添了白发，想到两人年少之时，谈论诗书各言抱负的乐趣，从而引到现实中各自位居下僚，长期这样又怎么行呢？最后一句“故山松长到天藤”则是面对眼前的现实想到了归隐故乡。诗写到这里便戛然而止，给我们留下了很大的想象空间。

咏雪奉呈广平公

【原文】

连空春雪明如洗，忽忆江清水见沙。

夜听疏疏还密密，晓看整整复斜斜。

风回共作婆娑舞①，天巧能开顷刻花②。

政使尽情寒至骨③，不妨桃李用年华。

【注释】

①共：旧作“解”。

②顷刻花：喻雪。

③政：同“正”，恰好。寒至骨：冰冷彻骨。

【译文】

春雪连天，整个世界都洁净如洗，忽然回忆起江水清澈能见到水底的沙子。

夜间听到雪声，时而疏疏，时而密密；早晨，看见雪下，有时整齐地落，有时斜斜地飘。

阵风回转，雪片儿卷起来，婆娑而舞，好像天空顷刻间开出花一样。

正要叫它尽情地落，春寒彻骨，也不妨碍日后桃李盛开，享受那美好的年华。

【赏析】

此诗作于元辛占二年（1087）春。宋楙宗字盈祖，是黄庭坚在史局的同事，时任著作郎。唐臣宋璟，先世为广平人，故以广平称宋姓。这首诗中，黄庭坚托物言志，寄寓深意。前六句写景，后两句写情，情景相融，相契无间，表现出诗人高尚坚贞的志趣操守，身处苦寒逆境而能以豁达的心境坦然处之，安之若素而乐亦在其中。全诗洋溢着乐观向上的气息，语言清新自然，极富神韵。尤其三四句，连用四对叠字，曲尽春雪飘舞飞旋之态。

咏物是黄庭坚的强项，本诗中诗人把自己的精神融合到所歌咏的事物中，而不是单纯地描形写状。这首咏雪诗，受东坡“剧口称重”，说第三四句“正是佳处”（见吴曾《能改斋漫录》），大概就是这个道理吧！

题阳关图二首（其一）

【原文】

断肠声里无形影①，画出无声亦断肠。

想得阳关更西路②，北风低草见牛羊。

【注释】

①断肠：形容歌曲感人。

②阳关：古县名，在今敦煌县西南。据《元和郡县图志》记载：“沙州

寿昌县，阳关在县西六里，居玉门关之南，故曰阳关。”陇右道：“沙州寿昌县，阳关在县西六里，居玉门关之南。故曰阳关。”在今甘肃敦煌县西南。

【译文】

送别时的阳关三叠令人肠断之声，本是无形无影的，现在，在图中画出了无声的哀曲，尽管是无声，也令后人肠断了。

想象在阳关更往西的路上，一片无边的原野，北风吹过，那长得又高又密的牧草弯低了，就看到一群群的牛羊。

【赏析】

此诗作于元祐二年（1087）。唐王维《送元二使安西》：“渭城朝雨浥轻尘，客舍青青柳色新。劝君更尽一杯酒，西出阳关无故人。”此后成为有名的送别诗。宋李伯时画其意为《阳关图》，苏东坡《书林次中所得李伯时《归去来》《阳关》二图》后有句云：“龙眠独识殷勤处，画出阳关意外声。”“为君翻作归来引，不学阳关空断肠。”

黄庭坚此诗作于同时，以委婉曲折之笔，写缠绵深厚之意，浮想联翩，声情并茂。

次韵子瞻和子由观韩斡马，因论伯时画天马

【原文】

于阗花骢龙八尺，看云不受络头丝[①]。
西河骢作蒲萄锦，双瞳夹镜耳卓锥。
长楸落日试天步，知有四极无由驰。

电行山立气深稳，可耐珠鞯白玉羁[②]？

李侯一顾叹绝足[③]，领略古法生新奇。

一日真龙入图画，在坰群雄望风雌。

曹霸弟子沙苑丞，喜作肥马人笑之。

李侯论斡独不尔，妙画骨相遗毛皮。

翰林评书乃如此[④]，贱肥贵瘦渠未知。

况我平生赏神骏，僧中云是道林师。

【注释】

①于阗（tián）：古西域佛教王国，唐代时属安西都护府。骢（cōng）：青白色的马。络头：缰绳。

②珠鞯（jiān）：珠饰的马鞍坐垫。

③绝足：良马。

④评书：议论。

【译文】

于阗的花骢龙马，身高八尺，悠然自得地仰首看云，不愿受缰绳的羁束。

西河的骢马身上的花斑像一幅蒲萄纹锦，两眼如镜，两耳卓尔不群。

落日时分，在长楸道上，试试天马的行步；即使知道四方有极远的天边，也无法自由自在地驰骋。

天马奔驰如电，端立如山，气势深厚稳健，怎能忍受得了珍珠缀成的鞍鞯、白玉镶嵌的络头拘束呢？

李伯时一见就惊叹地认出是良马，他遵循传统又推陈出新。

一旦把这些真龙马写入图画，对比之下，在郊野的雄马群都望风而变作柔弱的雌马了。

曹霸的学生韩幹，当过沙苑的丞，喜欢画肥马，有人因此嘲笑他。

李伯时议论韩斡时，就不同意这些批评意见，他认为画出骨骼神韵才是最好的画。

苏翰林评论书法也像这样，他不会随便轻视肥重的，而只去重视瘦硬的。

何况我生平最欣赏神采奕奕的骏马，正如著名的爱马人，晋代和尚道林"爱其神骏"一样。

【赏析】

罗大经的《鹤林玉露》记载了两则很有启发性的故事：唐太宗叫韩斡去观看御府中所藏的画马图卷。韩斡说："不必观也，陛下底马万匹，皆臣之师。"与其去临摹千篇一律的宫廷御画，倒不如到生活中接触生鲜活泼的实物。正如有人赠给一位画家的诗说："未必古人皆可师，君师造化兮我自无闲辞！"这"师造化"，正是画家作品生命力的源泉。还有一则说：曹辅为太仆卿，其廨舍中有许多御马，李伯时每次过访他时，必终日纵观，竟顾不得跟主人谈话。大凡在自己的专业上有所成就的人，往往会有这样的迷狂状态。王国维《人间词话》谓：古今以来成就大事业大学问的人，都不免要经历这样一番境界："衣带渐宽终不悔，为伊消得人憔悴。"执着地追求，务期达到自己的目的，如韩斡和李伯时，都可算是我们的老师吧！

黄庭坚为李伯时写了不少题画诗，大都是精心之作。尤其是咏马，在杜甫《丹青引》等名作之后，能别出机杼，也算是难得的。本诗前人评曰“潇洒”“浑脱”，格韵俱高。韩斡：唐代大画家，唐玄宗天宝初曾为内廷供奉，故宫旧藏有他的《神骏图》一卷。李伯时：名公麟，安徽舒城人，曾任检法御史，后辞官归乡。他是宋代的大画家、诗人。故宫旧藏有他的《三马图》《五马图》等名作。

题郑防画夹五首（其一）

【原文】

惠崇烟雨归雁①，坐我潇湘洞庭②。

欲唤扁舟归去③，故人言是丹青④。

【注释】

①惠崇：北宋画家，僧人。

②坐：致。为使动用法，使……坐。

③扁舟：小船。

④丹青：指绘画。

【译文】

在高僧惠崇的画中，烟雨迷蒙，归雁斜飞，仿佛使我置身于潇湘江畔、洞庭湖边。

我正想呼唤水上的撑船人撑船载我回家乡，不想，老朋友告诉我这是一幅画。

【赏析】

此诗作于元祐二年（1087）。诗中用了夸张的“以假乱真”的笔法，对惠崇画逼真的艺术效果加以赞赏。绘画史上常有画境通神、使人认假成真的逸事，此诗即生动地表现了这种妙造自然的画境。前二句写惠崇画的逼真，第三句说想要唤画中的舟子撑船载自己回去，画上景物之美、舟人形象的逼真、自己的归隐之心，都得到了表现。第四句从前三句中跌落，借一同观画的老朋友之口点明原来这是一幅画，是一种艺术的境界，而不是现实人生的境界，使人于欣赏之余，怅然若失，流露了对绘事通神的妙境的赞赏和对画境的渴慕。

本诗以极精炼的笔墨，写出赏画时陶醉而恍惚进入画中的感受，表达了画面的逼真传神和对画家精湛技艺的赞颂。夸张与幻化巧妙并用，使诗歌在新奇中蕴含热烈且深挚的感情。

题伯时画严子陵钓滩

【原文】

平生久要刘文叔①，不肯为渠作三公②。

能令汉家重九鼎③，桐江波上一丝风④。

【注释】

①久要：旧约，旧交，老朋友。刘文叔：汉光武皇帝刘秀，字文叔，少与严光同学。

②渠：他。三公：东汉以太尉、司徒、司空为三公，为朝中掌军政大权

的最高长官。

③九鼎：相传夏禹所铸，为历代传国宝器。作为国家政权的象征，故又为极重不可动摇之喻。

④桐江：即富春江。

【译文】

严子陵年轻的时候就与汉光武帝刘秀相交为友，但他却不肯居官庙廊帮刘秀治国理邦，甘愿隐姓埋名于富春江畔。

能使汉朝政权稳固的，就是桐江波上被风吹动的那一条钓丝！只有具备这样高节的人才能使汉朝天下安定，国祚绵长。

【赏析】

此诗作于元奉占三年（1088）。伯时，即李公麟，号龙眠居士，北宋画家，与苏轼、黄庭坚交游。严子陵钓滩：在桐庐县西富春山。《后汉书·逸民传》："严光，字子陵，一名遵，会稽余姚人也。少与光武同游学。及光武即位……使聘之，三反而后至。……除为谏议大夫，不屈。乃耕于富春山，后人名其钓处为严陵濑。"

此诗通过赞美严子陵的高风亮节，反映了作者的耿介操守。黄庭坚指出，汉朝政权的稳固，得力于严光所倡导的风节，这是有感而发的。北宋末年党争中，出现了不少丧节败行的士人，他们见风转舵，在王安石执政时以新党面目出现，一旦旧党得势，这些人又拼命钻营，成为旧党人物。旧党内部也分化为三派，争权夺利互不相让。作者对此深恶痛绝，故借咏史寄慨。"重九鼎"与"一丝风"的对比，寓意深微，予人以鲜明的印象。

古人重名节。北宋后期政局混乱，在残酷的党派斗争中，出了不少丧节败行的人，黄庭坚对此深有所感。本诗赞美士大夫的名节，认为这是安邦定国的根本，恐怕也不无道理。

老杜浣花溪图引

【原文】

拾遗流落锦官城[①]，故人作尹眼为青[②]。

碧鸡坊西结茅屋，百花潭水濯冠缨[③]。

故衣未补新衣绽，空蟠胸中书万卷。

探道欲度羲皇前，论诗未觉国风远。

干戈峥嵘暗宇县[④]，杜陵韦曲无鸡犬。

老妻稚子具眼前，弟妹飘零不相见。

此公乐易真可人[⑤]，园翁溪友肯卜邻。

邻家有酒邀皆去，得意鱼鸟来相亲。

浣花酒船散车骑，野墙元主看桃李。

宗文守家宗武扶[⑥]，落日蹇驴驮醉起。

愿闻解鞍脱兜鍪，老儒不用千户侯。

中原未得平安报，醉里眉攒万国愁[⑦]。

生绡铺墙粉墨落，平生忠义今寂寞。

儿呼不苏驴失脚，犹恐醒来有新作。

常使诗人拜画图，煎胶续弦千古无。

【注释】

①拾遗：安史之乱中，杜甫由京城奔凤翔，肃宗拜为左拾遗。锦官城：

指成都。汉时有专门管理织锦的官府，其故址在今城南百花潭一带。

②故人：此指严武。他是杜甫老友严挺之的儿子，又是肃宗朝的同僚。

③百花潭：即浣花溪，指成都万里桥西锦江上游的一段。

④干戈：盾和戈。峥嵘：本指山峰高竣，借言兵戈耸立。

⑤乐易：易于相处。

⑥宗文、宗武：杜甫的两个儿子。

⑦眉攒（cuán）：紧蹙双眉。

【译文】

杜甫流落到锦官城中，老朋友严武做大官，对他照顾得很好。

在碧鸡坊西面修建了茅屋，在百花潭的水中洗濯帽缨子。

杜甫脱下的旧衣裳未补好，新衣裳又绽裂了。他虽然生活贫困不堪，却有着出众的才华，胸中存有万卷书。

他努力寻求治国的大道，真的要超越到伏羲氏之前。他所写的诗歌，借鉴吸收了《诗经》的精髓，与国风的风格十分接近。

自从安史之乱，干戈四起，天下到处兵荒马乱，杜陵韦曲在兵劫之后，已经难以听到鸡犬之声。

安史之乱后，亲人四离，现如今年迈的妻子、幼小的儿子都和杜甫在一起，但其他亲人，杜甫的弟弟、妹妹四散在外，飘零他乡，难以相见。

杜甫真是乐观平易，很合人们的心意，因而菜农、渔夫都愿意和他结为邻居。

邻居家每有美酒，都邀请杜甫过去相饮，他每次都应邀而去，而且与鱼鸟相亲，乐在其中。

登上浣花溪的酒船，遣散开随从的车马，我们在野外墙边欣赏不知主人的桃李。

他的儿子宗文在家守家，另一个儿子宗武相随搀扶着他，日落时分，杜甫因为喝醉由一匹驽钝的毛驴驮着回家。

希望战士们早日解下马鞍脱去头盔，而自己也不需要高官做。

没有得到中原平安的消息的杜甫，即便是在醉中也皱起眉头，为国家发愁。

绘在生绡上的图画挂在墙头，粉墨零落；杜甫一生忠义，现在已经不复得见了。

杜甫醉酒之后，儿子在旁唤不醒来，驴子也停下了脚步，都恐怕唤醒诗人，诗人又要作新诗。

如果是后世的诗人，一定会顶礼膜拜这幅生动的画面，但要继承杜甫的精神那就困难了。

【赏析】

此诗作于元祐三年（1088），是黄庭坚在观赏《浣花溪图》之后所写的一首表现杜甫在成都草堂时期生活境遇的作品。

本诗通过对浣花图的画意的描写、想象，成功地刻画了大诗人杜甫的形象，歌颂了他的爱国精神，思想意义非常深刻。

在本诗中，运用了很多杜诗的语句，这正是黄庭坚和江西派的诗人所主张的“无一字无来处”，对表现杜甫的思想和性格有较大的作用。王世贞《弇州山人四部稿》谓此诗：“力欲求奇，然是公最合作语。”

作者把杜甫醉中不忘忧国事的情态、一生忧国忧民的心事表现得淋漓尽致，堪为杜甫知己。

次韵子瞻以红带寄王宣义

【原文】

参军但有四立壁①，初无临江千木奴。

白头不是折腰具②，桐帽棕鞋称老夫。

沧江鸥鹭野心性，阴壑虎豹雄牙须。

鹔鷞作裘初服在③，猩血染带邻翁无。

昨来杜鹃劝归去④，更待把酒听提壶。

当今人材不乏使，天上二老须人扶⑤。

儿无饱饭尚勤书，妇无复裈且著襦。

社瓮可漉溪可渔，更问黄鸡肥与癯。

林间醉著人伐木，犹梦官下闻追呼。

万钉围腰莫爱渠⑥，富贵安能润黄垆。

【注释】

①参军：王淮奇曾为雅州户曹参军，故称。四立壁：指家里贫穷，家徒四壁。

②折腰：向人躬身作揖。

③鹔（sù）鷞（shuāng）：神话传说中的西方神鸟。初服：未仕时穿的衣服。

④杜鹃：即子规，其叫声像“不如归去”。提壶：鸟名。其声像“提壶芦”，如劝人饮酒。

⑤二老：指文彦博、吕公著。

⑥万钉：指腰带。古人带上钉金玉为饰。万钉，言其多而贵重。

【译文】

参军辞官回乡之后，家里十分清贫，从来也没有在江边的千株柑树。

白发苍苍的头颅，并不是作为折腰拜叩用的东西；戴着桐木帽，足登棕鞋，自称是老夫。

你就像沧江上的鸥鹭，本性疏野，不受拘束；像幽谷的虎豹，牙须雄健威武。

你以那鹔鷞的羽毛作裘，而且你志气高洁，做官以前所穿的衣服依然在穿，你还有那邻居老翁都没有的猩血染的红带。

昨天飞来了一只杜鹃鸟，不停地在啼叫“不如归去，不如归去”；如今归隐山林，把酒独酌，听那林间鸟儿的啼叫，何等自在。

当今人才济济，文、吕二公虽然年纪已大，但主持着当今的朝政大事。

你家中儿孙们虽吃不饱饭，但也能够勤于读书，女儿们虽没有夹裤，却还有短夹袄。

你平日漉酒捕鱼，乐在其中，有时还问问家中的人，家里养的鸡长得怎么样了。

你携酒独游，醉卧林间，恍然入梦，在朦胧之中仿佛听到“追呼”之声，醒来之后才知道那是林间有人伐木的声音。

身居高位，腰围万钉宝带的生活你并不爱慕它，试想今日的富贵又怎么能够百年长有，直至身埋黄泉。

【赏析】

此诗作于元祐三年（1088）。王宣义，即王淮奇，字庆源，宣义乃称其官（宣义郎，宋代文散官名），是苏东坡的叔岳丈人。

这首七言古诗共二十句，从不同的方面刻画了一位退居乡里的傲岸之士。诗在起首两句即写其家境，运用司马相如和李衡的事表现其清贫，当然言外之意说明了王庆源在为官时的清廉。随后两句“白头不是折腰具，桐帽棕鞋称老夫”首先以王庆源白头而不折腰点明其傲世之情，随后便以桐帽棕鞋的服饰描写为我们展现了一个慢步独行的老人的形象。整首诗写得曲折多姿，错综变化但又章法严谨。

诗歌遥写王淮奇的生活情趣，实现寄托黄庭坚对于仕宦人生的看法。回环曲折，变化多端，纵横恣肆，极有气势。

同元明过洪福寺戏题

【原文】

洪福僧园拂绀纱①，旧题尘壁似昏鸦。

春残已是风和雨，更着游人撼落花！

【注释】

①绀纱：黑里带红的纱，喻灰尘。

【译文】

拂去洪福寺中笼罩在诗壁上的灰尘，往日在寺壁上的题诗犹如傍晚时的归鸦，萧索不堪。

春残时候，风雨交加，花儿已不堪承受，更何况游人们故意去把春花摇落呢！

【赏析】

元祐四年（1089）三月，黄庭坚与吕元明、毕公叔到汴京的洪福寺游览，

见到元明在围墙上的旧题“与晋之醉后，使骑木撼花，以为笑”，遂题此诗于墙。

此诗在写景叙事中寄寓着对时局的忧虑。元祐年间，党争激烈，王安石新法全被废弃，旧党也开始分裂。作者在此诗中予以讽谕，对风雨飘摇的政局表示了焦虑。

六月十七日昼寝

【原文】

红尘席帽乌靴里①，想见沧洲白鸟双。

马龁枯萁喧午枕②，梦成风雨浪翻江。

【注释】

①红尘：指热闹繁华之地。乌靴：黑色的长筒鞋。

②龁（hé）：咬。萁（qí）：豆秸。

【译文】

我奔忙在尘土中，戴着席帽，穿着乌靴，很羡慕那逍遥江滨的双双白鸟。

马儿咀嚼干豆秸的声音喧扰人的午睡，渐渐地那声音在梦中化成了漫天风雨、翻江巨浪，使我仿佛置身在江湖之上。

【赏析】

这是一首意境精微含蕴丰富的小诗。借写梦境，曲折地展现想退避社会矛盾，归隐田园的心情。

此诗为黄庭坚元祐四年（1089）作，诗写睡眠中的感觉，想象丰富，描摹生动，表现了黄庭坚观察事物的细致精微之处。前二句写奔走尘世的辛苦，“沧洲白鸟”为下文做铺垫。后二句写梦境，“风雨浪翻江”照应前文，揭示思归之意，结构井然。

没有丰富的想象力，是当不成诗人的。清代薛雪《一瓢诗话》说：“‘马龁枯萁喧午枕’，尤觉骇人。”这其实是黄庭坚观察事物现象精微之处。人在睡眠状态中，外界的一些轻微的刺激往往会变成夸诞的梦境。叶梦得《石林诗话》云：“一日，憩于逆旅，闻旁舍有澎湃鞺鞳之声，如风浪之历船者，起视之，乃马食于槽，水与草龃龉于槽间而为此声，方悟鲁直之好奇。然此亦非可以意索，适相遇而得之也。”颇能道出此诗的情景。

次韵柳通叟寄王文通

【原文】

故人昔有凌云赋，何意陆沉黄绶间①。

头白眼花行作吏，儿婚女嫁望还山②。

心犹未死杯中物，春不能朱镜里颜。

寄语诸公肯湔祓③，割鸡令得近乡关④。

【注释】

①陆沉：《庄子·则阳》：“方且与世违，而心不屑与之俱，是陆沉者也。”郭注：“人中隐者。譬无水而沉也。”此谓柳氏沉沦下僚。黄绶：系印的带。小官的印绶为黄色。

②儿婚女嫁：《后汉书·逸民传》：“向长字子平。男婚女嫁毕，遂恣意

游五岳名山。”

③湔（jiān）祓（fú）：同“剪拂”，照顾、关怀之意。

④割鸡：《论语·阳货》：“夫子莞尔而笑，曰：‘割鸡焉用牛刀？”指当县令邑宰之类小官。

【译文】

老朋友你的才华可以比得上作《大人赋》的司马相如，可没有想到却沉沦下僚，遭受冷落。

老朋友年纪已大，须发渐白，眼亦渐花，却还要出去做官，一直到儿婚女嫁，家累俱去之后可望归隐。

你的酒兴犹未有所减退，尽管春天来临，却无法使你恢复青春容颜。

我捎话请在朝的诸公能够推荐一下你，让你在近乡之处觅一职位。

【赏析】

此诗作于元祐二年（1087）。诗中写友人柳通叟久居卑位的衰飒心情和归老家园的愿望，表现了深刻的理解和真挚的同情。

此诗为黄庭坚众多描写怀才不遇之士的诗篇之一。开篇二句即以高才低位的强烈反差，感叹柳通叟的怀才不遇，“何意”一词是那样突然，从而更加凸现了此种反差，语含谴责之意。颔联二句是说他虽已年高，须发已白，眼睛渐花，但为了生计仍需奔走四处，或许到了儿婚女嫁之后可望归隐林泉山间，从而写出了柳通叟不俗的品质。接下来两句感慨其酒兴犹未有所减退，但盛年不再来，纵使春天来临，也无法恢复青春时的容颜。尾联二句“寄语诸公肯湔祓，割鸡令得近乡关”，作者想给在朝的诸公捎信，希望对其加以荐拔，让他在近乡之处觅一职位，朋友相助的拳拳之心跃然纸上。当然“割鸡”一词是对开篇高才低位的呼应，可以看出黄庭坚行文的严谨。

弈棋二首呈任公渐①

【原文】

其一

偶无公事负朝暄，三百枯棋共一樽。
坐隐不知岩穴乐②，手谈胜与俗人言③。
簿书堆积尘生案，车马淹留客在门。
战胜将骄疑必败，果然终取敌兵翻。

其二

偶无公事客休时，席上谈兵校两棋④。
心似蛛丝游碧落，身如蜩甲化枯枝⑤。
湘东一目诚甘死⑥，天下中分尚可持。
谁谓吾徒犹爱日⑦，参横月落不曾知⑧。

【注释】

①任公渐：任渐，黄庭坚的好友同僚，一说即任伯雨。

②坐隐：围棋或下围棋的别称之一。岩穴乐：即为隐者之乐，与围棋“坐隐”之称相对。

③手谈：围棋对局的别称。俗人言：多指聒噪之语，反衬出围棋“手谈”之高雅情怀。

④校：通“较”，较量；一本作“角”。

⑤蜩（tiáo）：蝉的总名。蜩甲，指蝉蜕的壳。

⑥湘东一目：南朝梁湘东王萧绎，自幼盲一目。

⑦爱：吝惜。

⑧参横月落：参星横斜，月亮落下，指夜深。

【译文】

其一

偶尔没有公事可做，下下围棋，喝杯小酒，忙里偷闲，似乎有些辜负大好时光了。

坐隐手谈之乐，超过岩穴隐居，也胜过和庸俗的人们闲聊。

对弈浑然不觉时间流逝，公文堆积到已积尘，而客人已久等在门外了。

骄兵必败，多疑必失，我一边下棋一边提醒自己不可犯这样的错误，果然最后打杀敌军，真是酣快淋漓。

其二

偶然没有公事要办，也没有客人来访的时候，就在坐席上边谈起兵法——较量一下棋艺。

精神，好像轻盈的蛛丝，悠悠地飘扬在天空；身体，好像蜕化后的蝉壳，挂在枯干的树枝上。

如果像湘东王那样只有一只眼，那就真的甘心就死；棋局像天下中分，双方各占一定地盘，那还是可以争持下去的。

谁说我们还是爱惜时光的，连参星横斜、月亮西落都不曾知道呢！

【赏析】

第一首诗描写作者坐隐手谈之乐，第二首表现与友人对弈之趣，这组诗是作者以下棋为题材描摹下围棋时心无旁骛、全力争胜的忘我状态。

第一首诗首联负字用得颇妙，负是辜负的意思，平日为案牍劳形的人偶尔无事就大白天下盘棋，确实有点辜负了大好时光，但也是一种自嘲，有忙里偷闲的意趣。颔联“坐隐”和“手谈”两个动作表达出下棋的快乐。颈联侧面写出了两人对弈时间之久，对弈之入迷，对弈之旗鼓相当，运用了夸张的手法。最后的尾联可谓神来之笔，把之前的下棋岑寂徒然打破，有慨叹有议论，并且从下棋中总结感悟出人生的哲理。

第二首诗首联又是写自己没有公事，朋友正好休息，大好机会，于是在席上定要好好较量一番，又为下面的描述下棋展开铺垫。“心似蛛丝游碧落，身如蜩甲化枯枝”，这是一个静静的棋手的形象，前一句用了比喻的手法，以蛛丝来形容棋手心思缜密，偌大的棋盘被比作苍空，在这棋盘中自然处处都要极其细心。颈联中“湘东一目”，是说一位被封为“湘东王”而又是一只眼的贵族。他自幼瞎了一只眼睛，看来“湘东一目”说的是他。这一典故在这里用得实在巧妙，围棋需要两眼才能成活，“一目”就只能等死了。而笔锋突然一转，说天下从中间划分下去尚且可以把握。也就是说边角一目不成活，但如果把握中盘，还是很有希望的。最后黄庭坚是在感叹，用了反问的语气，说不要总认为我们这些读书人特别吝惜时间来读书处理政务，如果是抽空来下盘棋，还是完全舍得的，哪怕忘了时间，这正好与上面豁达乐观的格调相一致。

两首诗生动地描写了诗人自己与棋友对弈的情景。他认为围棋比山水之乐更具魅力，也胜过与凡夫俗子聊天。对局者一心专注在棋盘上，以致忘记时间。

次韵裴仲谋同年①

【原文】

交盖春风汝水边②，客床相对卧僧毡③。

舞阳去叶才百里④，贱子与公皆少年⑤。

白发齐生如有种，青山好去坐无钱⑥。

烟沙篁竹江南岸⑦，输与鸬鹚取次眠⑧。

【注释】

①次韵：照用原作的韵字和诗。裴仲谋：姓裴名纶，黄庭坚友人，事迹不详。

②交盖：即是“倾盖”，见《孔丛子》。盖：车盖。汝水：古水名。

③客床：客中所用的床铺。僧毡：僧人用的毡垫。

④舞阳：今河南舞阳县。去：距离。叶：今河南叶县。

⑤贱子：对自己的谦称，古人诗中常用。皆：一作“俱”。

⑥坐：因为。

⑦沙：水边沙岸。篁：竹，竹丛。

⑧输与：让给，比不上。鸬鹚：黑色水鸟，俗叫鱼鹰、水老鸦。能捕鱼。取次：任意，随便。

【译文】

在汝水边上，春风轻拂，我们在路上邂逅。车盖相交，殷勤问讯。日暮投宿客店，躺在薄薄的僧毡上，对床共语。

舞阳离叶县才不过百里路，我跟你都是少年人。

如今两人白发齐生，好像有种子在萌发似的；本应回到故乡的青山里好好过活，可惜我们没有买山的钱。

遥想着故乡江南，轻烟笼罩着的岸边，水浅沙明，修竹摇曳。可惜啊，只好让那些悠闲地睡着的鸬鹚去享用了。

【赏析】

此诗作于熙宁二年（1069），时作者任叶县县尉。

此诗前半首抒写他乡重逢的地点和氛围，表现作者与裴纶的交情；后半首写两人短暂相逢时的心态，抒发对未来的惆怅之情。全诗各联之间跳跃较大而过渡自然，自有一脉真情挚意。

此诗前半首叙写作者与裴仲谋的交情，一气贯注。黄庭坚曾与裴仲谋在汝水河滨的僧寺中同宿，故有首二句。第三四两句说，他与裴仲谋同为少年，居官之地又相距很近，可以时常交流。朋友途中相遇，停车共语，两车之盖倾斜相交，即是“交盖”。后人用此辞指朋友会晤之意。第五六两句提笔宕开，抒发感慨。这是古人作七律诗常用之法，可以增加高远之势。末两句接着说出，他还不如水鸟鸬鹚能在江南的烟沙篁竹中悠闲自在地生活。黄庭坚任叶县尉县时很不得意。他初到汝州，即因“到官逾期”，被妆州长官富弼将他“下吏”（见《还家呈伯氏》诗史容注）。县尉要经常送往迎来，伺候上官，也使黄庭坚感到厌烦。他的《冲雪宿新寨忽忽不乐》诗有“小丈有时须束带，故人颇问不休官”之句，说出了郁闷不乐想弃官而去的心情。

此诗章法绝妙，对句诗意跳跃变化，艺术风格清新拗奇，对后人影响极大。

次韵马荆州

【原文】

六年绝域梦刀头①，判得南还万事休②。

谁谓石渠刘校尉③，来依绛帐马荆州④。

霜髭雪鬓共看镜，茱糁菊英同送秋⑤。

他日江梅腊前破⑥，还从天际望归舟。

【注释】

①绝域：指边远的蛮荒之地。

②判：甘愿。

③石渠：指石渠阁，汉代皇家的藏书之处。

④马荆州：指东汉的马融。

⑤茱（zhū）糁（sǎo）：即茱萸与糁饭。

⑥腊：腊日。指古代的节日，古代有伏日与腊日。

【译文】

六年来虽然身处偏远的地方，但总是梦回故乡，真能得到南还，那就万事皆休了。

怎么可能会想到，当时那位在石渠阁讲经的刘校尉，如今却也来依附这位曾施绛帐讲学的马荆州呢？

仔细照镜子才发现，彼此相看已是须发皆白的老人，不如享用些茱萸饭、

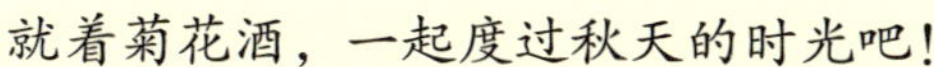
就着菊花酒，一起度过秋天的时光吧！

待到明冬腊前，江梅刚刚绽放的时候，我就只当在漫漫天边望到你回乡的船只了。

【赏析】

黄庭坚于绍圣元年（1094）从涪州前往黔南被贬的地方，后来又到戎州。至元符三年（1100）始遇赦得以返还，凡六年。于建中靖国元年（1101）东归至荆南，辞吏部员外郎之命，在荆南待命。这首诗的前四句将六年来发生的事情简明扼要地写出。后二句写与马中玉在荆南相聚的情形，预见中玉官满还乡之乐。

全诗用笔大气老练，纵横恣肆，两联对仗，三四自然，五六精工，是黄庭坚难得的佳作。

次韵杨君全送酒

【原文】

扶衰却老世无方①，惟有君家酒未尝。

秋入园林花老眼，茗搜文字响枯肠。

醡头夜雨排檐滴②，杯面春风绕鼻香。

不待澄清遣分送③，定知佳客对空觞。

【注释】

①却老：抵御衰老。

②醡（zhà）头：压酒的器具。

③澄清：指新酿的酒含有酒渣，需要过滤或沉淀。

【译文】

都说世上没有方药能抵御衰老，说这话的人大概是因为没有品尝过你家的美酒吧。

秋天到了园林，真使人老眼生花，这样美好的时候喝碗茗茶，搜索枯肠，写下美好的文字，真是再好不过了。

从醉头流下的酒，好比夜雨从屋檐滴下，春风吹来扑面，一阵阵酒香袭来让人沉醉。

你等不及把酒好好沉淀一下，就急着派遣仆人分送，我已想到你有佳客到来，就只好对着空空的酒杯，忍受无酒可喝的遗憾了。

【赏析】

这首诗作是黄庭坚为感谢杨君全送自己美酒而作。第一句诗，都说世上没有抵御衰老的方药，以这样的话引出下文要写的内容，十分自然。三四句写老态，承第一句写来。以下写酒之香美，正可用来款待客人。作者浓墨重彩写酒的作用，又急应时需，可感之意，隐寓其中。黄庭坚从自己一边说，杨君全为了让我的客人有酒喝，因此特意送酒过来。全诗分两截，但第二句已开下截意，把两截连贯起来，结构严密一气呵成。夜雨滴落屋檐，春风生香，形似之笔，清新怡人。

寄题荣州祖元大师此君轩

【原文】

王师学琴三十年[1]，响如清夜落涧泉。

满堂洗尽筝琶耳，请师停手恐断弦。

神人传书道人命[2]，死生贵贱如看镜[3]。

晚知直语触憎嫌[4]，深藏幽寺听钟磬。

有酒如渑客满门[5]，不可一日无此君。

当时手栽数寸碧[6]，声挟风雨今连云。

此君倾盖如故旧，骨相奇怪清且秀。

程婴杵臼立孤难[7]，伯夷叔齐采薇瘦[8]。

霜钟堂上弄秋月，微风入弦此君说。

公家周彦笔如椽[9]，此君语意当能传。

【注释】

①王师：即祖元大师。

②道：预卜。

③如看镜：就好像镜中看东西一样清楚明白。

④晚知：后来才知道。憎嫌：憎恶嫌弃。

⑤有酒如渑：是说酒非常多。渑（miǎn），古代河流名。

⑥寸碧：比喻竹苗短小。

⑦杵臼立孤：取自《史记·赵世家》中记载的“赵氏孤儿”的故事。

⑧伯夷叔齐：伯夷和叔齐为商朝孤竹国君的两个儿子，武王灭商，伯夷、叔齐不食周粟，逃至首阳山，靠采薇生活，最后饿死。

⑨周彦：王庠，字周彦，为祖元从弟。笔如椽：即文章写得十分精彩。

【译文】

祖元大师专注琴技三十年，他弹琴时，那美妙的琴声就好像夜间山中涧水泠泠。

他的琴音美妙，听的人一洗往日的筝琶声；众人因怕把琴弦弹断，请祖元大师到此停手。

祖大师为人算命，预卜人的福祸贵贱，就好像在镜子中看东西一样，全都清清楚楚，明明白白。

祖大师后来明白，说话太过直白只会招致大家的憎恶和嫌弃，因此他深居佛门，听那钟磬之声。

他的酒非常多，因此每天宾客满门，当然“此君”也在行列之中。

他当时栽的小竹子，现在已经长得直插云霄，每当风雨之时，那风吹竹杆雨打竹叶的声响就不绝于耳。

竹子与人相亲，就好比好友和以前的旧相识一样在路上重逢，倾盖交谈，那竹子长得修长，让人感觉它很是清秀。

竹子就像那为了立孤而先后赴难的程婴和公孙杵臼一样，就像那宁肯饿死也不食周粟的伯夷叔齐一样坚贞。

在霜钟堂上赏月弹琴，微风轻轻吹过，竹叶发出的沙沙声就好像有人在窃窃私语一样。

你的从弟周彦文章写得十分精彩，是大手笔之人，他定能把竹子的话语写出来，使之代代流传。

【赏析】

此诗作于元符二年（1099），当时，黄庭坚在戎州，曾与戎州之北的荣州王庠及其从兄祖元和尚有过一段时间的交往，这首诗就是黄庭坚题祖元的此君轩。荣州：今四川荣县。祖元大师：俗姓王，僧人。此君，即竹子。

这首诗表面上看起来是题轩，但实际上却是在写人，即祖元大师。诗中一开始写了祖元大师的琴技之高超，“响如清夜落涧泉，满堂洗尽筝琶耳”，接着，写祖元大师的占卜之术十分高明，甚至可以做到“死生贵贱如看镜”，但因为他直言不讳的缘故，不被大家所喜欢，因此深居佛门避嫌。之后，又写了祖元大师的嗜酒好客，最后写祖元大师亲自栽种的竹子，通过对竹子外形的描写，又以古代的节烈之士比竹，体现竹子外柔内刚的坚贞，从而通过竹子映射出祖元大师的人品。这么多内容交错写来，为我们大家塑造了一个性格豪迈但又满腹才华的僧人形象，让人叹为观止。

这首诗最大的特点在于运用烘托的手法，以物喻人。所以我们才会有这首诗说是题轩，实则是在写人，令人回味无穷。

秋怀二首（其一）

【原文】

茅堂索索秋风发，行绕空庭紫苔滑。
蛙号池上晚来雨，鹊转南枝夜深月。
翻手覆手不可期，一死一生交道绝。
湖水无端浸白云，故人书断孤鸿没①。

【注释】

①孤鸿：即鸿雁，古代有鸿雁传书之说，常被运用在诗文中。

【译文】

秋风吹过，茅屋上的茅草被风吹得发出嗦嗦的声音；独自在空无人影的庭院绕行，那雨后的青苔脚踩上去时十分滑。

晚上秋雨又至，雨多池塘水涨，因是深秋，蛙声一片，雨后寒月初升，照着树上的乌鹊，那乌鹊也因栖息不安而转向朝南的树枝。

想那世上的交情淡薄，翻手为云覆手为雨不可信赖，那称得上生死交情的人已经很少很少了。

那湖水只是无端地映出天上白云的影子，却连代表老朋友书信的鸿雁的影子一丝也映照不出来。

【赏析】

这首诗写于黄庭坚任北京国子监教授时，那时职务清闲，作者在诗中即表达出一种闲淡的情调。

前四句写“秋”，后四句写“怀”。起两句“茅堂索索秋风发，行绕空庭紫苔滑”写秋风及雨后。“苔滑”，是雨后情况，它和“空”字结合，表现室中空寂，门庭行人很少，也即表现作者官冷孤居、过着寂寥的落寞生涯。第三四句“蛙号池上晚来雨，鹊转南枝夜深月”，上句写雨再来，承接组诗中的第一首，表现出雨是连日不断，时间又从白天转到夜里；下句用曹操《短歌行》“月明星稀，乌鹊南飞。绕树三匝，何枝可依”的诗意来写景。雨多池涨，兼以天冷，故蛙声虽多，是“号”而不是“鸣”，声带凄紧，不像夏天那样热闹有趣；雨余淡月照着树上的寒鹊，因栖息不安而转枝。这四句也是每联中一句写声，一句写景，凄清的气氛比组诗第一首更浓，但还是淡淡写来，不动激情。第五六句“翻手覆手不可期，一死一生交道绝”，感慨世上交情淡薄，不易信赖。

戏咏江南土风

【原文】

十月江南未得霜，高林残水下寒塘。

饭香猎户分熊白①，酒熟渔家擘蟹黄。

橘摘金苞随驿使②，禾舂玉粒送官仓。

踏歌夜结田神社③，游女多随陌上郎。

【注释】

①熊白：熊背上的白脂，为珍肴美味。

②金苞：指金橘。随驿使：指向朝廷进贡。驿使，驿站传送文书等物的使者。

③踏歌：众人牵手并以足踏地为节奏而歌的风俗。田神社：古时农村为祭土地神而举行的一种活动。

【译文】

江南十月，尚无寒霜，但时已深秋，树木开始落叶，给人一种高兀之感，塘中之水已微寒，其水面也低于以往。

那猎户之家，饭熟之时，香味弥漫，大家互相分着熊脂；那渔人之家，酒已温好，人人自己动手擘着蟹肉下酒。

人们摘下金橘，由驿使带走，进贡朝廷；舂出如玉粒般的稻米，源源送往官仓。

夜晚时分，人们结队集于土神庙前，手拉手踏地而歌，祝贺丰收，那出游的女子们跟随自己心目中的郎君，欢声笑语荡漾在田间小路之上。

【赏析】

此诗熙宁四年作于叶县。黄庭坚时任汝州叶县尉，这是他进士及第后担任的第一个官职。作为生长于江南明山秀水间的诗人，首次在中原地区为官，肯定对故乡有挥之不去的留恋，本诗就是这样一首怀乡之作。

首联二句先写出江南十月之景，尚无寒霜，但也已经有秋日之致，高林，残水，寒塘。颔联二句展示了渔猎之家的生活，饭香弥漫，互分熊白的热闹一片，手擎蟹黄，温酒入肚时的畅然。“熊白”和“蟹黄”给人以强烈的色彩对比，犹如画中的重彩之处。颈联二句选了人们摘橘入贡、舂米交粮的场景，展现了一幅江南丰收的景象，那颗颗金橘，那粒粒白米，给人一种丰饶之感。尾联选择踏歌寻欢、祭祀社神的场面，那颇具浪漫的民俗风情，引人入胜。整首诗通过这一系列画面的展示，寄托了作者浓浓的乡思。

和高仲本喜相见

【原文】

雨昏南浦曾相见①，雪满荆州喜再逢。

有子才如不羁马，知公心是后凋松。

闲寻书册应多味，老傍人门懒更慵。

何日晴轩亲笔砚②？一樽相属要从容！

【注释】

①南浦：万州城。

②轩：轩窗。

【译文】

雨昏云暗的初春时节，我们曾在万州有缘相见。一个下雪的日子里，我们相逢于荆州城。

你的儿子才华横溢，就像没有套上络头的骏马。而你的心如同苍松一样坚定。

只要一有空你就翻检书册，你应该能从中体味到无穷的乐趣吧！如果长久依傍别人就会让自己变得慵懒。

什么时候能在晴日的轩窗下，再细读你的好文章呢？让我们美酒一杯，从容而谈！

【赏析】

建中靖国元年（1101）二月，黄庭坚从四川被放还，途中经过万州。当时，高仲本任万州太守，两个人在一起待了很多天。到了分别的时候，两人十分不舍，但还是依依惜别。这一年冬天，黄庭坚在荆州与仲本再一次见面，此次重逢令两人十分欣喜，于是写诗相赠。本诗流畅自然，全文一气呵成，读来感悟至深，是作者晚年平淡之作中十分成功的一首。

赠李辅圣[1]

【原文】

交盖相逢水急流[2]，八年今复会荆州。

已回青眼追鸿翼[3]，肯使黄尘没马头[4]。

旧管新收几妆镜[5]，流行坎止一虚舟。

相看绝叹女博士，笔研管弦成古丘[6]。

【注释】

①李辅圣：黄庭坚的友人。

②交盖：路上两车相遇，车篷相接。形容朋友相逢谈话的亲切。

③青眼：指喜爱。鸿翼：用嵇康诗："手挥五弦，目送飞鸿。"意。

④黄尘：指追逐富贵。马头：这里代指官职。

⑤旧管：这是调笑之语，指李氏新娶之妻。旧管新收，是官府文书中语。指船空正可乘客以渡河。

⑥古丘：称赞其技艺可与古人相提并论。

【译文】

我跟你偶然间相逢，两人一见倾心，说了很多话，但遗憾的是我们不能久留，时间有如急流的水一样快。

感谢你对我依旧青眼相看，仿佛在目送天上的飞鸿；而我也不像当年那样终日在黄尘中奔走。

不知你前前后后一共纳了多少姬妾，人生就好像水中的空船，随波逐流，总是要听凭命运的摆布。

彼此相见时最令人慨叹不已的是那位女博士，她和她的笔砚、乐器，早已在岁月的长河中变成一堆丘墓。

【赏析】

黄庭坚与李辅圣一分别就是八年的时间。八年后，两人在荆州再一次相聚，因此而作此诗。“流行坎止”四字，是全诗主旨，时李辅圣之后房孔氏刚刚病逝，因此黄庭坚劝慰他应任运随时。这首诗不仅是给李辅圣的劝勉之作，更是黄庭坚用来安慰自己的诗作。当时，黄庭坚一再被贬谪，因此作此诗。此诗的颔联跌宕多姿，与颈联呼应，以俗为雅，真让人大呼奇妙。

次韵文潜[①]

【原文】

武昌赤壁吊周郎[②]，寒溪西山寻漫浪。

忽闻天上故人来，呼船凌江不待饷[③]。

我瞻高明少吐气[④]，君亦欢喜失微恙。

年来鬼祟覆三豪[⑤]，词林根柢颇摇荡。

天生大材竟何用，只与千古拜图像。

张侯文章殊不病，历险心胆元自壮。

汀洲鸿雁未安集[⑥]，风雪牖户当塞向。

有人出手办兹事，政可隐几穷诸妄。

经行东坡眠食地，拂拭宝墨生楚怆⑦。

水清石见君所知，此是吾家秘密藏。

【注释】

①文潜：张耒，字文潜，号柯山，人称宛丘先生，楚州淮阴（今江苏淮阴）人。

②赤壁：三国时著名的赤壁大战，发生地在今湖北蒲圻长江边。这里指黄州赤壁，一名“赤鼻矶”。

③饷：通“晌”，一会儿的时间。

④高明：称张耒。少：稍。吐气：舒气。

⑤三豪：指苏轼、秦观、范悖夫，这时均已过世。苏轼、秦观，是黄庭坚的老师与朋友，范悖夫是他在史馆时的同僚，都以文章知名于世。

⑥鸿雁：《诗经·小雅》有《鸿雁》一诗，《毛诗序》曰：“万民离散，不安其居，而能劳来还定安集之，至于矜（鳏）寡，无不得其所焉。”

⑦宝墨：苏轼的笔墨遗迹。

【译文】

我曾到武昌赤壁登临怀古，凭吊雄姿英发的周郎；我也曾跋西山涉寒溪去寻找唐代元结的足迹。

我忽然听说老朋友到来，好似从天而降一般，心中十分高兴，急忙呼叫船只，渡江来与你相见，片刻也不能耽误。

我见到你的到来，终于可以把那郁积于胸中的闷气稍稍吐出；当然你见到我也十分欢喜，即使有点小病，也因高兴而不觉得有什么了。

近年来鬼神致祸，三位才俊文豪相继离世，文坛因失去此三人而损失巨大，故而显得颇为动荡。

上天降下苏轼等英才于世间，但生前却不能施展抱负，得不到重用，只能于身后让后世之人膜拜其画像了。

你身体虽然偶染微恙，但文章却写得没有一点衰飒之气，在经历了朝廷上的艰险之后，心气胆量依然壮烈。

时至严冬，风雪将至，百姓却未能安居，我们理应为他们未雨绸缪。

这些朝廷的政事大概已经有人着手去办理了，你我不须挂念，只须隐几而卧，潜心学道，根绝妄念。

我们漫游于东坡当年在黄州生活过的地方，拂拭他所遗留下的墨迹，不禁心生凄怆。

水清自然石见，这自然是你知道的，这正是我们的“秘密藏”。

【赏析】

此诗作于崇宁元年（1102）。黄庭坚在太平州任知州九天后被贬洪州，他停船鄂州。时张耒被贬房州别驾，于黄州安置。黄庭坚过江与之相见，便写下了这首唱和诗。

这首诗共二十句，全诗可分为三个部分，前四句为第一部分，紧接十二句为第二部分，余四句为第三部分。

第一部分前两句，写了自己在武昌的游览，他“赤壁吊周郎”“西山寻漫浪”，在吊周郎之时，也是对苏轼的追念。第二部分写了他们相见之后的情形，两人相见，彼此欢喜，互相交谈之中便忆及往日的师友，他们的辞世与新党的迫害密不可分，其中有对百姓的关切，也有对朝廷的不满。第三部分为最后四句，通过对苏轼故居的重游，与开首第一句相照应，首尾呼应，构为一体，在对过去的怀念与今日的慨叹之中表明心迹，申明自己与文潜的清白无辜。此外，这首诗借用禅语，但却不露痕迹，也是值得注意的。

追和东坡题李亮功归来图[1]

【原文】

今人常恨古人少，今得见之谁谓无。

欲学渊明归作赋[2]，先烦摩诘画成图[3]。

小池已筑鱼千里[4]，隙地仍栽芋百区[5]。

朝市山林俱有累，不居京洛不江湖[6]。

【注释】

①李亮功：李公寅，字亮功。著名画家李伯时的弟弟。

②渊明：陶渊明为彭泽县令，流传有“不为五斗米折腰”的故事。

③摩诘：王维，字摩诘，有别墅在辋川，曾画《辋川图》。

④小池：谓池虽小，鱼得水而自由。

⑤芋：芋头，可以食用的一种植物。区：种一棵芋所需之地。

⑥京洛：汴京，洛阳。这里指京城。

【译文】

现在的人总是会时不时地埋怨：像古代高士那样的人真是少之又少。今日见到了他，谁还能认为世上缺少这样的人呢？

想要效法陶渊明一样归隐山林，作《归去来兮辞》，那就先要劳烦王摩诘画好《辋川图》。

已筑起小小的池塘，池塘虽小，也可任鱼儿作千里之游。土地的空隙之处也能有种芋头的地方。

如果内心不够宁静，无论是在朝为官，还是退居山林，都是件很累的事。如果内心不受外界的牵累，即便居住在喧闹的京城，也与居住在江湖没什么不同。

【赏析】

黄庭坚的七律诗，写到这里，已是“皮毛剥落尽，惟有真实在”。在这一时期的诗中，我们已经很难看到他以前的风格，完全有理由认为，他把一切富贵气、脂粉气、寒酸气、学究气都摒弃得干干净净。这首诗格调老苍，风骨骞举，无可摘之警句，无可挑之诗眼，全诗没有多余的字句，如百炼精钢，看似平铺直叙，但掷地有声，给人以极大的抨击力。这样的作品，在黄庭坚集中是不多见的。

追和东坡壶中九华

【原文】

有人夜半持山去①，顿觉浮岚暖翠空②。

试问安排华屋处，何如零落乱云中。

能回赵璧人安在③？已入南柯梦不通！

赖有霜钟难席卷④，袖椎来听响玲珑⑤。

【注释】

①持山去：这里指异石为人取去。

②浮岚：山中飘浮的云气。暖翠：天晴时青翠的山色。空：指这一切突

然消失。

③赵璧：赵惠文王得和氏璧，秦昭王诈许以十五城易璧，蔺相如自愿奉璧前往，说：“城入赵而璧留秦；城不入，臣请完璧归赵。”

④霜钟：指江西湖口的石钟山。苏轼考察其由来，写了《石钟山记》。

⑤袖椎：衣袖里藏着椎子。

【译文】

不知是谁，在半夜偷偷地把山搬走，突然觉得浮动的林雾、青翠的山色都顿时消失不见了。

不妨想一想，与其把这奇石放置在豪华的房子里，还不如让它零落在云山之中好一些。

能完璧归赵的人，如今又在哪里呢？过去的事情如同梦境一般！

值得庆幸的是，有石钟山在，难以席卷而去，还是带个槌子去敲敲，听听它发出的清越的响声吧！

【赏析】

此诗作于崇宁元年（1102）五月。苏轼南迁时路过江西湖口，见李正臣异石，因其有九峰，与安徽青阳县的九华山十分相似，又因传说中神仙壶公腰悬一壶，其中别有天地日月，因此取名“壶中九华”。黄庭坚因此作此诗。这首诗借写异石的归属过程，暗寓友人苏东坡一生跌宕起伏的遭遇。诗的意境深远，看似字字写石，实际上是写人的命运。人与石完美地合而为一，将自己复杂的思想感情很好地融入其中，外表旷达的语言中蕴含对生死之悲的感悟，给人多层次的审美感受。

全诗结构巧妙，行文曲折，韵律优美，十分耐人寻味。

这篇诗作感人肺腑，以一块奇石的得失遭遇象征朋友的生死命运。东坡去世这件事对黄庭坚来说真可谓一个极大的打击，因为他失去了一位患难与共、志趣相投的良师益友。出于对朋友的思念，黄庭坚在自己的很多诗中都流露出这种思想感情，如“德人泉下梦”“东坡百世士”“东坡道人已沉泉”“经行东坡眠食地，拂拭宝墨生楚怆”“何况东坡成古丘，不复龙蛇看挥扫”等。由此也不难看出两位大诗人之间的深情厚谊。

新喻道中寄元明用“觞”字韵①

【原文】

中年畏病不举酒，孤负东来数百觞②。

唤客煎茶山店远，看人秧稻午风凉。

但知家里俱无恙③，不用书来细作行。

一百八盘携手上④，至今犹梦绕羊肠⑤。

【注释】

①新喻：地名，今江西新余县。

②孤负：辜负。

③但知：只要知道。恙：生病。

④一百八盘：山路的名字。

⑤羊肠：形容山路曲折蜿蜒的样子。

【译文】

我自中年以后，因为怕生病，不敢喝酒，因而辜负东归后的好几百杯了。

招呼客人煮茶的山店远离城市，一边喝茶，一边看着农民将秧苗插入稻田，午后的凉风轻轻吹过，让人觉得十分凉爽。

只要知道家里的人都没有生病，一切安好，那么写信时就不必细致地一行又一行了。

当年经过一百八盘的险地，我和你一同手拉手而上。到现在，这样的情形还在我的梦里一一浮现。

【赏析】

黄庭坚回家乡后，第一件事就是往萍乡探望哥哥元明。和哥哥住了十五天之后，分别时的心情也很轻松愉快。这首诗是崇宁元年（1102）四月底，黄庭坚从萍乡赴江州，途经新喻时所写。

新喻距离萍乡不过百多里，但他们刚一分别，黄庭坚又想念起哥哥来了。山谷晚年的律诗写得平淡深厚，很耐人寻味。这首诗没有华丽的词语，也不刻意追求工整，如本诗五、六句，很有杜甫后期诗作的味道。诗中对一些虚字的运用十分恰当，以表现诗人感情上的曲折变化，让人很有代入感。

和子瞻戏书李倍时画好头赤

【原文】

李侯画骨不画肉①，笔下马生如破竹②。

秦驹虽入天仗图③，犹恐真龙在空谷。

精神权奇汗沟赤④，有头赤乌能逐日。

安得身为汉都护⑤，三十六城看历历。

【注释】

①画骨不画肉：杜甫《丹青引》：“干惟画肉不画骨，忍使骅骝气凋丧。”

此反其意而用。

②破竹：势如破竹。形容下笔画马的凌厉气势，奋迅神韵。

③秦驹：秦地的骏马。天仗：皇帝的仪仗。

④精神权奇：形容骏马的卓异神态。

⑤汉都护：汉代有西域都护。为驻守西域地区的军政指挥官。

【译文】

李伯时画马，着重画马的骨骼，不画马的肥肉，笔下的马可谓是徐徐生风。

这匹秦地的骏马虽被绘入了皇帝的仪仗图中，恐怕真正的龙马还潜藏在空谷中。

骏马的精神卓异，汗沟流血，这样的马浑身上下透着龙马精神。

怎能够身任汉朝的都护，骑着这骏马，巡视祖国边境历历可数的三十六城啊。

【赏析】

据周密《云烟过眼录》载，李伯时画秦马好头赤在元祐二年（1087），苏轼的原作云：“岂如厩马好头赤，立仗归来卧斜日。”所写的是一匹饱食终日、无所用力的仪仗马。黄庭坚诗中，却冀望它能成为英姿飒爽的战马，为国立功。

黄庭坚这首和诗，首评李公麟画马的高超技艺，中间突破画面展开议论，表现人才难得的曲折深意，最后就画马生发，寄托宏远的理想。

宜阳别元明用“觞”字韵[①]

【原文】

霜须八十期同老，酌我仙人九酝觞[②]。

明月湾头松老大，永思堂下草荒凉。

千林风雨莺求友[③]，万里云天雁断行。

别夜不眠听鼠啮[④]，非关春茗搅枯肠。

【注释】

①宜阳：宜州水北。

②酝（yùn）：酿酒法，将初出之酒再作发酵，所酿出的酒，度数高而味醇厚。九：多次，不是确数。

③莺求友：语出《诗经·小雅·斯干》：“相彼鸟矣，犹求友声，矧伊人矣，不求友声。”雁断行：雁行喻兄弟。

④啮：啃、咬。

【译文】

我是那么殷切地希望我们兄弟俩都能须发如霜，一同活到八十岁。来吧！请和我一起喝下这用新方法酿制的仙酒。

在修水的明月湾头，祖墓前的松树早已经长大；在双井的永思堂下，遍地都是野草，看起来无比荒凉。

你看，万千树林里，尽管是风雨连天，但黄莺还在一声又一声地呼唤着朋友，无边无际的天空中，乌云黑沉沉地压着，惊雁断了行列，谁也顾不上谁。

在离别的这一天晚上，我之所以睡不着觉，是因为听着老鼠咀嚼食物的声音，并不是因为喝了浓茶，搅乱了枯肠。

【赏析】

崇宁三年（1104）五六月间，黄庭坚因为得罪当权者被贬到宜州。十二月二十七日，元明自永州与唐次公来宜阳探望老弟，他们几人一同度过春节。第二年（1105）一月六日，黄庭坚与大家在十八里津饮饯元明，想到兄弟即将分别，因此写了这首缠绵悱恻、情真意切的诗篇。

诗句中，通过永思堂前遍地荒草，一片荒凉、黄莺不知疲倦地呼唤朋友及乌云低垂的天空等景物描写，烘托出作者对友人的依依不舍之情，读来令人潸然泪下。

太平寺慈氏阁

【原文】

青玻璃盆插千岑，湘江水碧无古今。

何处拭目穷表里①？太平飞阁暂登临。

朝阳不闻皂盖下②，愚溪但见古木阴。

谁与洗涤怀古恨？坐有佳客非孤斟！

【注释】

①表里：里里外外。

②皂盖：古代官员所用的黑色蓬伞。

【译文】

在好像青玻璃盆一样清澈无比的江水中，千百奇峰一一倒映在江水中；清清的湘江水，千秋万代，日夜奔流，永不停息。

到哪儿去擦亮眼睛，能将山河的里里外外都看得一清二楚呢？

如今，在朝阳岩下，再也听不到太守车马的到来；在愚溪边，只见到高大的古树，绿叶已经形成了浓荫。

谁跟我一起用酒来洗涤那怀古的幽恨呢？别担心，自有好朋友陪伴我，而不是我一个人独自斟酒喝酒！

【赏析】

来到永州，让人自然而然地想起曾流寓此地的元结和柳宗元。这两位忧国忧民的诗人，平生空有抱负，始终郁郁不得志，多次被排挤、贬斥。落寞孤寂的黄庭坚也无从派遣心中的抑郁，只好从这两位诗人身上寻到与自己相似的地方。诗句最后一句点明主旨，将诗人无可奈何的心情很好地展现出来，让人为之欷歔。

以右军书数种赠丘十四①

【原文】

丘郎气如春景晴，风暄百果草木生②。

眼如霜鹘齿玉冰③，拥书环坐爱窗明。

松花泛砚摹真行④，字身藏颖秀劲清，问谁学之果《兰亭》。

我昔颇复戏墨卿，银钩虿尾烂箱籯⑤，赠君铺案黏曲屏。

小字莫作痴冻蝇，《乐毅论》胜《遗教经》。

大字无过《瘞鹤铭》⑥，官奴作草欺伯英。

随人作计终后人，自成一家始逼真。

卿家小女名阿潜，眉目似翁有精神。

试留此书他日学，往往不减卫夫人。

【注释】

①右军：东晋大书法家王羲之，曾官右军将军。丘十四：丘敬和，排行十四，身世不详。

②风暄：暄风，暖风。

③霜鹘：形容眼睛有神，如秋天之鹘。

④松花：代指墨。真行：以楷书为体而具有行书笔意的一种书体。

⑤银钩虿（chài）尾：指草书。籯：筐笼一类盛物的竹器。

⑥《瘞（yì）鹤铭》：传世的书法珍品，刻于镇江焦山断崖。瘞，掩埋。

【译文】

丘郎的神情意态，好像晴朗的春景，风和日暖，百果结成，草木繁生。

眼睛像秋天的鹘鸟那样精明，牙齿像玉冰那样洁白，四周簇拥着书籍，爱坐在明净的窗前。

你磨开了松花墨，砚台盛满了墨，在摹写真书、行书，苍劲有力的字迹竟然有《兰亭序》那般令人惊叹。

我过去也很喜欢书法，在箱子里满是古人的墨迹，现在就送些给你铺在桌子上或黏在屏风上吧！

写的小字，千万别像那冻僵了的苍蝇，我认为，《乐毅论》一定比《遗教经》更胜一筹吧。

谈到大字楷书，没有超过《瘗鹤铭》的了，王献之写的草书也压倒了张伯英。

跟着前人尾巴跑，始终赶不上前人，只有摆脱前人的束缚，自成一家，才能臻于高境。

你家的小女孩名叫阿潜，眉目像父亲那样神采飞扬。

你试着将这些作品让她学习，想必以后的成就会胜过卫夫人也未可知。

【赏析】

黄庭坚也是杰出的书法家，对书法有很多极为精到的论述。他的书论和诗论是一致的，那就是要在继承传统的基础上自成一家，既不抛弃前人成果，又要有独创精神。这在今天还是值得我们借鉴的。我们常听到一些书家教人要用毕生精力临某家某帖，似乎古人是高不可攀的，今人永远不可能超过古人，甚至“无法望其脊项”。我们试读黄庭坚此诗，就可知道那些“随人作计”的论点是何等可笑了。

第三部分

杂言诗

流民叹

【原文】

朔方频年无好雨，五种不入虚春秋①。

迩来后土中夜震，有似巨鳌复戴三山游②。

倾墙摧栋压老弱，冤声未定随洪流。

地文划劙水觱沸③，十户八九生鱼头。

稍闻澶渊渡河日数万④，河北不知虚几州。

累累襁负襄叶间⑤，问舍无所耕无牛。

初来犹自得旷土，嗟尔后至将何怙⑥。

刺史守令真分忧⑦，明诏哀痛如父母。

庙堂已用伊吕徒⑧，何时眼前见安堵？

疏远之谋未易陈⑨，市上三言或成虎。

祸灾流行固无时，尧汤水旱人不知⑩。

桓侯之疾初无证⑪，扁鹊入秦始治病。

投胶盈掬俟河清⑫，一箪岂能续民命？

虽然犹愿及此春⑬，略讲周公十二政。

风生群口方出奇，老生常谈幸听之⑭。

【注释】

①五种：即黍、稷、菽、麦、稻五种谷物，此泛指粮食。虚春秋：虚度

春秋。

②巨鳌复戴三山游：传说渤海之东有无底深谷，中有五山，互不相连，随波上下往还，天帝命禹强使巨鳌十五，轮流举首而戴之，五山始峙。

③地文：地面的形状（山岳河海丘陵平原之类）。划劙：分割，割裂。觱沸：水翻涌的样子。

④澶渊：州名，故址在今河南汉阳县西面。当时与地震之莫州、瀛州同属河北东路。

⑤累累：一个接一个，接连不断。

⑥嗟：叹。尔：你们。怙：依赖。

⑦刺史：州郡行政长官。守：太宋，宋代太守非正式官名，但仍习称知府、知州为太守。令：知县。

⑧庙堂：朝廷。伊吕徒：伊吕这类人，指辅佐君王、主持国政的大臣。伊指伊尹，吕是吕望。为商初、周初的宰辅。

⑨疏远：粗疏，不切实际。此为作者自谦。

⑩尧汤水旱：出自《汉书·食货志》："故尧禹有九年之水。汤有七年之旱。"知：预知。

⑪证：征兆。这两句说，对于灾害，应防患于未然。

⑫掬：用双手捧取。"盈掬"即满捧。俟：等待。

⑬虽然：虽然这样，但是……。及：趁着。

⑭幸：希望。

【译文】

北方几年来没有下过好雨，春秋两季，五谷颗粒无收。

近来，大地在半夜忽然震动，好像那些巨鳌又头顶着三座大山在海上游行了。

地震摧毁房屋，压死老弱。人们呼救的声音还未停，一下子又被洪水冲走。

大地断裂，波浪翻滚，人们十有八九失去了宝贵的性命。

听说在澶渊地区，每日有几万人渡过黄河南下。河北不知有多少州郡空无人烟。

逃难的人络绎不绝，都扶老携幼来到襄城叶县之间。要住无屋，要耕无牛。

早到此地的人还能得到荒地耕种，唉，你们后到的人又能靠什么度日呢？

当地的官吏尽力办事，为皇帝分忧。皇帝下了诏令，对百姓的受灾表示哀痛，像父母一样关心他们。

朝廷已任用伊吕这类人，什么时候才能见到安定平和？

像我的阔略的救灾计划，献上去是不会被采纳的。即使采用被人们传布开来，也早就歪曲变样了。

灾祸的流行，是没有确定的时刻的。唐尧时的水灾，商汤时的旱灾，人们都不能预知。

齐桓侯的病，起初是没有症状的，等扁鹊到秦国去了，才开始治病，那就迟了。

现在的措施，好比将一把胶投到黄河中，等河水澄清。极少的饭食，哪里救得了如此多灾民的命啊？

尽管如此，还希望能赶得及在今年春天，制定出一个切实有效的救灾办法。

让大家议论起来，提出好办法。就算这是老生常谈，也希望上边能好好听一下。

【赏析】

宋神宗初年，河北各地年年发生旱灾、水灾、地震。作者在叶县任上，看到灾民拖家带口逃难的悲惨情景，内心被强烈地触动。诗篇述说当时灾情，记叙灾民惨况，特别是对当时统治阶级无视人民的疾苦，不及时预防灾害和赈济灾民表示了不满，表达了作者对民生疾苦的深切关注和同情，在忧国忧民之中又寓含了对当权者的委婉讽谏。

虎号南山

【原文】

虎号南山，北风雨雪[①]。
百夫莫为[②]，其下流血。
相彼暴政[③]，几何不虎？
父子相戒，是将食汝。
伊彼大吏，易我鳏寡。
矧彼小吏，取桎梏以舞[④]。
念者先民，求民之瘼[⑤]。
今其病之，言置于壑。
出民于水，惟夏伯禹[⑥]。
今俾我民[⑦]，是垫平土。
岂弟君子，伊我父母。
不念赤子[⑧]，今我何怙！

呜呼旻天⑨，如此罪何苦！

【注释】

①北风：《诗·邶风·北风》："北风其凉，雨雪其雱。""北风其喈，雨雪其霏。"《诗序》曰："《北风》，刺虐也。"本诗即用此意。

②百夫：众人。

③相：视、看。

④桎梏：刑具，此代指刑法。舞桎梏谓肆意滥用刑法。

⑤瘼（mò）：疾苦。

⑥夏伯禹：即夏禹。伯，古代统治一方之长。

⑦俾（bǐ）：使。

⑧赤子：婴儿，引申为子民百姓。

⑨旻（mín）天：原指秋天，此泛指天。

【译文】

那凶恶的老虎在南山之中吼叫，北风夹杂着雨雪落下。

你们不要去做像老虎那样的人，因为它是靠着吃人的血肉为生的。

看那统治残酷的政策，有哪些不像老虎一样呢？

父子相互告诫，相互提醒，说那老虎是要吃人的。

那些自居高位的大官们，他们高高在上，根本看不起那些流离失所、无助的人们。

何况那些地方上的小吏们，他们肆意滥用刑罚，压迫残害百姓。

我怀念那些古代的贤人们，他们常常关心了解百姓们的疾苦。

但是现如今那些大大小小的官吏们都难以做到关心百姓们的疾苦这一点，因而百姓们一旦流离失所，就会是死者尸骨填满沟壑。

真正能拯救百姓于水患之中的就是那夏禹。

现如今那些老百姓都被官吏暴政盘剥，陷入了水深火热之中。

那些当官的都号称是老百姓们的父母官，真正做到的有几人。

那些统治者们不念及百姓的苦乐，我们又有什么依靠呢？

哎呀，上苍呀，像这样的苦难是何等深重啊！

【赏析】

此诗作于熙宁元年（1068），时黄庭坚将赴汝州叶县尉。

诗人将当朝统治者对人民的盘剥掠夺直斥为猛虎食人，笔锋犀利，胆识过人，其为民请命的赤诚，历经千载，读来犹令人动容。正因其批判之力，故黄庭坚在编集时有意将之删去，以免触犯时忌。而我们今天却可从中窥见诗人深厚的人道主义情怀。

诗人将统治者的暴政比喻成吃人的老虎。“相彼暴政，几何不虎？”那是对统治者的直斥，随后对统治者中的大小官吏加以描写，那些身居高位的高高在上，对民情不闻不问，那些下级官吏欺压百姓，滥用刑罚，百姓处于水深火热之中。紧接着诗人以古代贤人的关心民瘼、古代英主的救民水火与当时的统治者相对比，从而凸现出统治者的暴政。全诗在百姓向上苍的呼号声中结束，更加强了批判之力。

听宋宗儒摘阮歌

【原文】

翰林尚书宋公子①，文采风流今尚尔。

自疑耆域是前身②，囊中探丸起人死。

貌如千岁枯松枝，落魄酒中无定止[3]。

得钱百万送酒家，一笑不问今余几。

手挥瑟琶送飞鸿，促弦聒醉惊客起。

寒虫催织月笼秋，独雁叫群天拍水。

楚国羁臣放十年[4]，汉宫佳人嫁千里。

深闺洞房语恩怨，紫燕黄鹂韵桃李。

楚狂行歌惊世人，渔父拿舟在葭苇。

问君枯木著朱绳[5]，何能道人意中事？

君言此物传数姓，玄璧庚庚有横理[6]。

闭门三月传国工，身今亲见阮仲容。

我有江南一丘壑，安得与君醉其中，曲肱听君写松风。

【注释】

①宋公子：宋宗儒是翰林学士、工部尚书宋祁的后代，故称。

②耆域：印度来华的僧人。

③落魄：同“落拓”，放纵不受拘束。

④楚国羁臣：楚国被放逐的臣子，指屈原。

⑤枯木：指琴身。朱绳：指琴弦。

⑥玄璧：黑色的中央有孔的圆玉。

【译文】

你是翰林学士、工部尚书宋景文公的后代，文章文采出众，为人风流倜傥，这样的人现如今就是你了。

好像耆域是他的前身，在袋子中摸出药丸就能起死回生。

他的相貌清奇，像千年的枯松枝，放浪不羁，沉湎酒中，行迹无定。

得到百万钱，全送酒店中预付酒钱，洒然一笑，不再问现在还剩下多少！

手弹着琵琶，目送飞鸿，急骤的琴声扰乱醉意，把客人惊起。

你弹奏的音乐有如秋夜月色笼罩之下的促织在鸣叫，又如那孤雁在水天相接、浪涛拍天之处鸣叫寻找雁群，一片萧瑟凄凉之感。

你弹奏的阮咸有如那楚国流放之臣的慷慨悲歌，又如那汉宫佳人远嫁千里之外的匈奴时的哀怨之声。

你那乐声轻柔，有如深闺洞房之中夫妻闲话时的昵昵细语；你那乐声宛转，有如紫燕黄鹂在桃李之间施展歌喉。

你那乐声高亢，有如楚国狂士且行且歌，惊动集市上的众人一般；你的乐声逐渐隐去，就像渔父在荡桨，一叶扁舟在葭苇间渐行渐远。

敢问你一句，这阮咸也不过就是在木制的琴体上系上琴弦，又怎么能弹奏出人心中所想、心中所思之事呢?

你说道阮咸这种乐器多次流传于不同人的手中，看那琴身有如黑色的玉璧，上面琴弦横陈。

你学习弹奏阮咸，闭门三月，亲自从教坊名师那里学得，如今在此演奏，我就好像亲眼见到了它的最初创制者阮仲容一样。

在江南的家乡，我也有一丘一壑，几时能跟你同醉其中，曲肱而枕，听你弹一曲风入松呢。

【赏析】

此首诗作于元祐三年（1088），写宋宗儒演奏阮咸时的情景，是一首以音乐为描写对象的七古诗。

第一部分为前八句。诗开篇先写阮咸的演奏者宋宗儒，他出身名公巨卿之后，文采风流，精通医术，为下文做铺垫。

第二部分为中间十句。诗人从“手挥琵琶送飞鸿”开始，把我们引入了阮咸的演奏当中，随后分别以“寒虫催织”“独雁叫群”摹写音乐的萧瑟凄

凉；以“楚国羁臣”“汉宫佳人”写音乐的哀怨；最后以“楚狂行歌”“渔父桡舟”写音乐在高亢之后犹如一叶扁舟在葭苇间渐行渐远，逐渐隐去。

第三部分为最后九句。通过主客对话抒发自己听音乐的感受，又以“闭门三月传国工”赞叹宋宗儒演奏技艺的高超，最后禁不住约请宋宗儒共同归隐，畅游林泉，以期能够再次听他弹奏。

此首诗写得气象万千，是一首成功的作品。全诗写了美妙的音乐形象和听琴时的复杂感受，展现出人生种种境界和心理，也是作者人生追求和艺术追求的折射。语言随诗情奔放驰骋，用事精微自然贴切，曲尽其妙。

赠元发弟放言

【原文】

亏功一篑①，未成丘山。

凿井九阶，不次水泽。

行百里者半九十，小狐汔济濡其尾②。

故曰时乎，时不再来。

终终始始，是谓君子。

【注释】

①篑（kuì）：盛土的筐子。

②汔（qì）：接近。济：过河，渡。

【译文】

差一筐土的努力，也堆不成山丘。

打井即便打了九成，也打不到泉水。

一百里走了九十里，只能算是走完了一半路程；小狐狸渡河，几乎就要渡过了，结果还是颠簸挣扎，险象环生，连尾巴都弄湿了。

所以说时机稍纵即逝，时光一去不回。

君子应该始终如一，谨慎警醒。

【赏析】

这是黄庭坚写的一首新诗，“亏功一篑，未成丘山”最早出自《尚书》，“凿井九阶，不次水泽”最早出自《孟子》，“行百里者半九十”最早出自《战国策》，“小狐汔济濡其尾”出自《易经》，作者由这些名句产生感慨：感叹时机稍纵即逝，时光一去不复返，大家应该始终如一，勤奋努力，对自己要时刻谨慎警醒，不要辜负大好时光。这首诗就像是一篇“微评论”，作者先列举出四条论据，接着水到渠成地归纳出一个让人信服的结论，全诗简短，意思浅显易懂，读起来也朗朗上口。

次韵答曹子方杂言

【原文】

酺池寺，汤饼一斋盂，曲肱懒著书。

骑马天津看逝水，满船风月忆江湖。

往时尽醉冷卿酒①，侍儿琵琶春风手。

竹间一夜鸟声春，明朝醉起雪塞门。

当年闻说冷卿客，黄须邺下曹将军。

挽弓石八不好武，读书卧看三峰云。

谁怜相逢十载后，釜里生鱼甑生尘。

冷卿白首太官寺，樽前不复如花人[2]。

曹将军，江湖之上可相忘[3]？

舂锄对立鸳鸯双，无机与游不乱行。

何时解缨濯沧浪？唤取张侯来平章，烹茶煮饼坐僧房。

【注释】

①往时：从前，过往。

②樽：酒杯。

③相忘：忘掉。

【译文】

我住在酺池寺里，用个斋盂煮面饼，支起胳膊当枕头，也懒得写字了。

骑马前行，路过京城的大桥，悠然地看着东流的河水，回忆着往日在湖面上游乐的时光。

从前在冷卿家冬夜宴饮，尽欢至醉。美丽的侍女们弹琵琶的纤纤细手，仿佛把春风带到了大家面前。

大家仿佛整夜听到了春天丛林中的声音，第二天一早醒来，却发现大雪封门。听说了当年冷卿家的客人，像曹彰那样英武的曹子方。

他力能挽开两百多斤的强弓，但他并不只是爱好武艺，他还在读书闲暇之时，卧看华山的浮云。谁知道十年后相见，他穷得连饭也吃不饱。

冷卿也老了，在太官寺里，再也没有如花的女子服侍酒宴了。曹子方啊，你怎能忘掉江湖之上的快乐呢？

在那里，白鹭成对，鸳鸯成双，没有一个奸诈之人同行同游。什么时候能够再解下帽带子，在清水中洗涤？最好还是把张侯张仲谋喊来和僧房的人商量一下。现在还是先烹好茶，再煮点面条吧！

【赏析】

句子有长有短的“杂言”诗，在黄庭坚集中不多见。这一首写给曹子方的诗，笔墨淋漓，跌宕有致，在艺术上是成功的。但内容只不过是抒发士大夫失意时的感慨而已。曹子方：名辅，曾任太仆寺丞（在政府中掌舆马及马政的仿官）。

上权郡孙承议

【原文】

公家簿领如鸡栖，私家田园无置锥①。

真成忍骂加餐饭，不如西江之水可乐饥②。

他人勤拙犹相补，身无功状堪上府③。

公诚遣骑束缚归，长随白鸥卧烟雨。

【注释】

①置锥：指立足之地。

②乐饥：忘掉饥饿。

③堪：可以，能够。

【译文】

官府里的办公室小得像个鸡笼，而私家的田园更是穷得无立足之地。

真要为保住饭碗而忍受上官责骂的话，那就不如去饱饮西江的水，暂时可以忘掉饥饿。

别人还可以用自己的勤奋来弥补不足，而我自己却没有功绩可以上报官府。

你干脆就派出缇骑绑我回去，免职放归，我就可以长随白鸥，闲卧在烟雨之中。

【赏析】

此诗为太和任上之作。黄庭坚为县令期间，体恤民情，惠政颇多。特别是当时盐政扰民，黄庭坚也感同身受，故赋盐较少，未能满足上官的要求。

黄庭坚的长诗《己未过太湖僧寺得宗汝为书寄山蓣白酒长韵》里说道："府符下盐策""民病我亦病，呻吟达五更"。本诗中的孙氏出身承议郎，以宜春通判权知吉州，黄庭坚虽有诗称他"公独爱民如父兄"，但孙氏之职毕竟有监察性质，对黄庭坚当有所督责。此诗居然声言自己办事不力，请求上级免职。黄庭坚如此放言无忌，一是认为孙氏也是一位好官，且与己有私交，当能听得进去；二是真的认为再也干不下去了，自己想回老家过清静的日子。愤激不平，见于言表。

再用旧韵寄孔毅甫

【原文】

鉴中之发蒲柳望秋衰，眼中之人风雨俱星散[①]。

往者托体同青山，健者漂零不相见。

庾公楼上有诗人，平生落笔泻河汉。

置驿勤来索我诗，自说中郎识元叹。

我方冻坐酒官曹，为公然薪炙冰砚[②]。

不解穷愁著一书，岂有文章名九县。

奴星结柳送文穷，退倚北窗睡松风。

太阿耿耿截归鸿，夜思龙泉号匣中。

斗柄垂天霜雨空，独雁叫群云万重。

何时握手香炉峰，下看寒泉濯卧龙[③]。

【注释】

①星散：像星星一样散开、分散。

②炙：用火烤。

③下看：俯瞰。

【译文】

看见镜里自己的头发，好像蒲柳般到秋天而变衰，而眼中的朋友却在风雨中分离四散。

死去的已把遗体托付给青山，健在的也到处飘零不能见面。

庾公楼上有一位诗人，他平生落笔为诗，有如长江大河般滔滔倾泻。

他经常通过驿邮来向我索诗，自说好比当年顾元叹希望能得到蔡中郎的赏识。

我这时正忍冻枯坐在酒官之位，为了你而点燃薪火烤炙结冰的砚台。

假如不懂得在穷愁潦倒时还要努力著书，那怎能使自己的文章闻名天下呢?

好比叫奴星结柳作车，自作送穷之文，闲倚北窗，在松风声中酣睡。

太阿宝剑光芒四射，可横截归飞的鸿雁，因而想起龙泉剑在鞘中夜夜孤鸣。

北斗七星高挂在下霜后的天空，孤雁在呼唤着同群，那已远隔着万重云海。

什么时候才能跟你在香炉峰握手相聚，俯瞰寒泉净洗着这卧龙。

【赏析】

黄庭坚有《次韵和答孔毅甫》一诗，这是再次韵的和作。先写自己未老先衰，因而想到朋友们飘零四散、生离死别。再写孔平仲有高才而来索诗，欲得知音。后以太阿与龙泉设喻，感彼此之离居，伤友人之不遇。接下来作者期盼能重会，同游庐山。全诗结构甚佳，劈空而起，如鹤唳猿啼。上半用仄韵，音节和缓而感情惋伤。后半转用平韵，句句皆叶，有如柏梁体，音节急促而感情激越。

第四部分

词

菩萨蛮·半烟半雨溪桥畔

【原文】

半烟半雨溪桥畔，渔翁醉着无人唤。疏懒意何长①，春风花草香。

江山如有待，此意陶潜解②。问我去何之，君行到自知。

【注释】

①疏懒：指懒散、悠闲的意思，即不喜欢受拘束。

②有待：即有所期待。陶潜：指东晋诗人陶渊明。

【译文】

在那溪水桥旁边，一半烟雾弥漫，一半细雨绵绵，醉酒的渔翁正在酣睡，却没有人前去唤醒他。他那悠闲懒散的态度将要持续多长时间？春风拂过，花草香味弥漫。

河山有什么值得期待的地方，恐怕其中的意味只有陶渊明才能清楚。你想要知道我将要去哪儿，只要跟着我就能知道我向往的场所。

【赏析】

黄庭坚的这首词作大概写于宋元丰七年（1084）春，当时黄庭坚途经金陵、扬州，正赶往山东德州的德平镇担任地方官。

黄庭坚善于移花接木，他熟读前人诗句，对那些名句华章信手拈来，由于黄庭坚对句式长短、对偶声韵这方面很在意，所以，他虽然套用古人的诗句，但也能将自己想要表达的韵味用移花接木的手段表述出来。词人对功名利禄的摒弃及想要隐逸的决心，我们从整首词中都能明显地察觉出来。

整首词的上片主要刻画了一幅悠闲自在的桥边垂钓图。在烟雨弥漫的环境下，有一个渔翁醉酒酣睡，四周静悄悄的，没有一个人前来叫醒他。该词的下片主要描述的是山河的美景，引出了东晋时期著名的隐士陶渊明。从而也表达了词人想要隐逸的心思。这首词尽管是词人化用古人的诗句编写而成，但是，词人说来说去都围绕一个主题，那就是词人渴望隐逸，但是却没有直接指出自己想要隐逸的具体地点。

“问我去何之，君行到自知”这两句词更是流露出词人的真性情，如果你想要知道我隐逸的地点，不要直接问我，你只需要跟着我走，总能找到我向往的隐逸之所。这首词作为集句词的代表作直到现在还广为流传。

念奴娇·断虹霁雨

【原文】

断虹霁雨①，净秋空，山染修眉新绿。桂影扶疏②，谁便道，今夕清辉不足？万里青天，姮娥何处，驾此一轮玉③。寒光零乱，为谁偏照醽醁④？

年少从我追游，晚凉幽径，绕张园森木。共倒金荷，家万里，难得尊前相属。老子平生⑤，江南江北，最爱临风笛。孙郎微笑，坐来声喷霜竹⑥。

【注释】

①断虹：指部分被云彩所遮蔽的彩虹，简称断虹。

②桂影：传说称月亮里面种有一棵桂树，所以历代文人称月亮中的阴影部分为桂影。扶疏：指枝繁叶茂的样子。

③一轮玉：即圆月。

④醽（líng）醁：酒名。指用湖南衡阳县东二十里的酃湖水酿制的美酒。

⑤老子：老夫，词人的自称。

⑥霜竹：即竹笛。

【译文】

雨过天晴后，一道彩虹出现在天边，晴空万里，好似女人漂亮的眉毛一样的山峦经过雨水的洗礼，如同披上了翠绿的服饰。月亮中的桂树枝繁叶茂，谁能说今晚的月色不亮呢？晴空万里之下，唱歌人在哪儿？原来她正驱使着这一轮明月在夜空中驰骋。清冷的月光，为了谁将这坛美酒映照？

我的身边围绕着一群年轻人，我们在微微清冷的晚风中，沿着幽静的小道，走到林木葱郁的张园一边畅饮美酒，一边谈笑风生。让我们将手中雕铸成金荷叶一样的酒杯斟满，尽管距离家乡很远，不过，能够把酒言欢的时刻真的好难得。我一生充满风风雨雨，足迹遍及大江南北，最喜欢聆听临风的竹笛。孙郎听见我的夸奖后微微一笑，随即吹出的笛声更为悠扬动听。

【赏析】

这首词是词人在绍圣元年（1094）被朝廷贬谪至戎州（今四川宜宾）的时候所作。纵观整首词，词句用笔极为流畅，处处洋溢着乐观豁达的心态。

这首词的前三句重点描绘了这样一幅画面：雨过天晴、碧空如洗、彩虹高悬、重峦叠嶂。这样的好天气、好风景总是给人营造一种十分舒适的感觉。词人在句式上颇为自得，他写“净秋空”远比“秋空净”更有气势，笔走龙蛇间，展现了一幅宏大的画面。

紧接着，词人观赏明月。由于词人描写的明月是中秋节后，八月十七的月亮，词人为了表现明月的光辉，从主观上就开始想象月亮中是否有枝繁叶茂的桂树和居住在月宫中的嫦娥仙子，这么一来就营造出十分美好的意境，也表现自己看到美景时的喜悦之情。

然后，词人的笔触从浪漫主义色彩转到现实生活中来，开始写自己带领一群年轻人在月亮的清辉下游园、畅饮及听笛的乐趣。从“年少从我追游，晚凉幽径，绕张园森木”这三句词中，我们仿佛看见词人和许多年轻人谈笑风生、享受生活趣味的场景。从“共倒金荷，家万里，难得尊前相属”这几句词中，词人的心中，尽管对自己到离家很远的地方生活颇为遗憾，但是，能够享受当下的乐趣，那丝遗憾就算不上什么了。

这首词的最后三句话，词人不可谓不猖狂：“老子平生，江南江北，最爱临风笛！”细细读来，读者便能体会到词人那充满豪迈气势的风格。这三句话，当真是这首词的点睛之笔了。

词人说自己这一生去过无数地方，见识过许多地方的风土人情，可是，偏偏最喜欢听那临风吹奏的竹笛声，这充满任性的一句话将词人洒脱的情怀淋漓尽致地展现出来，词人善于苦中作乐，无论生活多么不如意，他也要乐观积极地生活。

定风波·把酒花前欲问溪

【原文】

把酒花前欲问溪，问溪何事晚声悲？名利往来人尽老，谁道[①]，溪声今古有休时。

且共玉人斟玉醑[②]，休诉，笙歌一曲黛眉低[③]。情似长溪长不断，君看[④]，水声东去月轮西。

【注释】

①道：说。

②玉醑（xǔ）：美酒。

③黛眉：画成黛色的眉毛。

④君：敬词，您。

【译文】

我一边赏花一边饮酒，想问一问那溪水，你因何事在傍晚时分放悲声？天上之人，为了功名利禄，四处奔波，一直到老，可是又有谁敢说这溪声从古到今没有停歇过呢？

暂且和貌美的女子浅斟低唱，不要推辞，且听笙歌一曲，看那女子唱完低着头，那深情恰似这溪水，连绵不断，你看水声东去，月光西沉，留给人无尽的情思。

【赏析】

这首词可能作于黔州，诗词表述了作者超越名利而归趣于情的内心诉求。诗词的上片感怀人世，以溪水为倾诉的对象，颇具诗情画意。作者以终古如斯的溪流比喻奔波于名利之间的人生旅程，那溪声好像是在倾吐内心无尽的感慨。如果说上片重在表现作者超凡脱俗的胸襟，那么下片则转向了抒发作者放达旷逸的内心世界。既然名利成了虚物，那就浅斟低唱，放情于绵绵深情之中吧！这时，作者把长流不断的溪水作为载体，水流渐渐东去，月亮西斜，留给人的只有悠长的情思。

本词中，作者从对人生的思考写到对内心情感的追求，上片在警世的言论中充满了悲天悯人之情，词的下片中，作者在放逸之情中流露出一种达道之理，全文情理相生，使诗词给人一种峭健旷逸的感觉。这首词有别于黄庭坚词温婉妍丽的传统词风，它和清新雅健的黄庭坚诗似有一脉相通之感。

醉蓬莱·对朝云叆叇

【原文】

对朝云叆叇[1]，暮雨霏微，乱峰相倚。巫峡高唐，锁楚宫朱翠[2]。画戟移春[3]，靓妆迎马，向一川都会。万里投荒[4]，一身吊影，成何欢意！

尽道黔南，去天尺五[5]，望极神州[6]，万重烟水。尊酒公堂，有中朝佳士[7]。荔颊红深，麝脐香满[8]，醉舞裀歌袂。杜宇声声，催人到晓，不如归是[9]。

【注释】

①朝云：宋玉《高唐赋》中巫山神女对楚王曰："旦为朝云，暮为行雨。"叆（ài）叇（dài）：云气浓重貌。

②楚宫：楚国的离宫。朱翠：本指妇人的容貌与饰物，此处指美女。

③画戟：彩饰之戟，此指官员的仪仗。

④投荒：贬谪、流放到边远蛮荒之地。

⑤去天尺五：极言地势之高。

⑥神州：泛指中原，兼指京城。逐臣每以回望京城表达哀怨之情。

⑦中朝：即朝中的意思。

⑧麝脐：麝香。

⑨杜宇：杜鹃鸟，相传为古蜀帝杜宇所化。不如归是：旧说杜鹃鸣声悲苦，其声似"不如归去"。

【译文】

朝云暮雨，烟雾氤氲，微露云端的山峰互相偎依着。站在巫山县的城楼上，遥望那高高的楚阳台，想象着楚襄王梦中与神女相会的美好场景。在明媚的春光之中，威严的官府仪仗队在慢慢行进，盛装艳服的人们迎接着马队，慢慢向城中走去。而我，被贬谪放逐到这偏荒之地，对影自怜，还有什么值得高兴的呢！

到了黔州，山越来越高，地势十分险峻，距离中原越来越远了，连绵的大山隔断了我眺望京城的视线，但无尽的乡愁却越过千山万水，飞向了中原神州大地。这里也有地方官摆酒，为我接风洗尘。一时间，醉舞欢腾，满堂香气，美人容颜娇艳，香气氤氲馥郁，似乎让我忘记了一切。但听着那杜鹃一声一声彻夜的鸣叫，似乎在一直叫着“不如归去、不如归去”。

【赏析】

本词中，作者通过乐与悲的多层次对比烘托，形象鲜明地表露了作者在贬谪途中生出的去国怀乡之情。

本词作于赴黔州途中，从词的大概意思推测，作者所经之地当为夔州巫山县。作为一代名流，黄庭坚受到了地方官的热情接待；但作为一名被放逐之人，作者的内心又有着难以排解的抑郁苦闷。黄庭坚把这两方面编织在同一首词中，通过悲与乐的多层次对比烘托，凸显出他在贬谪途中的复杂情怀。

词的上片先描绘出烟雨凄迷的峡江风光，在写景中很自然地融入了迷离惝恍的神话传说，渲染出了作者去国怀乡的惆怅心情。“画戟”三句转为热闹的欢迎场面，但“万里投荒”三句却急转直下，将一腔悲情喷涌而出。过片承上，却改变角度，设想未来在贬所的望乡之苦，翻进一层写贬愁离恨。“尊酒”以下五句却转而铺陈宴会歌舞之盛。写出了作者虽置身于高堂华宴、觥筹交错之间，更使人强烈感受到“斯人独憔悴”的况味，却在词的结尾处跌入一种夜不能寐的思乡之情中。

本词的上下两片各分为了三个层次。形成悲—乐—悲的错落结构，但上下片又写法各异，写悲与乐的词语其色彩反差也很大。前者朴素自然，近乎口语，直抒胸臆；后者富丽浓郁，风华典雅，着力铺陈。

诉衷情·一波才动万波随

【原文】

戎州登临胜景，未尝不歌渔父家风，以谢江山。门生请问：先生家风如何？为拟金华道人作此章①。

一波才动万波随，蓑笠一钩丝②。金鳞正在深处③，千尺也须垂。

吞又吐，信还疑，上钩迟④。水寒江静，满目青山，载月明归。

【注释】

①金华道人：指唐代诗人张志和。曾著有《渔歌子》五首。

②蓑笠：这里指身披蓑衣、头戴斗笠的钓鱼翁。

③金鳞：这里指鱼。

④迟：慢。

【译文】

江面上翻起一层又一层的波浪，头戴斗笠、身披蓑衣的渔翁正在江边钓鱼。鱼儿就藏在江水的深处，不管鱼儿藏得多深，渔翁都相信自己能将鱼儿钓上来。

眼看鱼儿吞下了鱼饵，可是它又很快将鱼饵吐出，鱼儿对此感到将信将

疑，迟迟地不肯上钩。渔翁回家的时候，江面平静，江水变得寒冷起来，放眼望去，只见山峦叠嶂，明月高悬。

【赏析】

黄庭坚在这首词的上片开头就写道："一波才动万波随，蓑笠一钩丝"，使读者仿佛看见一个披着蓑衣、头戴斗笠的渔翁正在认真垂钓的画面，碧波万里，阳光照在水面上显得波光粼粼，有"孤舟蓑笠翁，独钓寒江雪"的韵味。如此洒脱空冷的境界给人一种置身于浩然天地之间的慨叹。"金鳞正深处，千尺也须垂"这两句词描写的是渔翁垂钓的心情，哪怕鱼儿藏在江水的最深处，渔翁也有想要鱼儿上钩的决心。这个时候，渔翁放空杂念，做到心智通明，只有这样，他才能明显感受到鱼儿围绕鱼饵举棋不定的情态。

这首词的下片，从"吞又吐，信还疑，上钩迟"这三句词中，乍一看，仿佛词人描写的不是一条简单的鱼，而是一条具有思维、会独立思考的鱼儿，这样的虚设宛若神来之笔，将渔翁闭目养神的情态、词人丰富的内心活动一一展现在读者的面前。在这种近乎虚幻的情景下，渔翁的眼前只剩下青山绿水，仿佛已经忘记自己还在继续垂钓。

该词的最后三句词，即"水寒江静，满目青山，载月明归"，描写的是空灵淡远的渔翁晚归图，词人仿佛置身在天地之间，摆脱了尘世间所有的束缚，到达清静的世界，这些正是词人张志和与黄庭坚渴求的最高境界。

实际上，这首词作于宋哲宗绍圣二年（1095），黄庭坚因为修撰《神宗实录》一书获罪，被朝廷贬谪到当时地处偏远的黔州，即如今的重庆市彭水县境内。黄庭坚在被贬谪期间，赋闲在家，时而登高望远、江边垂钓，世间所有美好的风景尽收眼底，偶尔怀古伤今的他有时候也十分向往江边垂钓、自由自在的生活。

谒金门·山又水

【原文】

山又水，行尽吴头楚尾[①]。兄弟灯前家万里，相看如梦寐[②]。

君似成蹊桃李[③]，入我草堂松桂。莫厌岁寒无气味[④]，余生今已矣。

【注释】

①吴头楚尾：即现今的江西省北部，由于该地位于当时吴、楚两国交界处，所以称其为“吴头楚尾”。

②梦寐：像做梦一样。

③成蹊桃李：指实至名归，根本不需要借助官职大小而获得人们的尊重。

④岁寒：即一年的严寒时节。无气味：这里指没有香味。

【译文】

翻过千山万水，足迹踏遍古代时期吴国和楚国交界的所在地，兄弟二人在灯光下沉默地坐着，联想到远在万里之遥的故乡，兄弟二人对望，好像做梦似的。

原本的你就才华出众、实至名归，就如同桃李盛开时自然散发出芳香的气息，吸引众人前来欣赏。时至今日，这样优秀、原本应该前程似锦的你竟然陪着我一起忍耐孤寂荒凉。不要担心严寒时节的到来使得桃李散尽了芳香气息，我已经老了，能够有幸和你相见，我已经死而无憾了。

【赏析】

《谒金门·山又水》这首词是黄庭坚在宋哲宗绍圣三年（1096）所作，那时候，黄庭坚还在被朝廷贬谪的场所黔州生活。还有人认为这首词应该是写于宋哲宗元符二年（1099），当时的黄庭坚应该在戎州（如今的四川宜宾）生活。

整首词都以兄弟相见为线索，充分写出了兄弟之间共患难的深厚情谊。

词的上片主要描写的是黄庭坚的兄弟不惜跨过千山万水，也要来他被贬谪的地区探望自己，当兄弟俩秉烛夜谈时，可能因为太长时间没有见面通信，有一种还在做梦的感慨。这也表明了词人好不容易见到兄弟的激动心情。

这首词的下片写道："君似成蹊桃李，入我草堂松桂。"因而忍不住触景生情，黄庭坚向自己的兄弟打开心扉，说真心话，只是，此时的黄庭坚大概五十二岁，他认为自己老了，即便无人问津也无所谓，字里行间对生活充满了悲观的情绪。

这首词用细腻的笔触描写了兄弟之间患难与共的情感，通过词人的娓娓道来，使人感同身受，尤其是最后两句词发出的无限慨叹："莫厌岁寒无气味，余生今已矣。"很容易引起大家的共鸣。词人善于遣词造句，比如说"君似成蹊桃李，入我草堂松桂。"通过强烈的对比手法，进而烘托出兄弟之间的深情厚谊。

木兰花令·凌歊台上青青麦

【原文】

当涂解印后一日[①]，郡中置酒，呈郭功甫。

凌歊台上青青麦[②]，姑熟堂前余翰墨。暂分一印管江山[③]，稍为诸公分皂白。

江山依旧云空碧，昨日主人今日客。谁分宾主强惺惺[④]，问取矶头新妇石。

【注释】

①当涂：地名，即当时的太平州治，位于今天的安徽当涂县。

②凌歊（xiāo）台：又叫陵歊台，位于太平州治当涂县城北黄山之巅。

③管江山：把当官作为隐居的一种手段，不以公务为念，亦官亦隐。

④惺惺：这里指清醒、明白。

【译文】

我被罢免当涂县太平州知州职位的那天，朋友为我在郡中置办了一桌酒席送别我，因此，我才写下这首词送给我的朋友郭功甫。

当涂县内的凌歊台上早已被青色的麦子所覆盖，姑孰堂前唯独留下了几篇著名文章。我姑且把当官作为自己隐居的一种手段，只求能为百姓辨别是是非非。

江山无恙，白云蓝天如旧，昨天太平州治的主人，如今竟然成了客人。如果有人想要将谁是主、谁是客分得明明白白，那就去询问江边的那块“新妇石”吧。

【赏析】

这首词作于宋徽宗崇宁元年（1102）。词记录了黄庭坚晚年遭遇的一场戏剧性事件：到任九天即遭罢官。卸任次日的郡宴上，他写下此词，在感慨之余，表达了从老庄哲学中寻觅精神解脱的心理诉求。

这首词从当涂的名胜古迹写起。高台离宫，而今麦苗青青，无论帝王还是文人墨客，都已成为历史，只有绝佳的文章能与江山共存。上片的前两句就将当涂县的风貌概括了，使读者能清晰地知道当涂县内曾经出现过许多文人墨客，宋武帝刘裕还曾在此建立行宫，只可惜随着时光的流逝，再风光的场景也成为历史。下片的两句话就将自己刚上任九天就惨遭罢官的戏剧性事件，使人读来有一种物是人非的感慨。最后面的两句话，词人的思想仿佛一下子变得脱俗了，“问取矶头新妇石”，巧借“新妇石”，将人世沉浮荣辱都化为过眼云烟，不再纠结孰是孰非，词人相信一切是是非非，公道自在人心。

全词贯穿了一条“暂做主人—反主为客—主客不分”的思想变化脉络，最终进入一种无差别境界，由感慨人生而达于委运任化。黄庭坚此类词奇崛奥峭，与其诗风颇为接近。此词押入声韵，音调拗硬；又多用俗语，看似明

白，仔细品味却曲折深刻，富有理趣，这就是他所提倡的“以俗为雅”，该词用超脱豁达的心性将内心原本的愤愤不平所抹平，最终达到天人合一，词人总算从老庄哲学中探寻了解脱之法。

清平乐·春归何处

【原文】

春归何处，寂寞无行路①。若有人知春去处，唤取归来同住②。

春无踪迹谁知③，除非问取黄鹂④。百啭无人能解⑤，因风飞过蔷薇⑥。

【注释】

①寂寞：指清静、寂静的意思。无行路：没能留下春天来去的踪迹。行路，即春去的踪迹。

②唤取：唤来的意思。

③谁知：谁知道，没人知道。

④问取：呼唤、询问的意思。取，即语助词。黄鹂：即俗称的黄莺、黄鸟。黄鹂通体黄色，只是其自眼部到头后部为黑色，长有淡红色的嘴，黄鹂鸟时常发出悦耳的啼声，常以森林中的害虫为食物。

⑤百啭：指黄鹂婉转的啼声。啭，鸟叫声。解：懂得、理解的意思。

⑥因风：指趁着风势。蔷薇：蔷薇花。蔷薇品种繁多，花色艳丽，有单瓣蔷薇，也有重瓣蔷薇，经常在春夏之际盛开。

【译文】

春天跑到哪儿去了？我怎么也找不到春天的踪迹，放眼望去，冷冷清清。

倘若有人知道春天在哪儿，请叫它回来和我们生活在一起吧。

没人知道春天的踪迹，如果想知道，只能询问黄鹂。那黄鹂婉转低吟，它想要表达什么意思呢？看吧，黄鹂鸟顺着风势，从漂亮的蔷薇花上飞走了。

【赏析】

公元 1103 年，即崇宁二年的十二月，黄庭坚直到崇宁三年的二月才过洞庭，同年五六月的时候，黄庭坚才来到被贬谪的地方——广西宜州。这首送春词就是黄庭坚在被贬谪到宜州的第二年，即崇宁四年所作。

这是一首惜春词，黄庭坚通过寻找春天的踪迹，表达其对春天的无尽眷恋之情。黄庭坚将春天比作人，不仅想要了解它的踪迹，还要留春同住，但春讯杳无踪迹，于是转而去询问黄鹂。这种匪夷所思的奇思妙想，表现出黄庭坚对美好事物的向往。最后曲终人散，黄鹂远去，只剩下一片怅然。词意曲折跌宕，一波三折，婉转绸缪，在其希望、追求到失望的情感历程中，无疑寄托着他的理想抱负。此词构思独特新颖，运笔轻灵流畅，意味深远隽永，历来为人传诵。

这首词将具体的人的特征赋予抽象的春天。黄庭坚因春天易逝而深感寂寥，到处都寻不到一丝安慰，看不见春天的踪迹，如同失去自己的至亲一般难受。这么一来，读者能够通过词人的细腻笔触，对美好春天的易逝情感与此人产生共鸣。

这首词的高明之处在于上片用曲笔渲染，跌宕起伏，变化万千。所以开篇就写词人希望有人告知其春天去了哪儿的讯息，词人再深情地将春天唤回来，和它一起生活。这种奇思妙想，代表了词人对美好生活的向往和对美好事物的追求。

下片发生了重大反转。词人蓦地从幻想中醒悟了过来，发现在现实生活中根本不会有人知道春天到底去了哪儿，也不会有人将春天唤回来。但是，词人仍然抱有一丝幻想，希望漂亮的黄鹂可以告诉他春天的去向，如此一来，词人又从现实中跌到幻想的艺术境界中去了。最后两句词，词人通过黄鹂不断地婉转鸣叫，进而打破了万籁俱寂的氛围，只是，词人并没有从黄鹂口中获知自己想要的答案，因此内心的孤寂感就更重了。词人看见黄鹂随风从绽放的蔷薇花丛上飞走了，众所周知，蔷薇的绽放，代表了夏天已悄然来临。直到此时，词人才真正意识到春天的确不可能回来了。

这首词主要表达了词人惜春的情感，历来为人所传诵。词人用朴实的语言，将自己惜春、恋春的情感表现得淋漓尽致。全词构思巧妙：首先是词人因找不到春天的踪迹，一心想要请教他人；发现没有人能回答自己的问题时，词人又开始想着向黄鹂请教；黄鹂用动听的嗓音好似诉说着什么，只是词人无从知道，这种想要听清楚却怎么也听不懂的感觉让词人深感无可奈何，最后，黄鹂停止了歌唱，直接展翅从盛开的蔷薇花丛中飞走了。词人通过童真质朴的语言，将自己惜春的情感如同泉水一般涌现在读者面前，给人留下无限慨叹。

虞美人·天涯也有江南信

【原文】

天涯也有江南信①，梅破知春近。夜阑风细得香迟，不道晓来开遍向南枝②。

玉台弄粉花应妒③，飘到眉心住。平生个里愿杯深，去国十年老尽少年心④。

【注释】

①江南信：指梅花将江南春天的讯息传来，“信”也指“信使”。

②不道：没有料到。

③玉台：特指梳妆台。弄粉：指梳妆打扮。

④去国：指离开京城。这里指黄庭坚于绍圣元年贬谪到涪州别驾，后将家搬到黔州。

【译文】

我看见宜州的梅花绽放枝头，就想到春天快要到了。夜深人静的时候，我等了很久也没能闻到梅花的芳香气息，以为梅花还没有盛开。结果清晨醒来后才发现，面向南面的梅花枝条早已绽放了，真是让人意想不到。

年轻的女子在镜子前梳妆打扮，却遭到了梅花的嫉妒，于是梅花就主动在女子的眉心处安家。如果是在平时看到这般美好的风景，会渴望畅饮一杯；然而，自从遭到贬谪离开汴京城十年以来，那种年轻人的情怀已经不复存在了。

【赏析】

宜州作为黄庭坚的终老之地。从“去国十年”来推算，这首词应当作于崇宁三年冬或四年春。宜州地处南边的偏远地区，一个来自江南被贬谪的人，能在这个地方再次看见熟悉的梅花绽放，那种喜悦之情可想而知。

这首词借景抒情，跌宕起伏。词的上片由两次情绪的抑扬顿挫慢慢现出惊喜，梅花给词人带来春天的喜悦之情和对故乡的思念之情溢于言表。接着，词人又借用梅花妆的典故，词意似有断裂。词人在这里故意隐瞒其真实的情感，给人留下广阔的联想空间。典故说的是梅花对美人的羡慕和嫉妒之情，那么，这里面是否也蕴含着词人以前的情感经验呢？

这首词的下片后半转，词人发出喟叹，表明了自己喜好饮酒，这里不仅充满了豪情壮志，也有放纵自我的意思。只是，词人随着年华逝去，世事沉浮，那颗“少年心”早已被漫长的贬谪生涯消磨殆尽。“少年心”就如同梅花妆的某种注脚，当然其含义远不止于此。这最后一叹将以上由梅花激发起的美好情感一扫而空，只留下无尽的遗憾。

这首词是为黄庭坚在写了《承天院塔记》后，被朝廷认定为“幸灾谤国”，因此被朝廷发配到西南地区的边陲小镇——宜州后所写。全词看似在歌颂梅花，事实上，词人通过“天涯”与“江南”“垂老”与“少年”“去国十年”与“平生”作出对比明显的总结，不仅表达了词人在边陲小镇看到梅花绽放的欣喜，也抒发了自己再也回不到过去辉煌时期的感慨，从而表现了词人内心无法排遣的苦闷之情。

这是一首写得非常真挚的词，也是黄庭坚高风亮节的人生写照。词人在远离汴京的宜州观赏到含苞待放的梅花，紧接着又写到自己在夜半无人时，因没有闻见梅花的香味而深感遗憾，直到清晨醒来，看见梅花真的在枝头绽放的情景。词人从“梅破”到“得香迟”再到“开遍”，通过不断递进的词

汇，将梅花的难得描写得淋漓尽致。

这首词借景抒情，描写细腻婉转，最后直接将自己郁闷的情感抒发出来。纵观整首词，风格婉转，余味悠长。在上片，词人将梅花的不易得通过细腻的笔触描写出来，在下片，词人又直抒胸臆，直接抒发自己悲壮苦闷的心情。通过这首词，足以看出词人是一个高风亮节的人。

定风波·万里黔中一漏天

【原文】

万里黔中一漏天①，屋居终日似乘船。及至重阳天也霁②，催醉，鬼门关外蜀江前③。

莫笑老翁犹气岸④，君看，几人黄菊上华颠？戏马台南追两谢，驰射，风流犹拍古人肩。

【注释】

①黔中：指黔州（如今的四川彭水）。漏天：即阴雨连绵。

②及至：等到。霁：雨天或雪天转晴。

③鬼门关：指石门关（位于今重庆市奉节县东，两山相夹好似蜀门户）。

④老翁：指老年男子。气岸：气度伟岸的意思。

【译文】

黔州总是下雨，好像天空漏了一个口，到处都是雨水，我整天被雨水困在家里，好似生活在一艘破旧的船上。等到阴雨绵绵的天气过去，天空放晴后，正好有一次赶上重阳佳节，禁不住在蜀江边畅快饮酒。

请不要嘲笑我年纪大了，我的英雄气概依旧。看哪，老年男子的白发上斜插一朵艳丽菊花的人，自古以来又有几个人呢？在吟诗作词上，我就好比曾在戏马台前作诗的谢灵运和谢瞻；在骑马射箭上，我也能和古时候的英雄人物齐肩。

【赏析】

这首词是黄庭坚被贬谪到黔州时期的作品。整首词围绕重阳节前后的天气变化，表现了其虽然身处穷困恶劣的环境中，依然有不轻易向命运低头的博大胸襟，最后一句词更是将词人老当益壮、积极乐观的精神表现得淋漓尽致。

在这首词的上片，开始两句词“万里黔中一漏天，屋居终日似乘船”，将黔州恶劣的天气情况描述得入木三分，从而抒发了词人被贬谪后的恶劣心情，词人先抑后扬，从连绵多日的降雨到天气好不容易放晴，有一种雨过天晴的明媚。

这首词的下片先写了在重阳佳节赏玩菊花的情景，因为在古代，人们在重阳节有在头发里插上一朵菊花的习俗，只是词人身为老年男子，“几人黄菊上华颠？”在自己的白发上插花就显得很不适宜。词人不落俗套的个性举止，表现了其不服老的心情。

整首词通过一抑三扬的结构，运用豪迈的笔触，将自己被贬谪到苦寒之地的黔州后，尽管生活环境十分恶劣，但是穷且益坚、老当益壮，词人那种不服从命运摆布的乐观主义精神值得大家学习借鉴。

水调歌头·瑶草一何碧

【原文】

瑶草一何碧[1]，春入武陵溪。溪上桃花无数，花上有黄鹂。我欲穿花寻路，直入白云深处，浩气展虹蜺[2]。只恐花深里，红露湿人衣[3]。

坐玉石，倚玉枕，拂金徽[4]。谪仙何处[5]？无人伴我白螺杯。我为灵芝仙草，不为朱唇丹脸[6]，长啸亦何为？醉舞下山去，明月逐人归。

【注释】

①瑶草：指瑶池仙草，有传说称其是瑶姬的化身，这里泛指香草。一何：指何其、多么的意思。

②虹蜺：也叫虹霓，就是指彩虹，有主虹和副虹之分，主虹指虹，为雄；副虹叫蜺，为雌。

③红露：指花瓣上的露水。

④金徽：即金饰的琴徽，也就是指琴上定音的标志，这里指琴。

⑤谪仙：这里指被贬谪下凡的仙人，特指李白。

⑥朱唇丹脸：比喻媚俗的姿态。

【译文】

香草是如此碧绿，武陵溪真正迎来了春天。溪水上有数不清的桃花瓣，花瓣的上面常有黄鹂停留。我很想穿过花丛寻找出去的道路，却误入了白云深处，彩虹之上展现浩然正气。只担心道路花丛深处，露水会浸湿我的衣服。

坐在玉石上，头靠着玉枕，手拿着金饰的琴徽。同样曾遭受过贬谪的诗仙李白在何方？如今找不到人陪我用白色的田螺杯饮酒。我为了找到灵芝仙草，不愿意呈现出媚俗的姿态，又为什么忍不住长吁一口气？倘若醉酒，不妨手舞足蹈地下山，伴随一轮明月回家。

【赏析】

这首词是黄庭坚在春天游玩时的佳作。词人联想丰富，运用细腻的笔触将想象中“桃花源”的情景一点一滴地描写了出来。这也反映了词人既想出世，又想入世的矛盾人生观，表现其严重不满污浊不堪的现实，对那些媚俗的姿态十分不屑，不愿意和那些媚俗的人同流合污的高尚品格。因此，这首词很可能作于词人被贬谪时期。

这首词第一句就运用比兴手法，赞美像碧玉一样惹人喜爱的香草，进而引人入胜，吸引读者继续阅读的兴趣，使读者在不知不觉间就掉入词人精心钩织的艺术境界汇总去。词的第二句运用倒叙的手法，一层层去剖析幻想中的神仙世界的美好情景。

“春入武陵溪”这句词刚好在全词中起到承上启下的作用。

不过，“只恐花深里，红露湿人衣”这两句词，将词人对现实世界的不满，但又舍不得抽身而去的矛盾心情曲折地表现了出来。比喻和象征手法仿佛是词人随手拈来，有一种意味深长的韵味。

实际上，“红露湿人衣”这句词应该是借鉴了王维“山路元无雨，空翠湿人衣”（《山中》）的诗句，黄庭坚用“红露”替代“空翠”，成功地将王维的诗句化为己用，偏偏又十分恰当，给人一种天衣无缝的感觉。

另外，通过“我为灵芝仙草”这句词，表明了黄庭坚前去探索的真实意图。其中的“仙草”对照的是开头的“瑶草”，“朱唇丹脸”对应的是“溪上桃花”。因此，“长啸亦何为”，就是说词人劝诫自己，也劝诫众人，实在没

有必要为了获取功名利禄导致自己终日闷闷不乐。

在这首词中，词人塑造的是一种不落俗套且高洁的品格人物形象，词人将春天美好的风景进一步升华为瑶池仙境，那些自然界平常的山水在词人的笔下都不见一丝烟火气。事实上，词人想象中的理想世界是一个没有烦恼、没有媚俗，且能够自得其乐的“世外桃源”，这也表示词人想要逃避尔虞我诈的现实世界的消极心态。

黄庭坚的这首词最为高超的地方是懂得巧妙化用前人的诗文意境、词法句律，颇有脱胎换骨的效果。如上片在展现理想与现实的矛盾时，套用的是苏轼的《水调歌头》(明月几时有)，“我欲”以下数句，化用前人诗句的迹象十分明显。其他化用唐诗的地方也颇为贴切生动。桃花源的许多意象起到比兴象征的作用，增添了该词的浪漫色彩。

诉衷情·小桃灼灼柳鬖鬖

【原文】

小桃灼灼柳鬖鬖①，春色满江南。雨晴风暖烟淡，天气正醺酣②。
山泼黛，水挼蓝③，翠相搀。歌楼酒旆④，故故招人⑤，权典青衫。

【注释】

①灼灼：形容桃花颜色艳丽。鬖(sān)鬖：指植物枝叶下垂的样子。

②醺(xūn)酣(hān)：多用来形容气候过于温暖让人昏昏欲睡，这里是陶醉了的意思。

③挼(suī)蓝：将蓝草浸揉后作为染料，这里指湛蓝色。

④酒旆（pèi）：也可写作“酒斾”，指酒旗。

⑤故故：指常常或屡屡的意思。

【译文】

桃花绽放得十分漂亮，杨柳依依，江南一带的春色真是太美了。大雨过后，天气放晴，春天的风十分温暖，伴随着淡淡的雾霭，真是让人醉心不已。

山色青翠欲滴，水面湛蓝如镜，青山绿水相映衬，歌舞场所上插的酒旗迎风飘动，仿佛故意引人注意，我只好将身上的青衫典当了出去，换取一点银两买酒喝。

【赏析】

这首词的开头就通过描写桃花盛开，杨柳依依引出了江南的春色醉人。紧接着，词人写了“春色满江南”，其中一个“满”字，充分说明了江南风景独好的特征。实际上，这句词也起到承上启下的作用。

这首词的下片前三句写道：“山泼黛，水挼蓝，翠相搀”，通过描写青山绿水而再次将江南的春天大加赞赏了一番。其中的“泼”和“挼”二字用得十分巧妙，读来非常有魄力、有气势，完全不复其他词人，总是描写江南的柔美。

黄庭坚写的这首词通篇才四十四个字，却通过层层递进的写作手法将江南春天的美景尽收眼底。从桃红柳绿，写到暖风和畅，再写到青山绿水，歌楼酒旗一直到青衫换酒，前后呼应，逻辑清晰，这首词写得张弛有度、意境深远，读来酣畅淋漓。

南歌子·槐绿低窗暗

【原文】

槐绿低窗暗，榴红照眼明。玉人邀我少留行[1]。无奈一帆烟雨画船轻。

柳叶随歌皱[2]，梨花与泪倾。别时不似见时情。今夜月明江上酒初醒。

【注释】

①玉人：这里指美貌的女子。少，即稍。

②柳叶：即美女如同柳叶一般好看的眉形。

【译文】

墨绿色的槐树叶将明净的窗室掩蔽得有些阴暗，火红色的石榴花盛开了，使人眼前一亮。美人邀请我多停留一会儿，不要离开。让我无可奈何的是，我有事情必须远行，只得伴随着一蓑烟雨乘着画船轻轻离开。

只看到美人伴随着离别的歌声，紧紧皱着弯弯的柳眉，霎时间梨花带雨。离别的情景完全淹没了初见时的欢喜。今天夜晚的月光照映在江面的画船上，醉酒的我刚刚苏醒。

【赏析】

这是词人无数词作中唯一一篇将俗情雅化的词作。这首词用柳叶比喻美人秀美的眉毛，用梨花比喻美人漂亮的面庞，其中“柳叶随歌皱，梨花与泪倾”这两句词中的“皱”和“倾”二字将词人和美人依依分别的感伤之情描写得生动形象，且又通俗易懂。

这首词的上片一开始就写旅客就要乘船远行，正要与美人依依惜别的情景。词人借景抒情，通过写初夏时节，窗前浓绿的槐树将室内掩蔽得过于阴暗，但是，房间外的石榴花竞相开放，红艳似火，惹人眼球。通过一明一暗的强烈对比，暗示了词人和美人的情绪变化。

到了真正分别的时候，两人难舍难分，通过“玉人邀我少留行”这句词，我们能够明显地看出美人不希望黄庭坚与自己分别，实际上，黄庭坚也从内心不愿和美人分开。之后又写“无奈一帆烟雨画船轻”，指出两人尽管都不想分离，但事与愿违，还是不得不分离。

从“柳叶随歌皱，梨花与泪倾”这两句词中可以想象出美人因不舍离开而默默哭泣的场景。一句“别时不似见时情”让两人不舍分离的画面感不断升级，不得不说，词人化俗为雅的写作能力让人惊叹。

品令·凤舞团团饼

【原文】

凤舞团团饼。恨分破、教孤令①。金渠体净②，只轮慢碾，玉尘光莹。汤响松风③，早减了二分酒病。

味浓香永。醉乡路④、成佳境。恰如灯下，故人万里，归来对影。口不能言，心下快活自省⑤。

【注释】

①分破：指将龙凤饼茶碾破磨碎的意思。孤令：“令”同“零”，意思是孤零。

②金渠：指金属制成的茶碾。体静：意思是整个碾具十分干净。

③汤响松风：烹茶汤沸发出的声响好似风穿过松林一样。

④醉：指茶香足以令人迷醉。

⑤省：即知觉，觉悟。

【译文】

有几只凤凰在龙凤饼茶上翩翩起舞，可恨的是，竟然有人将茶饼掰开，使得凤凰南北分离、孤苦伶仃。用金属之城的茶碾把茶饼碾成粉末状，只见茶末色泽纯净，晶莹清亮。用泉水煎茶，茶煮开后，茶汤沸腾的声音好似风穿过松林一般，原本醉酒的人也清醒了几分。

煮好的龙凤饼茶滋味醇厚，香气隽永。其实，好茶也能让人产生醉酒的感觉，但是，却没有醉酒后的痛苦，反而令人神情爽朗、渐入佳境。这种感觉就如同自己孤灯难眠时，老朋友从万里之外赶来探望一样。这是一种只可意会、不可言传的滋味，只是喝茶的人才能体会到其中的意味。

【赏析】

这首词的上片写了将龙凤饼茶碾成粉末后再加水煮茶的情景，一开始就点明龙凤饼茶的稀有昂贵。在宋代初年，凡是进贡给皇宫的茶叶，一般都先制成茶饼状，再用蜜蜡封号，上面印上龙凤图案。这种稀有珍贵的龙凤饼茶，皇帝有时候也只是掰开其中一块用来赏赐给身边的大臣，从此处记载就足以看出龙凤饼茶的珍贵之处。接下来写的“分破”就是指此意。

黄庭坚紧接着描写用金属茶碾碾茶的情景。在唐宋时期，人们在品茶方面十分考究，必须先将茶饼碾碎成细细的粉末状，然后再添水煮茶。“金渠体净，只轮慢碾，玉尘光莹”这三句词都是形容龙凤饼茶加工的精细和碾成粉末后的纯净。煎好的茶清香宜人，还没有喝之前，宿醉的脑袋已经清醒了几分。

然后，词人蓦地用“味浓香永”这句词承前启后。正在大家以为词人会继续描写茶香时，词人却出其不意地写道：“醉乡路，成佳境。恰如灯下，故人万里，归来对影”这几句让意境升华的词句，也间接说明了龙凤饼茶带给人的不可言说之韵味。

瑞鹤仙·环滁皆山也

【原文】

环滁皆山也①。望蔚然深秀②，琅琊山也。山行六七里，有翼然泉上③，醉翁亭也。翁之乐也。得之心、寓之酒也④。更野芳佳木⑤，风高日出，景无穷也。

游也，山肴野蔌⑥，酒洌泉香⑦，沸筹觥也⑧。太守醉也。喧哗众宾欢也。况宴酣之乐，非丝非竹⑨，太守乐其乐也。问当时、太守为谁，醉翁是也。

【注释】

①环滁：即环绕滁州城的意思。滁州位于今安徽省东部。

②蔚然：指草木繁盛的样子。琅琊山，位于滁州西南十里。

③山：名词作状语，顺着山路。翼然：四角翘起，好似鸟张开翅膀的样子。

④得：领悟。寓：即寄托。

⑤芳：花草散发的香味，这里引申为名词，即指花。

⑥山肴：指从山野捕获的鸟兽制成的菜肴。野蔌：即野菜。蔌，蔬菜的总称。

⑦洌：清澈的意思。泉，即酿泉，又叫“玻璃”泉，位于琅邪山醉翁亭下，因泉水清澈见底常用作酿酒而得名。

⑧觥：酒杯。筹：指行酒令时所用的筹码，用来记饮酒数。

⑨宴酣之乐，非丝非竹：在宴会上喝酒的乐趣，不在于动听的音乐形式。丝，即弦乐器；竹，即管乐器。

【译文】

整个滁州城都被群山环绕。远远看去，林木繁盛、幽深秀丽，那就是琅琊山的风貌。顺着山路往前行走六七里，会看见一个四角翘起、像大鸟展翅高悬在泉水之上的亭子，那就是醉翁亭。太守寄情于山水之间，心里的乐趣只能用喝酒的形式表现出来。再加上花开遍野、树木繁茂，天朗气清，霜色雪白，一年四季的风景不同，太守的乐趣也就无穷尽。

去琅琊山游玩时，吃山野菜蔬、喝酿泉的泉水酿制的美酒，泉水清澈、酒味甘甜，大家推杯换盏，乐趣无穷。太守醉酒后，人们有的坐，有的起，大声交谈，是宾客在纵情狂欢。并且，在太守看来，宴会上喝酒的乐趣，并不在于弹琴奏乐，太守看见游人的快乐，所以他也很快乐。若问太守是何人？原来他就是素有“醉翁”称号的欧阳修。

【赏析】

这首词的起句完全引用欧阳修编撰的《醉翁亭记》首句原文。一开始词人就写出了滁州城被群山环绕的空间境界，给人营造一种被自然风景环抱其中的慰藉感。这就奠定了整首词的基调。接下来的“也”字，更是不自觉地流露出感叹之情。一句“望蔚然深秀，琅琊山也。”直接引用《醉翁亭记》的原文诗句，直接点明琅琊山的风景秀丽，引人入胜。

之后，词人写的“山行六七里，有翼然泉上，醉翁亭也”这三句词更是化用欧阳修所写的“山行六七里，渐闻水声潺潺，而泻出于两峰之间者，酿泉也。峰回路转，有亭翼然临下泉上者，醉翁亭也”这句话，只不过，词人将欧阳修的句式简化了很多，使得语句看上去更加紧凑明净。接下来的“翁之乐也”这句拖笔，将上文的一系列描写变为抒情，使得词句读来别有一番滋味。

其实，从“更野芳佳木，风高日出，景无穷也”这三句词中，我们可以看出词人化用前人诗句的能力可见一斑，一句“景无穷也”，更是寓情于景，将词人寄情山水间的心情描写得入木三分。

接下来，词人通过写“山肴野蔌，酒冽泉香，沸筹觥也”这三句词，向世人展现出了一幅这样的画面：有这么一群志同道合的朋友在风景秀美的琅琊山脉，一边吃着野味菜蔬，一边饮酒作乐，这样无拘无束、纵情山水的状态，远非普通的宴会可比，到处充满了野趣之美。

黄庭坚所写的“况宴酣之乐，非丝非竹，太守乐其乐也”这三句词，同样是化用欧阳修在《醉翁亭记》中的“宴酣之乐，非丝非竹”及“人知从太守游而乐，而不知太守之乐其乐也”这几句词。与原文相比，词人所写的词句更为精炼简短，但是，词句的简短并不影响词人所要表达的意思，将太守与民同乐的情景淋漓尽致地描述了出来。

这首词乍一看将《醉翁亭记》这篇散文抄录个七七八八，但是，词人能用更为短小精悍的词句，把自己渴望像欧阳修一样，虽遭贬谪，但还可以自得其乐、寄情于山水之间的情感表达出来。这首词隐括原文，而又吸纳了原文的精髓部分，词人善于归纳总结的功力可见一斑。

望江东·江水西头隔烟树

【原文】

江水西头隔烟树①，望不见、江东路。思量只有梦来去，更不怕、江阑住②。

灯前写了书无数，算没个③、人传与。直饶寻得雁分付④，又还是、秋将暮。

【注释】

①烟树：指被烟雾笼罩的树林。

②阑住：拦住。

③算：即估量，此为想来想去之意。

④直饶：口语词，即尽管、即使的意思。分付：指交付。

【译文】

立在西头朝着东边眺望，视线被烟雾笼罩的树林隔断，因此，我不能看见从江东路上走来的情人。我思来想去，只能在梦中一次次地相会，才不会担心被江水拦住。

我在灯光下写了许多书信，但是却无论如何也找不到替我传信的人。尽管我很想要鸿雁传书，但是，如今已经是临近秋末，来不及了。

【赏析】

黄庭坚写这首词的时候已经被朝廷贬谪到西南之地。黄庭坚作为宋代“苏门四学士”之一，在当时享有很高的声誉，但是，只因为立场不同，就被贬谪至涪州别驾，来到黔州等苦寒之地安家。词人就是在这种情况下写了这首词。

这首词以主人公（很可能是一位女子）自诉衷情的口吻，披露了他（她）思念情人不能自已的款款心曲，缠绵委婉，一往情深。这种纯真质朴的情愫，深深打动了古往今来的读者。它的感人力量来自主人公思慕寻觅意中人的执着，这种执着又是通过层层波折表现出来的。

这首词的上片描写了饱尝相思之苦的人想要见情人，却受到重重阻挠见不到的情景，词作刚落笔时，就用“江水”“烟树”等指代自己与情人见面的拦路虎，在这种情况下，主人公依然未能停止对远方情人的思念之情，只是因受到阻挠而平添了许多忧愁。

词人在下片中描写了主人公在灯光下认认真真地用笔写着对远方情人的思念之情，因为见不到，所以宁愿在梦中相会，可是，梦总是充满虚幻，梦里有多么美好，现实就有多么残酷。主人公很想要快点和情人建立联系，于是熬夜写了许多信件，只可惜自己的满腔思念之情却没有一个人能够帮忙传递出去，这又使他（她）陷入更加悲伤的氛围中。通过“灯前写了书无数，算没个、人传与”这几句词，词人将一个痴情女人刻画得入木三分。

全词词句拒绝浮夸，显得素朴无华，却情真意切，俚而不俗。这种风格可追溯至《花间集》中韦庄词的风神情韵，它既有民歌的率真纯朴，又有浸润了文人词的含蓄优雅。如此词以“江东路”代人，更是别具一格；“梦来去”化用岑参诗的意境，读来风情摇曳。

西江月·远山横黛蘸秋波

【原文】

老夫既戒酒不饮，遇宴集①，独醒其旁。坐客欲得小词②，援笔为赋。

断送一生惟有③，破除万事无过。远山横黛蘸秋波④，不饮旁人笑我。

花病等闲瘦弱，春愁无处遮拦⑤。杯行到手莫留残，不道月斜人散⑥。

【注释】

①宴集：指大型宴席。

②坐客：在座的客人。坐，同“座”。

③断送：指度过。

④远山横黛：这里指漂亮的眉形。秋波：即眼波。这里指敬酒女子的眉眼神情。

⑤遮拦：排遣的意思。

⑥不道：不思、不想。这里指反辞，谓“何不思”。

【译文】

我既然决心戒酒，就不会再喝了，在大型宴席上，客人们都在推杯换盏，只有我在清醒地旁观。在座的一位客人想要我帮忙填首词，于是我答应下来开始写。

我的一生几乎都被酒断送，但是，除了喝酒之外，其他事上我也没有犯过什么过错。如今身旁陪酒的侍女那么美丽，倘若我不饮酒，她们可能会嘲笑我。

花儿如同生病了一般如此羸弱，春天那么多的忧愁得不到排遣。算了，既然已经端起酒杯，就不要留着它了，喝下这杯酒，哪管什么明月高悬、人群散去呢！

【赏析】

据有关记载称，年轻时候的黄庭坚嗜好饮酒，为人玩世不恭，他的妻子去世后，黄庭坚曾发誓再也不喝酒，改为吃素。可是，词人被朝廷贬谪到偏远的黔州后，他还是忍不住破戒饮酒，在这里，颇有一种“抽刀断水水更流，借酒消愁愁更愁”的韵味。

接下来词人写道：“断送一生惟有，破除万事无过。”这两句词区别于过去的婉约派，用整齐的对仗句式将词人的一生概括了出来。着重写了自己除了嗜好饮酒，在其他诸多事件上并没有犯下什么过错，有一种出奇制胜的妙趣。

紧接着，下片中从“不饮”到“劝饮”，只是因为看见群花凋零的样子，让词人仿佛看到一个行将就木的老人，禁不住无限感伤起来。这愁思自己不会轻易散去，唯有美酒一杯才能获得少许排遣，词人进而就用这样的借口，正大光明地喝起酒来。实际上，这里的春愁并不是“为赋新词强说愁”，而是表示词人对官场沉浮、人生坎坷的厌倦和烦闷之情。

满庭芳·北苑春风

【原文】

北苑春风[①]，方圭圆璧[②]，万里名动京关。碎身粉骨，功合上凌烟。尊俎风流战胜[③]，降春睡、开拓愁边。纤纤捧，研膏浅乳，金缕鹧鸪斑[④]。

相如，虽病渴，一觞一咏，宾有群贤。为扶起灯前，醉玉颓山[⑤]。搜搅胸中万卷，还倾动、三峡词源。归来晚，文君未寐，相对小窗前[⑥]。

【注释】

①北苑春风：北苑，今福建建瓯，是贡茶源产地。春风：指社前之茶。

②圭：指中国古代在祭祀、宴飨、丧葬及征伐等活动中使用的器具。圭方璧圆，指茶饼的形状，也表示茶饼珍贵。

③尊：同“樽”，指酒杯。俎：古代祭祀的时候放置祭品的器物。

④鹧鸪斑：用鹧鸪鸟羽毛的纹色代指茶盏，表示十分珍贵。

⑤醉玉颓山：形容男子风姿俊秀，指醉酒后的风采。

⑥文君：汉代才女卓文君（前 175—前 121），中国古代四大才女之一。

【译文】

福建建瓯的社前之茶制成后的茶饼形状各式各样，方形茶饼像圭器，圆形茶饼像圆玉，都非常昂贵。被研磨成粉末状的茶饼进贡给皇帝饮用，是对江山社稷大有帮助的事情，足以和位列凌烟阁中为了国家粉身碎骨的忠臣先烈的功德相提并论。这茶还能使醉酒的人很快清醒过来，解除春天的睡意，使头脑清醒，忧愁尽散。少女用纤纤玉手捧着精美的茶盏，这种茶盏绣着金边，还有如同鹧鸪鸟羽毛一样的纹色。

尽管司马相如患有渴疾，在推杯换盏间，还是吸引无数宾客前来做客。司马相如在灯光下趁着酒兴写下颇有文采的文章，他那俊秀的风姿惹人注目。司马相如读书破万卷，下笔如有神，文采斐然，好似三峡的水流一泻千里。司马相如喝醉了，直到很晚才回到家里，卓文君还没有入睡，两个人在窗前相对而坐。

【赏析】

这首词首先介绍了贡茶的名贵之处，因为是进贡给宫里的茶饼，所以采摘加工方面都十分考究。词人称这样的茶饼足以和在凌烟阁里的忠臣先烈享有同样的美誉，这样一种夸张的修辞手法，进一步说明了茶饼的可贵之处。

这首词在下片中写道词人想要邀请一些亲朋好友前来品茶，原本写自己品茶时候的乐趣，却不小心翻出司马相如的风流韵事。茶水原本就是用来解渴的，因此词人从司马相如患渴疾写起，引出司马相如在醉酒后还能写出文采斐然的作品，这里也暗指茶客们一边品茶，一边作诗的雅事。直到在词的末尾处，词人巧妙地用司马相如和卓文君相对而坐，为他们的茶话会做了总结。

整首词前后呼应，有头有尾。自古以来，文人墨客不是喝酒就是喝茶，并且，他们在喝酒或饮茶的过程中，总能作一些为人传颂的诗词歌赋出来，这一点值得大家用心品鉴。

青玉案·烟中一线来时路

【原文】

烟中一线来时路，极目送，归鸿去。第四阳关云不度[①]。山胡新啭[②]，子规言语，正在人愁处。

忧能损性休朝暮，忆我当年醉时句。渡水穿云心已许[③]。暮年光景，小轩南浦[④]，同卷西山雨。

【注释】

①第四阳关：宜州附近的关隘名。

②山胡：一种鸟的名称。啭：形容鸟儿婉转的叫声。

③渡水穿云：渡过千山万水，穿过重重云海。

④轩：指有窗的长廊。

【译文】

过来的路好似一条纤细的线自云雾中蜿蜒而出，放眼望去，大雁已经飞走了。即便是远在天边的大雁，恐怕也过不了宜州附近的关隘。突然，我听见山野里的鸟儿再次婉转地歌唱起来，鸟的悲鸣，映衬着此时愁容满面的我。

忧伤过度很容易磨损心性，不能朝朝暮暮都被忧愁所折磨，禁不住回想起我当年醉酒后写的诗句。千山万水走过，官场沉浮经历过，我的性格早已经被磨平了。老年时候的我，总是坐在南浦小屋内，欣赏那落在西山的雨水。

【赏析】

这首词的上片主要描写了词人复杂的思想感情。“烟中一线来时路”就是词人复杂情感的真实写照。我们仿佛看到遭受朝廷贬谪的词人，艰难地向着远离京城的偏远场所长途跋涉。他一步三回头地回望自己走过的路，然而这段路早已被烟雾笼罩，他只来得及看到那似有若无的一线痕迹。从“极目送，归鸿去”这两句词中，词人希望自己是一只鸿雁，能够快速飞回自己的家乡，然而这对于当时的词人来说却不可能。紧接着，词人又写“第四阳关云不度”，将自己要去的地方如何偏远荒芜描述得淋漓尽致。后面的“阳关”“山胡新啭，子规言语”历来都是古代文人墨客思乡的象征。

这首词的下片从愁闷的情绪下笔，词人告诫自己“忧能损性休朝暮”，不断提醒自己总是忧愁的坏处，但是，自己却无论如何也忍不住思乡之愁。“卷西山雨”这句词来源于王勃的《滕王阁序》：“珠帘暮卷西山雨。”词人巧妙地化用前人的名句，使整篇词赋的整体格调获得了显著提升，词人原本忧愁的思绪也得到慰藉。

千秋岁·苑边花外

【原文】

苑边花外，记得同朝退。飞骑轧①，鸣珂碎②。齐歌云绕扇，赵舞风回带。严鼓断③，杯盘狼藉犹相对。

洒泪谁能会？醉卧藤阴盖。人已去，词空在。兔园高宴悄④，虎观英游改⑤。重感慨，波涛万顷珠沉海。

【注释】

①轧：飞驰。

②珂：马身上佩戴的玉饰。

③严鼓：敲击急切的鼓声。

④兔园：指西汉梁王的宫苑。

⑤虎观：汉代讲经论学的场所，后来泛指宫廷中的教学场所。

【译文】

犹记得，我们在花园边的花丛外一起退朝离去的情景。当时我们骑着马驰骋，因马跑得太快，以至于马身上戴的玉饰叮当作响。在大型宴席上，轻柔的歌声如同浮云一般在羽扇旁环绕，优美的舞蹈如同一缕清风在丝带中旋转。等到敲敲打打的鼓声蓦地停下，酒杯和餐盘也变得杂乱不堪，我们还在开心地交流。

即便我一直流泪，哪里又有再次相见的机会呢？我不得不喝醉酒躺在好似大伞盖一样的绿荫下思念你。朋友走了，只留下一些优美的词句。参加朝廷举办的宴席再也不开心了，我们曾经一起骑马郊游的时光已经无法追忆。忍不住再次慨叹，思念友人的愁绪好似波浪中的水珠，一点点融入深海中去。

【赏析】

崇宁三年，黄庭坚南贬宜州，途经衡阳时，追怀去世的好朋友秦观而作此词。哲宗元祐初年，起用原被贬逐的官员，以苏门为中心的一批文坛巨子得以集中来到京城，同在馆阁任职。他们诗酒唱酬，流连胜景，形成北宋文坛的空前盛况。宋哲宗亲政后，政局大变，元祐大臣又坐党籍而纷遭贬斥。词的上片即回忆他们在京师的这段黄金岁月，下片开始悼亡，痛惜这位才子的逝去。

这首词的上片主要写词人和秦观当时一起在退朝后骑马游玩的情景，下片则是转而写词人对秦观的惋惜思念之情。当然，词人在悼念秦观的同时，联想到自己在官场沉浮的情景，禁不住产生伤感之情。

这首词模仿的是秦观的《千秋岁》，用好朋友秦观的写作手法去写这么一首悼亡词可谓是别具一格。词的上下片的情绪由喜转悲，进而通过强烈的对比反映出当时时局的变化叵测。总之，这是一首很不错的悼亡词。

沁园春·把我身心

【原文】

把我身心，为伊烦恼，算天便知。恨一回相见，百方做计，未能偎倚，早觅东西。镜里拈花，水中捉月，觑着无由得近伊。添憔悴，镇花销翠减①，玉瘦香肌。

奴儿又有行期，你去即无妨我共谁？向眼前常见，心犹未足，怎生禁得，真个分离！地角天涯，我随君去，掘井为盟无改移。君须是，做些儿相度②，莫待临时。

【注释】

①镇：指长久。

②相度：考虑、思量的意思。

【译文】

把我全部的身心交付给你，为了你总是烦恼，每天掰着手指算着日子等待和你相见。只恨每一次和你见面，都要百般筹谋，还没有拥抱一会儿就要分离。好似镜中拈花，水中捞月，瞧着没有理由再去和你见面。我逐渐变得

面容憔悴，花殒翠消如美人黯然伤神，身体也逐渐消瘦下去。

你呀，又要出远门了，你都走了，管我和谁在一起呢？每天见面，还无法满足内心对你的思念之情，又怎么禁得住真正的分别！天涯海角，我都跟着你一起去，掘井为盟，不移此志。劝你多为我们早做打算，不要等到永远分开的时候再后悔。

【赏析】

黄庭坚平生写了很多名词佳章，其中就有一类专门使用俚词俗语描写儿女情长的词赋。这篇词赋就是词人用女子的口吻向情郎诉说衷肠的词。

这首词的上片主要描写了女子对情郎的相思之情，颇有一种“为伊消得人憔悴”的韵味。下片表达了女子愿意终生跟着情郎一起生活的愿望，从难分难舍到追随情郎至天涯海角，将一个率真泼辣的女子形象描述得入木三分。

这首词的特别之处在于词人不像前人一样，只知道一味地用华丽的辞藻堆砌出“犹抱琵琶半遮面”的小家碧玉形象，反而用直白的俚语，将女子对男子的思念之情毫不避讳地讲述了出来，女子大胆地表达对情人的爱意，在词人的字里行间，一个率真泼辣且追求美好爱情的女子形象跃然纸上。

浣溪沙·一叶扁舟卷画帘

【原文】

一叶扁舟卷画帘[1]，老妻学饮伴清谈。人传诗句满江南。

林下猿垂窥涤砚[2]，岩前鹿卧看收帆。杜鹃声乱水如环。

【注释】

①扁舟：即小船。

②涤砚：指洗砚台。

【译文】

在小小的船上，词人卷起画帘，一边和已经年迈的妻子对坐饮酒，一边闲聊。那些诗词佳句正被江南的人们不断传颂着。

树下的猴子倒挂着偷窥洗砚台，山上的麋鹿慵懒地卧在地上看着我收起小船上的帆布。受到惊吓的杜鹃胡乱地鸣叫着，水面波纹如圆环一般一圈圈地向外荡去。

【赏析】

这首词的上片主要描写词人和已经青春年华不再的妻子一起乘船游玩的野趣，一句“老妻学饮伴清谈”，将一个深闺中的妇女第一次学习饮酒的情景充满雅趣地写了出来。那么，他们夫妻二人谈论的内容是什么呢？“人传诗句满江南”这一句词不仅写出了二人谈论的内容，还将词人充满自信的态度展现了出来。

这首词的下片主要写乘船回家路上看到的情景，重点写了窥视词人清洗砚台的猴子及麋鹿观看词人收起船帆的场景，还写了受惊吓的杜鹃仓皇鸣叫的情态，这些沿途的风景尽收眼底，也将词人悠然自得的生活态度描绘成了一幅美好的画卷。

渔家傲·三十年来无孔窍

【原文】

三十年来无孔窍①，几回得眼还迷照②。一见桃花参学了③。呈法要④，无弦琴上单于调⑤。

摘叶寻枝虚半老，看花特地重年少。今后水云人欲晓⑥。非玄妙，灵云合被桃花笑。

【注释】

①孔窍：指心。

②得眼：指盲人重见光明。也喻指人从迷茫到醒悟的过程。

③了：完成。

④呈法要：获得佛法的奥妙。

⑤无弦琴：没有上弦的琴。单于调：曲调名。

⑥水云：这里指禅僧。

【译文】

灵云三十年以来心灵蒙尘，愚昧浑噩，有时候仿佛醒悟了些许，后来又迷茫了。直到看见桃花才从中参悟佛法。领悟佛法的真谛，就好比在没有上弦的琴上弹奏《单于调》。

灵云为了获得悟性，几经曲折，虚度了半辈子的光阴，灵云的事大家应该引以为戒，趁着年轻赶紧悟道。其实，并不是看见花才能悟道，天地万物、流水行云都蕴含着禅机，因此，参悟常理、学习佛学并不是高不可攀的事情，要知道灵云修行三十年才参悟禅理，想必桃花也该笑话他了。

【赏析】

这首词主要描写的是南岳临济宗福州灵云和尚参悟禅理的故事。

该词的上片着重描写了灵云和尚如何蹉跎光阴，直到三十年后才看见桃花参悟佛理禅机的经历，暗指灵云和尚长时间看不破世间虚妄的幻象，无端端地蹉跎半生光阴的事情。

该词的下片主要描绘的是灵云参悟禅机后领悟的境界。里面的“无弦琴”化用的是陶渊明的故事，即萧统《陶靖节传》中记载的“(渊明)不解音律，而蓄无弦琴一张。”词人写这句词的主要意思是阐释佛法无边的禅理。

总的来说，词人对灵云和尚最终顿悟的事情表示赞赏，但是，对其花费三十年的光阴才参悟禅机的事情表示不值得，词人以为佛法禅机讲求的就是纵横自如、纯真自然的意境，实在没有必要浪费那么多宝贵的光阴。

鹧鸪天·黄菊枝头生晓寒

【原文】

黄菊枝头生晓寒，人生莫放酒杯干。风前横笛斜吹雨，醉里簪花倒著冠①。

身健在，且加餐，舞裙歌板尽清欢。黄花白发相牵挽②，付与时人冷眼看③。

【注释】

①倒著冠：倒戴着头冠，形容醉酒后的形态。

②黄花：指黄菊花。白发：喻指老年人。牵挽：牵拉、牵缠的意思。

③付与：给予，让。冷眼：轻蔑的目光。

【译文】

深秋时期的早晨，枝头上的黄色菊花已经显露出丝丝寒意，人生太短，不如及时行乐。在斜风细雨的环境下吹着笛子，醉酒后摘一朵菊花插在头发里，即便头冠戴反了也没有关系。

最好在身体健康的时候，好好吃饭，在没有人唱歌跳舞的情况下尽情享受。脑袋上插着的那朵黄菊花在满头白发的映衬下显得格格不入，词人就以这样疏狂自得的模样展现在世人眼前，任由世人评说。

【赏析】

黄庭坚的这首词塑造了一个沉迷于酗酒游乐的疏狂文人形象，而这种放浪形骸正是词人借以抒发内心苦闷与悲愤情绪的窗口。

该词的上阙用劝慰的语调，呼吁仕途不得意的人不妨在酒中寻找乐趣，而下阙则开始不在乎世人眼光，只求自己活得洒脱自在，同时，也意味着词人拥有敢于挑战世俗的决心。

总而言之，黄庭坚的这首词描写的就是一个不在乎世俗、喜好饮酒的狂人，暗指词人对当时不公平的世道无言的对抗之情。该词字里行间都体现出了词人挣脱世俗约束的渴望。

水调歌头·落日塞垣路

【原文】

落日塞垣路[①]，风劲戛貂裘。翩翩数骑闲猎，深入黑山头[②]。极目平沙千里，惟见雕弓白羽[③]，铁面骏骅骝[④]。隐隐望青冢[⑤]，特地起闲愁。

汉天子，方鼎盛[⑥]，四百州。玉颜皓齿[⑦]，深锁三十六宫秋。堂有经纶贤相，边有纵横谋将，不减翠娥羞[⑧]。戎虏和乐也[⑨]，圣主永无忧。

【注释】

①塞垣：指边防城池。

②黑山：位于今内蒙古自治区和林格尔西北。

③雕弓：指射雕的弓。

④铁面：战马嘴上戴的铁制面具。骅（huá）骝（liú）：周穆王的八骏之一，这里指代强壮快速的骏马。

⑤青冢：汉代王昭君的墓地。

⑥方鼎盛：意思是刚好到了富强兴盛的时候。

⑦玉颜：如同美玉一般的好容貌。

⑧翠娥：即黛眉，这里代指王昭君。羞：遭受远嫁匈奴的耻辱。

⑨戎：古代对西北地区少数民族的统称。

【译文】

塞外的阳光隐去，呼啸的大风席卷着士兵身上的战袍。几名士兵拿着弓箭，骑着马很快进入黑山头地界。放眼望去，黄沙弥漫，一望无边，荒凉空旷的天地间只看见几名打猎的好手携带着弓箭，佩戴着白羽，表情肃穆地策马狂奔。隐约间好似看见了夜间的王昭君陵墓，内心有些起伏不定。

汉元帝刚好到了年强鼎盛的时候，汉代所开拓的疆土幅员地广，细数起来竟然有四百州之多，当真是国强民富。可是，汉元帝却不愿意凭借国家的强盛力量巩固国防安全，只是想要送长相漂亮的王昭君去番外和亲。事实上，朝堂上并不缺经天纬地之人，边疆也不缺足以镇守一方的大将，可是，让王昭君去“和蕃”的事情还是发生了。汉元帝竟然将天下社稷寄托在一个苦命的女子身上，这是一件多么可悲可叹的事情！时至今日，边境太平，皇上完全可以高枕无忧了。

【赏析】

这首词在黄庭坚所有词作中都称得上是风格独标，不同凡响，不仅由于该词气格雄豪，还因其主题涉及经国大事，具有强烈的政治性。

该词的上片主要描写的是词人在边境线附近外出打猎，隐约看见王昭君的坟墓，进而引起了词人的愁绪。下片却议论汉元帝不应该让王昭君这样一个弱女子嫁去番外蒙羞的事情。表面上，词人是嘲讽汉元帝，实际上，词人是借古讽今，暗讽宋朝天子屈辱求和的外交策略。“不减翠娥羞”这句词更是犀利无比地嘲讽大宋君臣的无能作为。

联系当时的时代背景，可想而知词人嘲讽的是变法派的大臣，这也是作为守旧派的词人和主张变法的当政者严重不配合的时期，词人表达了对那些主张变法的人的蔑视嘲讽之意。

在豪放词的发展史上，这首词也应当占据一席之地。唐代以来，大家一般都只注意到范仲淹的《渔家傲·秋思》、王安石的《桂枝香·金陵怀古》等少数篇章，只因这些词作开了风气之先。事实上，黄庭坚的这首词也理应受到关注。苏轼当时也是刚刚尝试豪放词的写作，且多个人抒怀，真正以军国大事入词的也只是一首《江城子·密州出猎》，它无疑给了黄庭坚直接的启示。这类主题的词在当时实属凤毛麟角，且黄庭坚的这首词又有自己的特色，它不是一味雄豪，而是在后面转为沉郁。

南乡子·诸将说封侯

【原文】

诸将说封侯，短笛长歌独倚楼。万事尽随风雨去，休休，戏马台南金络头①。

催酒莫迟留，酒味今秋似去秋。花向老人头上笑，羞羞，白发簪花不解愁②。

【注释】

①戏马台：也叫掠马台，传说是项羽修建的，位于今江苏徐州市南。金络头：指做工精细的马笼头，借指功名。

②簪花：汉族妇女头饰的一种。

【译文】

在其他将领纷纷谈论封侯一事的时候，只有我斜倚高楼，和着竹笛声放

声歌唱。世间所有是非得失、升沉荣辱都淹没在时光的长河里，即便是如同宋武帝刘裕曾在彭城戏马台欢宴重阳的盛会，也早已成为历史的陈迹一去不复返了。

赶快畅饮杯中酒，不要停下来，酒的味道还像去年一样醇香。娇艳的花儿在白发老人的头上含羞带笑，一眼看去，雪白的头发上如同戴着一朵娇花显得不伦不类，满腹忧愁无法排遣。

【赏析】

这首词作于暮年，在这首词中，词人简要回顾了自己一生经历的风风雨雨、坎坎坷坷，禁不住感慨万千。词人对功名利禄表示深深地鄙夷，这也表明词人拥有宽广的胸襟。

在这首词中，描写了词人面对热衷封侯显贵的将官们，兀自独立，倚楼长歌，不仅将功名富贵觑若无物，而且将一生的是非升沉付诸东流。词人还以美酒的香醇对比功名的虚无，在开怀畅饮的同时，巧借黄花调笑自己，洋溢出达观幽默的乐趣。

这首词的开头运用对比手法：诸位将领对功名利禄侃侃而谈，自己却离开人群，和着悠远的笛声倚楼歌唱。一句“万事尽随风雨去，休休，戏马台南金络头”，词人仿佛置身事外，一切是非荣辱都和自己无关。当然，词人在皇权当道的时代，难免会存在一种消极的人生观，只是，这种状态只是一闪而逝，词人并未沉浸其中。

词人在这首词的下片中就充分地展示出自己豁达乐观的情怀。一句“催酒莫迟留，酒味今秋似去秋”（一作“酒似今秋胜去秋”），写出了词人不再沉浸在过去的是非荣辱中，如同李白一样，有着“呼儿将出换美酒，与尔同销万古愁”的豪迈之情。词人对生活的热爱不仅体现在品尝美酒上，还体现在观察周边的环境上，“花向老人头上笑，羞羞”这句词充满了童趣，也表明了词人不会因自身处境的变化和年龄的增长而变得消极颓废，相反，这种“老顽童”的可爱形象跃然纸上。

这首词无论是遣词造句上，还是对意境格调的把控上，都是直抒胸臆，不拐弯抹角，充满了豪放之气。

在这首词之前，黄庭坚曾在黔州写过一首《定风波》，同样是歌颂重阳节的。比起那首词，这首词在气概豪迈上稍逊一筹，却添了几分颓放旷达，当然，这也和词人的处境有关。不过，词人在垂暮之年，尽管身处危难，还如此豁达开朗，情趣盎然，确实难能可贵。

第五部分

散文

书幽芳亭

【原文】

士之才德盖一国，则曰国士；女之色盖一国，则曰国色；兰之香盖一国，则曰国香。自古人知贵兰，不待楚之逐臣而后贵之也①。兰甚似乎君子，生于深山薄丛之中②，不为无人而不芳；雪霜凌厉而见杀，来岁不改其性也。是所谓“遁世无闷，不见是而无闷”者也③。兰虽含香体洁，平居与萧艾不殊。清风过之，其香蔼然，在室满室，在堂满堂，所谓含章以时发者也④。

然兰蕙之才德不同，世罕能别之。予放浪江湖之日久，乃尽知其族。盖兰似君子，蕙似士大夫，大概山林中十蕙而一兰也。《离骚》曰：“予既滋兰之九畹，又树蕙之百亩。”是以知不独今，楚人贱蕙而贵兰久矣⑤。兰蕙丛出，莳以砂石则茂，沃以汤茗则芳，是所同也。至其发花，一干一花而香有余者兰⑥，一干五七花而香不足者蕙。蕙虽不若兰，其视椒则远矣，世论以为国香矣。乃曰“当门不得不锄”，山林之士，所以往而不返者耶！

【注释】

①楚之逐臣：指屈原。屈原在《离骚》里以“兰”来象征自己美好的品德。

②薄丛：指贫瘠的丛林。

③不见：不为人所知。

④含章以时发者：藏善以待时机施展自己。

⑤贵（贵兰）：以……为贵。

⑥芳（不为无人而不芳）：发出芳香。

【译文】

如果一个士人的才华品德都能超越其他士人，那么，这个人就有可能称为一名国士；如果一位女子的相貌都能超过其他女子，那么，这个女子就会被称为国色；如果兰花的香味赛过了其他所有的花，那么这株兰花就可以被称为国香。我们知道，兰花是十分珍贵的植物，并不是因为它被屈原赞美过，才会被大家所珍视。植物中的兰花和人中的君子有很多相像的地方：兰花即使生长在深山老林或者是土地贫瘠的丛林，也不会因为没有人赏识而就不散发出迷人的香味；人中的君子即使遭受到风霜雨雪的严酷摧残，也绝不会改变自己的根本与秉性。他们能够真正做到避世隐居而内心没有忧愁，就算一直得不到任用也不会怨天尤人。兰花的香味形状都十分的美好，它们平时一点都不张扬，可一旦有清风吹过，它们的香气一定会飘到很远的地方，人们一定会发现它们的存在，它们是如此的浓郁芬芳，这才真是"善藏"，它们懂得"以待时机、施展自己"的深刻道理。

就品德和才能而言，兰和蕙并不相同，只可惜世间很少有人能分辨出来。我长期到处流浪，因此才知道兰和蕙的区别。兰花似君子，蕙似士大夫。山林中有十棵蕙，才有一棵兰，《离骚》中说："我已经培植兰花九畹，又种下蕙百亩。"《招魂》说："爱花的风俗离开蕙，普遍崇尚兰花。"从这里我们可以看出，楚人轻视蕙而重视兰已经有很长时间了。兰和蕙在什么条件下都能生长，即使环境恶劣的砂石之地也能枝繁叶茂，如果用热茶水浇灌它们就香气芬芳，这是兰和蕙的相同之处。到开花之时，一根花枝上就一朵花而异香扑鼻的一定是兰花，一根花枝上有五七朵花但是香气不明显的一定是蕙。即使蕙远远比不上兰花，但是与椒相比却不知胜了多少倍，椒竟然被当世之人

称为“国香”，这不是太奇怪了吗？因此，必须除掉当权者，因为这就是那些德才兼备的隐士都选择远离当局而不愿返回的根本所在啊！

【赏析】

“芳草美人”的比喻在中国古代由来已久，本文中黄庭坚则是要建立起“兰”与“君子”的类比关系。

文章一开头作者就连用三个类比：国士、国色、国香，将兰抬到了至高无上的地位。接着黄庭坚指出“兰”与“君子”的相似之处：“兰甚似乎君子，生于深山薄丛之中，不为无人而不芳。雪霜凌厉而见杀，来岁不改其性也。”君子就像兰花，从不吹嘘自己，经受摧残，也不改变本性。接下来，作者又比较了兰与蕙的不同之处，指出兰似君子，蕙似士大夫。同时作者在文中也寄予了自己对社会现实的深沉感叹。

黄庭坚对兰的推崇，是在当时北宋推崇君子气节的大环境下有感而发的，作者学识广博，善用典故，在这篇短文中，作者引经据典，随手引用《易经》《离骚》里的名句，也为本文增色不少。

答洪驹父书[1]

【原文】

驹父外甥教授[2]：别来三岁[3]，未尝不思念。闲居绝不与人事相接，故不能作书，虽晋城亦未曾作书也。专人来，得手书，审在官不废讲学[4]，眠食安胜[5]，诸稚子长茂[6]，慰喜无量。

寄诗语意老重[7]，数过读，不能去手；继以叹息，少加意读书[8]，古人不难到也[9]。诸文亦皆好，但少古人绳墨耳[10]，可更熟读司马子长、韩退之文章。凡作一文，皆须有宗有趣，始终关键，有开有阖。如四渎虽纳百川[11]，或汇而为广泽，汪洋千里，要自发源注海耳。老夫绍圣以前，不知作文章斧斤，取旧所作读之，皆可笑。绍圣以后，始知作文章，但以老病惰懒，不能下笔也。外甥勉之，为我雪耻[12]。

《骂犬文》虽雄奇，然不作可也。东坡文章妙天下，其短处在好骂，慎勿袭其轨也[13]。

甚恨不得相见，极论诗与文章之善病，临书不能万一。千万强学自，少饮酒为佳。

所寄《释权》一篇，词笔纵横，极见日新之效。更须治经，深其渊源，乃可到古人耳。青琐祭文[14]，语意甚工，但用字时有未安。自作语最难，老杜作诗，退之作文，无一字无来处。盖后人读书少，故谓韩、杜自作此语耳。古之能为文章者，真能陶冶万物，虽取古人之陈言入于翰墨[15]，如灵丹一粒，

点铁成金也。

文章最为儒者末事，然索学之，又不可不知其曲折，幸熟思之。至于推之使高，如泰山之崇崛，如垂天之云；作之使雄壮，如沧江八月之涛，海运吞舟之鱼。又不可守绳墨令俭陋也。

【注释】

①洪驹父：洪刍，字驹父，江西豫章人，黄庭坚的外甥。宋哲宗绍圣年间进士，靖康年间官至谏议大夫。靖康之变后，被流放沙门岛，卒于岛中。

②教授：官名，宋时各王府、路、府、州诸学都置教授，督理学政。

③别来三岁：指从徽宗建中靖国元年辛巳（1101）至徽宗崇宁二年癸未（1103)。建中靖国元年初，黄庭坚在鄂州（今湖北省武昌市），王观复与洪驹父曾来见他，现复此信，故云别来三岁。

④审：知道。

⑤安胜：安好的意思。

⑥长茂：成长壮健。

⑦老重：老成持重。

⑧加意：留意。

⑨古人不难到也：古人文学创作所取得的成就是不难达到的。

⑩绳墨：原指木工画线用的工具，借喻规矩和法则。

⑪四渎：指长江、黄河、淮水、济水。古时此四水各自流入海。

⑫雪耻：指作者过去不知写文章的方法，老来懂得写文章而又不能下笔，希望外甥能有所成就，为己增光。雪，洗刷。

⑬轨：车辙痕迹。

⑭青琐：疑指代《青琐高议》的作者刘斧，北宋时人，生平不详。青琐祭文，当是洪驹父所作。

⑮翰墨：笔墨，指文辞。

【译文】

驹父外甥你好：我们分别有三年多了，时时刻刻无不在想念着你。我自归隐以来几乎与外界失去了联系，因此很少有书信寄出，即使晋城也没有写过信。这次你派专人送来了你的亲笔信，让我知道了你身为学官而并未荒废学业，并一直坚持讲学，你的睡眠和饮食都很好，你的几个孩子也都健健康康，这让我倍感欣慰。

你给我寄来的几首诗含义深刻，我细细读了数遍，每一首都让我感觉爱不释手；另外给我寄的几篇文章，仔细研读之后，我发现了一个道理，我们若是能够稍微留意读书，其实古人写文章的境界技巧是不难达到的。几篇文章虽已很好，但也存在着明显的不足之处，那就是缺少古人的章法，你可以进一步熟读司马迁和韩愈的文章。但凡写文章，一定要有明确的主旨立意，文章自始至终的关键是开头要放得开，结束时又收得拢。这就好比长江、黄河、淮河和济水四条水系，虽然这四大水系能够容纳百川、汇聚众水而成为广大的湖泊，奔腾千里，但终归都是从源头的细小开始，然后汇聚成大川大江流向大海的。我在早些年并不懂得写文章的基本方法，就拿我的旧作来说，现在读起来就让人感到都很幼稚可笑。自从绍圣年间以后，我才真正知道怎样写文章，但后来却因为年老多病、生性懒惰，所以很少写出惊艳的文章。所以外甥你可一定要好好努力，替我完成这一夙愿。

你寄过来的《骂犬文》这一文章，虽然文中的文字十分雄伟奇特，但是这一类针砭时弊的文章还是不写为好。大家都知道，苏东坡的文章可谓是天下卓绝，然而他的缺点就是太过于指责时弊，这很容易招致祸端，你一定不要效仿他的这一做法。

我很遗憾不能与你相见，当面尽情讨论诗文的好坏，而在信上是不能说

出万分之一的。你一定要勤于学习，保护好自己的身体，以少喝酒为好。

你寄送的《释权》这篇文章，文笔奔放自如，看得出你的确是取得了很大的进步。然而你更应该多读经典，使自己知识的根基更加深厚，只有这样才可以赶超古人。你寄送的《青琐》这篇祭文，全文构思比较精巧，但遣词造句还有许多不恰当之处。写文章自己遣词造句是最难的了，借鉴杜甫写诗，韩愈写文章，无不是借鉴前人，他们的文章没有一个字是没有出处的。我们这些人就是因为读书少，所以都还以为是韩愈、杜甫自己写出的这样的句子呢！在古代能写文章的大家，都是能够真正地博古通今，熔铸万物于一炉，大量引用古人的语句用于自己的文章，这些古人的词句就像一颗颗灵丹妙药一样，有化腐朽为神奇的功效。

写文章对于那些尊崇儒学、精通儒学的人来说，实在是一件轻松的小事情，然而既然我们决定要去探求写文章的奥妙，那么我们就要踏踏实实地去探寻了解写文章的真谛与精髓，我希望你能真正领悟这个道理，并认真仔细地思考一下这个问题。要使文章精密高妙，像泰山上垂挂着的云彩；要使文章气势恢宏，如江海中滔天的波涛，那一定不要死守做文章的条条框框，而让自己的文章显得浅薄了。

【赏析】

这篇文章是黄庭坚五十九岁的时候写给他的外甥洪驹父的一封信，在信中，黄庭坚谈到了自己对文学创作的一些看法，写出了他对外甥洪驹父的一些建议和殷切期望。

在信中，黄庭坚谈到他自己对于文学创作，要在主题鲜明的前提下，侧重从形式和内容两个方面痛下功夫。他一再强调要学习前人，并要学会融会贯通，推陈出新，写出自己的独特风格。

针对洪驹父的文章，黄庭坚强调要学习前人“陶冶万物”的功力，主张多读融古，并概括为“点铁成金”的法度。这里说出了文学创作中一个很重要的经验，就是对前人的遗产和观点必须有所选择，有保留地借鉴，借鉴的目的是创新，这一点对于今天的我们来说也有一定的积极意义。但是，黄庭坚虽然看到了创新的难，并没有给出一个切实有效的解决方法，而是一味追求“无一字无来处”，认为这是写文章“点铁成金”的方法，并奉之为创作中的“灵丹妙药”，这一观点未免有失偏颇。

总的来说，黄庭坚从自己切身的创作实践中总结了写文章不要墨守陈规，不要过分雕琢，这也代表了黄庭坚对于创作所坚持和追求的最高境界，这一观点也体现了他“无意于文”的自由。

《胡宗元诗集》序

【原文】

士有抱青云之器，而陆沉林皋之下[①]，与麋鹿同群，与草木共尽，独托于无用之空言，以为千岁不朽之计。谓其怨邪？则其言仁义之泽也；谓其不怨邪[②]？则又伤己不见其人。然则，其言不怨之怨也。

夫寒暑相推，草木与荣衰焉[③]。庆荣而吊衰，其鸣皆若有谓，候虫是也；不得其平，则声若雷霆，涧水是也；寂寞无声以宫商考之，则动而中律，金石丝竹是也[④]。唯金石丝竹之声，《国风》《雅》《颂》之言似之；涧水之声，楚人之言似之[⑤]；至于候虫之声，则末世诗人之言似之。

今夫诗人之玩于词，以文物为工，终日不休，若舞世之不知者[⑥]，以待世之知者然。然其喜也，无所于逢；其怨也，无所于伐。能春能秋，能雨能旸[⑦]，发于心之工伎而好其音，造物者不能加焉，故余无以命之，而寄于候虫焉。

清江胡宗元，自结发迄于白首[⑧]，未尝废书，其胸次所藏，未肯下一世之士也。前莫挽，后莫推，是以穷于丘壑[⑨]。然以其耆老于翰墨[⑩]，故后生晚出，无不读书而好文。其卒也，子弟门人，次其诗为若干卷。宗元之子遵道，尝与予为僚[⑪]，故持其诗来求序于篇。

自观宗元之诗，好贤而乐善，安土而俟时[⑫]，寡怨之言也。可以追次其平生，见其少长不倦，忠信之士也。至于遇变而出奇，因难而见巧，则又似予所论诗人之态也。其兴托高远，则附于《国风》；其忿世疾邪，则附于《楚辞》。后之观宗元诗者，亦以是求之。故书而归之胡氏。

【注释】

①陆沉：无水而沉，这里指隐居。林皋：指山林。

②邪：同“耶”，表示疑问的语气词。

③荣衰：兴荣衰败。

④金石丝竹：泛指音乐声。

⑤楚人之言：指楚人、楚地的诗歌。

⑥舞：玩弄，戏侮。知：理解。

⑦旸（yáng）：太阳晒。

⑧结发：在古代，男子在二十岁时要举行冠礼，将头发束起来，并带上帽子，表示已经成年。后来用结发代指二十岁或成年的代称。

⑨丘壑：代指隐居。

⑩翰墨：笔墨。这里代指经籍学问。

⑪尝：曾经。僚：同事。

⑫安土而俟时：安于家乡居住，等待时机到来。

【译文】

士人拥有卓越杰出的才能，却在山林之间隐居，与麋鹿草木一起生活，把自己短暂的一生寄托于那些没有用的话之上，作为千岁不变的计策。他的心里怎么能没有怨恨呢？说他心里有怨恨，但是他的话语之间充满仁义；说他心里没有怨恨，但是又悲伤看不见他的踪影。总之，他的言语不怨不艾。

春夏秋冬季节更迭的时候，花草树木也随之兴荣衰败，为荣华感到高兴，为衰败而感到悲伤，它的鸣叫声里都好像有什么暗示一样，这是候虫独有的声音；如果心里不能平静，其声音就像雷霆一样，这是涧水；寂寞无声用宫

商之音敲之，虽是有感而发，但是又符合音律的节奏，这是音乐。音乐的声音，《国风》《雅》《颂》里的诗句像它；涧水之声，楚人的诗歌像它；那么，对于那些候虫的声音，则末世诗人的言语和它十分相像。

现在写诗的人在写词句的时候，总是喜欢修饰外物，并乐此不疲，就好像玩弄世上不理解他的人，以这样的方式来等待世上理解他的人。但是，当他高兴的时候，不会刻意迎合谁；当他心里有怨恨时，也不刻意攻击谁。能春能秋，能雨能晒，并从内心深处热爱音乐，这样的人，即使造物者也不能对他有所改变。这种人，我不知怎么形容，所以干脆用昆虫来和他相比。

清江人胡宗元，从少年到老年，从来不曾停止读书，他拥有的学问不会比任何饱学之士少。不过，前人不能牵拉他向前，后人也不能推他向前，因此只能局限在山野之中。但是，他希望自己终老于翰墨，所以他的后生晚辈，无人不读书而喜爱写文章。他离开时，子弟门人将他的诗歌整理出来若干卷。胡宗元的儿子对父亲十分孝顺，遵循正道，曾与我一起共事，因此，他拿着他（父亲）的诗集让我为整理出的诗歌写序。

我细品胡宗元的那些诗歌，发现他喜好贤人，十分喜欢做善事，性格随意从容，从不轻易埋怨什么。可以看得出来，他从少年到老年，一刻也没有对学问有所厌倦，堪称忠信之士。至于遇到什么变化突发奇想，则又和我前文所论的诗人之态十分类似。他旷然豁达，心志高远，直达《国风》；他愤世疾俗，又和《楚辞》中的描写十分类似。后人观看胡宗元的诗，也可以这样来推究他的心志。因此，我写了这篇序来送给胡氏子弟。

【赏析】

胡宗元的一生抑郁不得志，黄庭坚在这篇序中，看起来是借胡氏的诗歌，事实上却表达了自己的文艺理论观点。

一开始，黄庭坚就开门见山地提出诗歌应“不怨之怨”。他认为诗可以

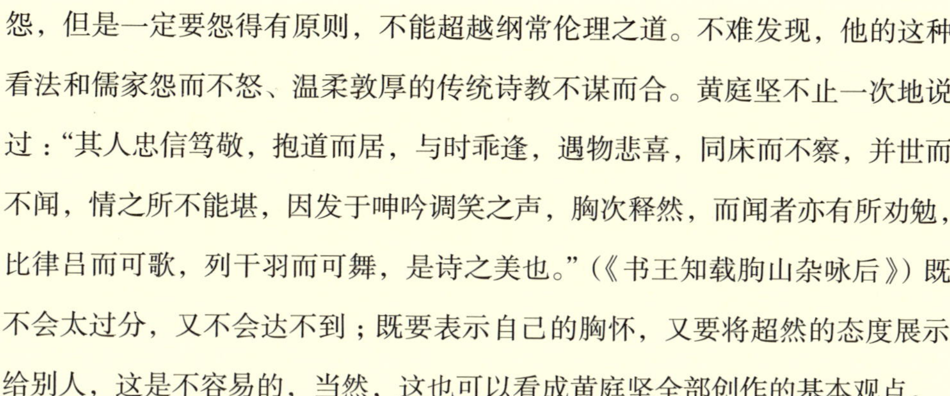

怨，但是一定要怨得有原则，不能超越纲常伦理之道。不难发现，他的这种看法和儒家怨而不怒、温柔敦厚的传统诗教不谋而合。黄庭坚不止一次地说过："其人忠信笃敬，抱道而居，与时乖逢，遇物悲喜，同床而不察，并世而不闻，情之所不能堪，因发于呻吟调笑之声，胸次释然，而闻者亦有所劝勉，比律吕而可歌，列干羽而可舞，是诗之美也。"（《书王知载朐山杂咏后》）既不会太过分，又不会达不到；既要表示自己的胸怀，又要将超然的态度展示给别人，这是不容易的，当然，这也可以看成黄庭坚全部创作的基本观点。

在黄庭坚的这篇序中，他指出有三种类型的诗歌：其一是像候虫那样的有谓之鸣，其二像涧水那样的不平之鸣，其三像金石丝竹寂寞无声，动而中律。但不管是哪一种，黄庭坚最喜欢的还是后两种。他这样赞赏胡氏的诗："其兴托高远，则附于《国风》；其忿世疾邪，则附于《楚辞》。"由此不难看出，黄庭坚虽然宣扬"不怨之怨"的诗道，但对有深刻思想内涵的诗歌也从不反对。

与王观复书

【原文】

庭坚顿首启[①]：蒲元礼来，辱书，勤恳千万。知在官虽劳勋，无日不勤翰墨[②]，何慰如之！即日初夏，便有暑气，不审起居何如？

所送新诗，皆兴寄高远[③]。但语生硬，不谐律吕，或词气不逮初造意时。此病亦只是读书未精博耳。"长袖善舞，多钱善贾"，不虚语也[④]！南阳刘勰尝论文章之难云："意翻空而易奇，文征实而难工。"此语亦是。沈、谢辈为儒林宗主[5]，时好作奇语[6]，故后生立论如此。好作奇语，自是文章病。但当以理为主，理得而辞顺，文章自然出群拔萃。观杜子美到夔州后诗，韩退之自潮州还朝后文章，皆不烦绳削而自合矣。

往年，尝请问东坡先生作文章之法，东坡云："但熟读《礼记·檀弓》当得之。"既而取《檀弓》二篇读数百过，然后知后世作文章不及古人之病，如观日月也。文章盖自建安以来好作奇语，故其气象衰苶。其病至今犹在。唯陈伯玉、韩退之、李习之，近世欧阳永叔、王介甫、苏子瞻、秦少游乃无此病耳。

公所论杜子美诗亦未极其趣。试更深思之，若入蜀下峡年月，则诗中自可见。其曰："九钻巴巽火，三蛰楚祠雷。"则往来两川九年，在夔府三年，可知也。恐更须改定，乃可入石[7]。

适多病，少安之余，宾客妄谓不肖有东归之期[8]，日日到门，疲于应接。蒲元礼来告行[9]，草草具此。世俗寒温礼数，非公所望于不肖者，故皆略之。三月二十四日。

【注释】

①顿首：叩首。

②翰墨：笔墨，这里指写文章。

③兴：指文章的立意。

④虚语：空话。

⑤宗主：指领袖人物。

⑥奇语：奇特生僻的词语、言论。

⑦入石：指文章刊刻传播。

⑧不肖：时间不久的意思。

⑨告行：辞行。

【译文】

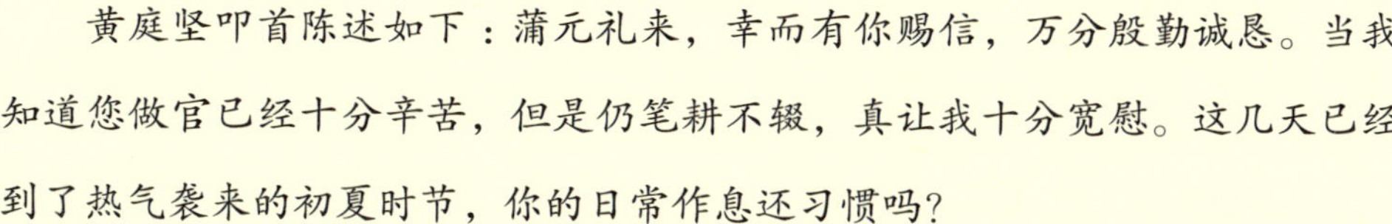

黄庭坚叩首陈述如下：蒲元礼来，幸而有你赐信，万分殷勤诚恳。当我知道您做官已经十分辛苦，但是仍笔耕不辍，真让我十分宽慰。这几天已经到了热气袭来的初夏时节，你的日常作息还习惯吗？

细读过你送来的新诗，我觉得这些诗立意高远十分难得，但缺点是语言生硬，不合声律，甚至还有些并没有将自己的初衷表达出来。之所以会出现这样的原因，是因为平时读书不精的缘故。谣谚说“袖长，舞姿易美；钱多，经商方便”，这绝不仅仅是一句空话！南阳人刘勰曾这样描述写文章的艰难：“立意如果只是凭空翻新，出奇很容易做到，但文辞要求实证，要做到工巧就不那么容易了。”这话很有道理。沈约、谢跳等人都堪称儒林的领袖人物，很多时候他们都喜欢用新奇词语，因此刘勰才得出这样的观点。一味追求新奇特别的词语，这可是写文章的大忌。写文章最好以理为主，一篇文章只要你的理掌握了，而且词语顺畅，文章一定能出彩。看杜甫到夔州之后写的诗，韩愈从潮州回朝以后写的文章，这些都是不用删改但读起来亲切自然且合乎法度的。

前几年，我曾向东坡先生请教作文章的方法，东坡说：“只需熟读《礼记·檀弓》自然就能心领神会。”得到他的指点后，我就拿来《檀弓》上下两篇前前后后一共读了数百遍，然后对后人写文章始终不如古人的毛病，就像看见日月一样知道得一清二楚了。从建安时代以来的文章，很多都喜用新奇词语，这种陋习一直持续到现在。当然，陈子昂、韩愈、李翱和近代的欧阳修、王安石、苏轼、秦观，是没有这种毛病的。

你对于杜甫诗的论述也不是那么透彻。那么不妨请你再深入思考，至于入蜀和出三峡的年月，在诗中就可看到。杜甫在诗中说：“九钻巴巽火，三蛰楚祠雷。”由此可以得出，杜甫往来川东川西共九年，在夔州三年。你的诗还应该再仔细修改，才能刊刻传播。

最近一段时日，刚好我身体稍微好转，客人说我不久就有可能东归回朝，家里每天都有客人来访，为了接待他们，我疲于应付。蒲元礼来向我告别，只能很草率地写了这些。社会上一般来往应酬的礼节，不是你希望能从我这里得到的，所以我干脆省略不提了。三月二十四日。

【赏析】

黄庭坚这篇文章是中国古代文论史上著名的一篇。黄庭坚作为北宋最杰出最重要的诗人之一，其文学主张对当时的文人尤其是江西诗派产生了深远的影响，从黄庭坚后期所作这首《与王观复书》可以看出黄庭坚的文学主张。

黄庭坚在《与王观复书》中说："但熟观杜子美到夔州后古律诗，便得句法简易，而大巧出焉。平淡而山高水深，似欲不可企及。文章成就，更无斧凿痕。"在黄庭坚眼中，喜欢奇特的词语，这是写文章的大忌。写文章应当以理为主，只要掌握理的原则，文章就不愁写不好。看杜甫到夔州以后的诗，韩愈从潮州回朝以后的文章，都是亲切自然，又合乎法度。

在此序中，黄庭坚委婉地指出了王诗的缺陷，进而分析了缺陷形成的原因、寻找改进方法，字里行间无不显示他关心友人，帮助友人的热切之心，读来情真意切，让人十分感动。

大雅堂记

【原文】

丹棱杨素翁①，英伟人也。其在州闾乡党有侠气②，不少假借人，然以礼义不以财力称长雄也。闻余欲尽书杜子美两川夔峡诸诗，刻石藏于蜀中好文喜事之家，素翁粲然向余请从事焉③。又欲作高屋广楹庥此石④，因请名焉。余名之曰“大雅”，而告之曰：由杜子美来四百年，斯文委地，文章之士随世所能⑤，杰出时辈未有升子美之堂者，况家室之好耶！余尝欲随欣然会意处笺以数语，终以汩没世俗⑥，初不暇给。虽然子美诗妙处乃在无意为文，夫无意而意已至，非广之以《国风》《雅》《颂》，深之以《离骚》《九歌》，安能咀嚼其意味，闯然而入其门耶⑦？故使后生辈自求之，则得之深矣⑧；使后之登大雅堂者，能以余说而求之，则思过半矣。彼喜穿凿者⑨，弃其大旨⑩，取其发兴⑪，于所遇林泉、人物、草木、鱼虫，以为物物皆有所托，如世间商度隐语者，则子美之诗委地矣。素翁可并刻此于大雅堂中。后生可畏，安知无涣然冰释于斯文者乎！

元符三年九月黄庭坚（涪翁）书

【注释】

①杨素翁：北宋丹棱人，南宋史学家李焘的岳祖父。

②州闾：州，旧时行政区划；闾，里巷、邻里。州闾即“乡里”。

③粲（càn）然：指笑容灿烂的样子。

④庥：庇荫、保护。

⑤随世所能：能，本指智能之士，此处指影响一代潮流之俊秀。“随世所能”指追随当时诗坛的时尚人物。

⑥汩没：本义是“沉浮”，引申为“沉缅”。

⑦闯然：很顺当地进入的样子。

⑧深：“艰深”的意思。

⑨穿凿：非常牵强的解释，“牵强附会”的意思。

⑩大旨：主旨，即主要精神。

⑪发兴：本义是托物起兴，因事感发，此处指比兴等诗歌的外在表现形式。

【译文】

丹棱杨素翁，是一位风流潇洒伟岸奇特的人。他在当地乡里很有名声，大家都觉得他十分有侠气。面对别人的过错，他一点也不愿意宽容，只凭礼义却从不依仗财势（欺凌弱者）而有很好的名声。当他知道我想把杜甫在东西川和夔州写下的诗篇全部书写下来，刻成诗碑，存放在蜀中喜欢诗文的人家中之时，素翁便直截了当地向我提出请求，希望承担这件事。他想修建一座高大建筑来陈列这些诗碑，还请我为此取一名字。我为这间屋子取名叫“大雅堂”，并告诉他说：“从杜甫以来的四百年间，诗风渐渐不如以前，文人墨客大都随波逐流，即使是有才华的青年才子，其诗作也并不能和杜甫的诗相比，更不要说那些只是喜好诗文的一般人了！我以前想根据我对杜诗的一些心得体会写点什么，但是却始终被俗事所扰，没有抽出时间。事实上，即使我写了，又怎么能写出杜甫诗歌的精彩之处呢？杜诗妙在完全是随心所欲，顺其自然，简直达到出神入化的境地，要做到这样，若非广泛涉猎《诗经》，对《国风》《雅》《颂》了然于胸，深刻领悟《离骚》《九歌》的人，又怎么会了解杜诗的深刻内涵和意味呢？所以我们说，如果青年学子只是单靠自己去摸索，就会觉得深奥难懂；但进入大雅堂的人，如果按照我这个观点去探寻杜诗的精髓，就会省时省力。那些穿凿附会的人不去研究杜诗的主要精神，只是单纯在比兴和技巧上泛泛而谈，想当然地以为杜诗中所涉及的林泉人物、花鸟鱼虫，每一样都有所指代，就像猜诗谜一般，如果一一对号入座，这样的话，杜诗就变得毫无价值。”素翁不妨把这篇记一并刻在大雅堂中。后生学子是不可小看的，怎么能预料之后来大雅堂的人对这碑上的诗文没有融会贯通的呢？

元符三年九月黄庭坚（涪翁）书

【赏析】

据史料记载，宋朝被封为“朝散大夫”的杨素为了提升自己家乡人的文化品位，希望在北宋巴蜀诗坛大力弘扬杜甫雅正的诗风，因此萌发了在自己的家乡修建一座有代表性建筑的念头。

巧合的是，杨素的想法与作为江西诗派领袖的黄庭坚不谋而合。为此，杨素特意邀请黄庭坚手书杜甫两川夔峡的诗作，并且请来能工巧匠，让他们不遗余力地刻碑三百余方，并在丹棱城南修建标志性建筑，用来珍藏所刻诗石。这座建筑于元符三年（1100 年）九月九日竣工，黄庭坚亲自将之命名为“大雅堂”，并为此特意撰写《大雅堂记》一文。

通观全文不难发现，这篇文章的重中之重就是阐述了作者对杜甫诗歌的了解和认识，当然，这也是黄庭坚诗歌创作的主要目的，即“无意于文”。“意”不单单是这篇文章的中心，更是杜甫诗歌“大雅”的要旨。在黄庭坚看来，要真正学习并理解杜诗，单从文字和声律来理解是不可能的，重要的是

了解杜诗的内蕴情感和人格精神。学习的人如果真的能从这两方面去感受，自然“笔落惊风雨，诗成泣鬼神”。

这篇文章看似说理，但饱含感情，在重点论述杜诗之“意”的同时一并说明自己之所以将其命名“大雅”的真正原因。

东郭居士南园记（节选）①

【原文】

以道观分于崭岩之上[②]，则独居而乐；以身观国于蓬荜之间，则独思而忧。士之处污行以辞禄[③]，而友朋见绝[④]；自聋盲以避世，而妻子不知，况其远者乎[⑤]？

东郭居士尝学于东西南北，所以游居，半世公卿，而东郭终不偶[⑥]。驾而折轴[⑦]，不能无闷；往而道塞，不能无愠。退而伏于田里[⑧]，与野老并锄，灌园乘屋，不以有涯之生而逐无堤之欲，久乃蘧然独觉[⑨]，释然自笑[⑩]。问学之泽，虽不加于民，而孝友移于子弟；文章之报，虽不华于身，而辉光发于草木，于是白首肆志而无弹冠之心，所居类市隐也[⑪]。

总其地曰“南园”，于竹中作堂曰“青玉”，岁寒木落而视其色，风行雪堕而听其声，其感人也深矣。据群山之会[⑫]，作亭曰“翠光”，逼而视之。土石磊砢，缭以松楠；远而望之，揽空成色，下与黼黻文章同观[⑬]。其曰翠微者，草木金石之气邪？其曰山光者，日月风露之景邪？不足以给人之欲，而山林之士甘心焉，不知其所以然而然也。因高筑阁曰“冠霞”，鲍明远诗所谓“冠霞登彩阁，解玉饮椒庭”者也。其宴居之斋曰“乐静”，盖取兵家《阴符》

之书曰："至乐性余，至静则廉。"《阴符》则吾未之学也，然以予说之，行险者躁而常忧，居易者静而常乐，则东郭之所养可知矣。其经行之亭曰"浩然"。委而去之，其亡者，莎鸡之羽；逐而取之，其折者，大鹏之翼[14]。通而万物皆授职，穷而万物不能撄，岂在彼哉！由是观之，东郭似闻道者也[15]。

【注释】

①东郭居士：指新昌蔡曾子飞。

②道：天道。分：名分。崭岩：隐士居住的山林。

③污行：卑下的行列。

④友朋见绝：指亲朋好友互相没有往来。

⑤妻子：指妻子与儿女。远者：关系比亲人朋友更为疏远一些的人。

⑥不偶：指命运不好。古代人认为命数为奇就是不顺，命数为偶就表示顺利。

⑦驾而折轴：据《汉书》记载：汉废太子临江王刘荣离开江陵到京的时候，他的车"轴折车废"，大家都觉得这是不好的兆头。这里指东郭居士总是遇到挫折。

⑧伏：原意为隐藏，这里指退出朝堂而在山林中隐居。

⑨蘧（qú）然：十分惊讶、惊喜的样子。

⑩释然：心头郁积的烦恼没有了，感觉十分畅快。

⑪弹冠：出仕做官，语出《汉书·王吉传》。市隐：古人有"大隐隐于市"的说法，虽在喧闹的集市中居住，但丝毫不受浮华喧嚷的影响，就好像隐居一样，所以说市隐。

⑫群山之会：指群山与群山的交汇之处。会，会合，交汇。

⑬黼（fǔ）黻（fú）文章：原指花纹图案，这里是说景色就好像黼黻般绚烂。

⑭委而去之：指摒弃世俗。莎鸡：俗称纺织娘，这种昆虫的翅膀十分纤薄。逐而取之：指追名逐利。

⑮通：通达。授：提供，进献。穷：指困境十分艰作，没有出路。撄：扰乱，纠缠。彼：指外物。

【译文】

如果我们可以从天道的角度来分析山林万物的名分，那么，在山林中隐居也有一番乐趣；居住在简陋的屋子里，从自身角度考虑那些国家之事，心里就难免会有忧愁烦恼。有士人虽然处于卑下的行列，但是却辞去官职，不接受朝廷俸禄，亲朋好友都因此而对他有所疏远冷淡，但他自己却装聋作哑，好像对世事一点也不关心。这样的行为，即使妻子儿女都不知道为什么，又何况是那些关系还不如亲朋好友的人呢？

东郭居士以前也是到处求学问，但最终没有一个好的命运。他遇到这样的挫折，心里一定很郁闷忧愁。仕途之路被阻塞，心里怎么可能没有怨恨呢？于是退而在山林中隐居，和那些农夫一起浇水灌溉土地，自己动手修建房子，一定不能用有限的生命去追逐没有限度的欲望，时间一久你会发现自己心中郁积的愁闷慢慢消失不见，转而变得高兴起来。四处求学的惠泽，虽然不能很好地施加给百姓，可对父母孝敬、对家人友好的美好品德却让子弟们深受感染；所写文章带来的好名声，虽然不能让自己享受荣华富贵，但却像草木发出的光辉那样带给人美好的享受。白首时任意放纵自己的情志，丝毫没有出仕做官的想法，所居住的屋子虽然处在闹市之中，但也丝毫不受浮华喧嚣的任何影响。

把他居所的所有地方合起来起名叫“南园”，在竹子中建了一间屋子，取名为“青玉”。天气寒冷，叶子飘零的时候，就看屋子的颜色，风吹雪落就听其声音，这是多么美好的享受啊！占据在群山与群山的会合之处，修了一座叫“翠光”的亭子，靠近一看，很多石头重重叠叠地堆在一起，还有很多树木环绕着它；从远处欣赏，揽取优美的景色，就好像黼黻那样绚烂。山色翠绿显得朦朦胧胧，这都是因为吸收草木金石气息的缘故呢！那山中的风光，应该是日月风露所幻化而成的景色吧！山水景物当然不能满足普通世人的那些欲望，但隐居在山林的人对此却感到心满意足，却不知这是为什么。于是，又在这里建造了一个叫“冠霞”的阁子，之所以取这个名字，是因为南宋诗人鲍照的一句诗：“冠霞登彩阁，解玉饮椒庭”。居住的斋屋之所以取名叫“乐静”，应该是因为兵家《阴符》一书中所说：“至乐性余，至静则廉。”我没有学习过《阴符》这本书，但我个人觉得，冒险的人比较焦躁，因此总是难免有所忧虑，做人做事较为平和的人，那么性情比较安静，所以也会快乐得多，既然如此，东郭居士的性情我们也就大概知道了。东郭居士经常散步的亭子取名叫“浩然”，摒弃世俗，所失去的不过很微小的一部分，就好像莎鸡的一对翅膀一般；因追名逐利，所经受的磨难和挫折就好像大鹏鸟的翅膀一般。如果命运通达，那么万物各尽其职分，为他提供最大程度的帮助。如果处境十分艰难，那么什么也不能对他的心绪造成影响。这样看来，东郭居士简直就是一个闻道者啊。

【赏析】

此篇文章是黄庭坚担任太和令一职时所写。文章通过对自然的一种审美从而达到内在实质的超越。黄庭坚以东郭居士为主角，阐述了获得道境的全过程。这篇文章最突出的特点是层次井然有序，既讲明道理又很有情趣、理趣。当时，中国知识分子最普遍的一种人生态度就是“达则兼济天下，穷则独善其身”。毫无疑问，“独善其身”的最好选择就是归隐林泉，以朝云暮雨洗涤心灵。这篇文章的东郭居士又将“乐于丘园”自然而然地上升到一种哲学境界，真让人回味无穷，发人深省。

答李几仲书

【原文】

庭坚顿首几仲司户足下[1]：昨从东来，道出清湘八桂之间[2]。每见壁间题字，以其枝叶，占其本根，以为是必磊落人也[3]。问姓名于士大夫与足下一游旧者，皆曰是少年而老气有余者也。如是已逾年，恨未识足下面耳[4]。今者乃蒙赐教，称述古今，而归重于不肖[5]。又以平生得意之文章，倾困倒廪，见畀而不吝。秋日楼台，万事不到胸次，吹以木末之风[6]，照以海滨之月。而咏歌呻吟足下之句，实有以激衰惰而增高明也[7]，幸甚。

庭坚少孤，窘于衣食，又有弟妹婚嫁之责，虽早知从先生长者学问，而偏亲白发[8]，不得已而从仕。故少之日得学之功十五，而从仕之日得学之功十三，所以衰不进，至今落诸公之后也。

窃观足下天资超迈，上有亲以为之依归，旁有兄弟以为之佽助[9]，春秋未三十，耳目聪明，若刻意于德义经术，所至当不止此耳。非敢谓足下今日所有不足以豪于众贤之间，但为未及古人，故为足下惜此日力耳[10]。

天难于生才，而才者须学问琢磨，以就晚成之器，其不能者，则不得归怨于天也。世实须才，而才者未必用，君子未尝以世不用而废学问。其自废惰欤？则不得归怨于世也。凡为足下道者，皆在中朝时闻天下长者之言也[11]。足下以为然，当继此有进于左右。

秋热虽未艾[12]，伏惟侍奉之庆[13]。龙水风土比湖南更热[14]，老人多病眩。

奉书草草，唯为亲为己自重⑮。

【注释】

①顿首：古代一种致敬的礼节。司户：古代一种官职，主要负责户籍赋税、仓库受纳等事宜。

②清湘：今湖南之地。八桂：代指今广西之地。

③磊落：性情率真，光明磊落。

④恨：遗憾。

⑤归重：指对方的尊重颂扬之辞。不肖：对自己的一种谦称。

⑥木末：树梢。

⑦衰愞（ruǎn）：衰老软弱。愞，通假字，同“懦”。

⑧偏亲：黄庭坚父亲去世较早，只有母亲在世，所以称偏亲。

⑨佽助：资助。

⑩日力：岁月。

⑪中朝：京城朝廷之中。

⑫艾：减退，消失。

⑬侍奉之庆：以侍奉父母为幸事。

⑭龙水：河名，这里指宜州。

⑮唯：祈愿。

【译文】

曾经从东面一路走来，行路途中，经过清湘八桂之间，经常可以看见壁间有您的亲笔题字，从这些字的一笔一画，可以大概知道您个人的本质，我觉得，能写出这样的字的人一定性情率真，坦荡磊落。向士大夫们询问写字人的姓名，连只和您有过一面之缘的都说：“别看这个人很年轻，但行事却很老成。”一年的时间过去了，我一直以没能和你认识感到十分遗憾。令人意外的是，我竟然能得到您的赐教，看中我这个没有什么才能的人，还不惜把平生觉得最优秀的文章全部拿出来给我过目。秋天的楼台上，我脑海里一片空白，就这样吹着清凉的微风，欣赏着海滨迷人的月光，在这样的情景下吟诵你的这些诗词文章，简直让我的智慧大大增长啊！我是多么幸福啊！

很小的时候，我的父亲就去世了，连吃穿都很困难，还要照顾弟弟妹妹的日常起居和婚嫁等事。我应该早点向先生请教，但是母亲年纪大了，我只能早早为官。因此，年轻的时候，我用在学习上的工夫不过十分之五，做官之后，用在学习上的工夫就只有少得可怜的十分之三了。就这样，我的学问毫无长进，以至于远远落后于你们了。

我觉得您有很高的天赋，不仅有父母双亲可以依赖，还有兄弟可以助您一臂之力。何况，您还不到三十岁，正是耳聪目明的好时候，假如您愿意在道德和学问方面再多花点时间学习，所达到的高度恐怕远远超过现在呢！应该说，您现在所取得的成就还不能和古人所达到的高度相提并论，因此，我很为您的时光和功力感到深深的遗憾。

人才并不是天生的，真正能称为人才的人一定要经过学问的研究琢磨，才能成才。对于那些没有取得成就的人，就不能怨天尤人了。世间当然需要人才，但并不是所有的人才都会被重用，有美好德行的人不会因为世间不用就对自己的学问有所荒废。那些颓废懒惰的人，当然就不能埋怨这个世道了。和您说的这一切，我也是从朝堂上的那些长者那里听来的，如果您觉得有道理，从此之后，应该比现在更努力，更进步。

秋天的余热依然存在，我为您能侍奉长辈而感到庆幸。龙水的天气可比湖南热很多，对于老人来说，很容易头晕眼花，草草写下这书信给您，希望您为亲人也为自己多多注意身体。

【赏析】

这是一封劝勉后辈努力的社交信。在当时，李几仲年轻有为，小有成就，但就是十分自负。他之所以给黄庭坚写信，还把自己觉得最好的文章寄给黄庭坚，不仅是求教，更多的是炫耀。对这样一位骄傲自负的年轻人，黄庭坚可谓费了一番极大的功夫：明褒实贬，既劝李几仲不要太过自负，还从另一个角度勉励他努力学习，超越前人。文章的词句娓娓道来，丝毫不让人觉得犀利。

苦笋赋

【原文】

余酷嗜苦笋，谏者至十人，戏作《苦笋赋》，其辞曰：

僰道苦笋①，冠冕两川②。甘脆惬当，小苦而反成味；温润缜密，多啖而不疾人。盖苦而有味，如忠谏之可活国；多而不害，如举士而皆得贤。是其钟江山之秀气③，故能深雨露而避风烟。食肴以之开道，酒客为之流涎。彼桂斑之梦永④，又安得与之同年！

蜀人曰："苦笋不可食，食之动痼疾⑤，令人萎而瘠。"予亦未尝与之言。盖上士不谈而喻；中士进则若信，退则眩焉⑥；下士信耳而不信目，其顽不可镌。李太白曰："但得醉中趣，勿为醒者传。"

【注释】

①僰（bó）道：汉县名。今四川宜宾县境。

②两川：东、西川的合称。

③钟：聚集。

④桂斑：桂，一种竹子，即筀竹。斑，竹子的一种，即斑竹。

⑤痼疾：久治不愈的病。

⑥眩：迷惑不解的样子。

【译文】

我向来十分喜欢吃苦笋，但是有十来人劝我不要这样，于是，我很随便地写下这篇《苦笋赋》，其文如下：

僰道这个地方产的苦笋，在两川中是名列第一的。它的味道甜度适中，清脆爽口，虽然入口有一丝微苦但别有一番风味；它温润无比，口感细密，即使吃多了也不会对人的身体有所损伤。虽然有一丝苦却更有滋味，对身体健康也有好处，就好像忠言逆耳却对国家有利的道理一样；多吃不会有任何伤害，就好像多举士人，得到的几乎都是贤士一般。这里的苦笋得天独厚，汇聚江山灵气，雨露滋润，因此能够很好地回避风烟的侵犯。用苦笋做美味佳肴，可以让人食欲大振，用苦笋来下酒，令人垂涎三尺。真是觉得可笑啊，那些桂斑虚有其表，竟然也妄想人们能称赞它，可它们又有什么地方能与苦笋相提并论呢。

四川人常说这样一句话："苦笋不能食，吃了发旧病，让人瘦而死。"我一点也不想和他们争辩什么。因为，上等之人通晓事理，根本不需要多说什么；中等之人当着你的面表示相信，可之后又表示疑惑；下等之人只听谣言，一点也不相信自己眼睛所看见的，就像岩石一般顽固，根本不能雕刻与凿穿。这就是李白所说的："但得醉中趣，勿为醒者传。"

【赏析】

这篇赋层次分明，道理浅显易懂。第一，赞美苦笋对人的身心健康有好处。苦笋"小苦"、"温润缜密"，但"甘脆惬当"，因此有益身体健康。第二，将自身体验很好地融入其中，寓意深刻：苦笋的味道虽然有点苦，但却能让人食欲大振，就好比忠言，虽然逆耳，听了却有很大的好处。苦笋与忠臣惊人的相似。但世人却很多都不明白，苦笋味道鲜美，却总是受到诽谤，而桂斑虚有其表，却总是很受大家的欢迎。这就好比敢于进谏的忠臣却总是遭到不公正的对待，而奸巧邪佞的人往往仕途顺利，平步青云。对于这样的局面，作者是极其蔑视的。黄庭坚这位博学的作者，在文章的最后，以李白的诗句“但得醉中趣，勿为醒者传”做结束语，真让人拍案叫绝。诗句说，对饮酒十分青睐的李白以自得醉中之趣为乐，告诫自己千万别向饮酒的人说出醉酒的乐趣。从表面意思来看，黄庭坚的意思是不要把苦笋的好处对不理解的人讲，但对于苦笋的不平之鸣、怜才之意却呼之欲出，有极大的感染力。

参考文献

[1] 陶文鹏 . 宋诗精华 [M]. 桂林：广西师范大学出版社，1996.

[2] 蒋方 . 黄庭坚集 [M]. 苏州：凤凰出版社，2014.

[3] 缪钺，等. 宋诗赏析词典 [M]. 上海：上海辞书出版社，1987.

[4] 赵山林，潘裕民. 桃李春风一杯酒：宋诗经典解读 [M]. 上海：中西书局，2009.

[5] 黄庭坚，著，郑永晓，编. 黄庭坚全集 [M]. 成都：四川文艺出版社，2001.

[6] 陈永正. 黄庭坚诗选注 [M]. 上海：上海古籍出版社，1985.

[7] 黄宝华. 黄庭坚诗词文选评 [M]. 上海：上海古籍出版社，2003.

[8] 朱安群，等. 黄庭坚诗文选译 [M]. 成都：巴蜀书社，1991.

[9] 李敬一，等. 宋诗赏析词典 [M]. 上海：上海辞书出版社，1987.

[10] 王臣. 只愿无事常相见闲品古诗词之美 [M]. 北京：东方出版社，2015.

[11]（宋）谢枋得，（清）王相，编选；张卫国，译评. 崇文国学经典普及文库千家诗 [M]. 武汉：崇文书局，2015.

[12] 周春玲. 儿童熟读古诗 300 首（下册）[M]. 长春：吉林美术出版社，2004.

[13] 金性尧. 宋诗三百首 [M]. 上海：上海古籍出版社，1986.

[14] 张鸣. 宋诗选 [M]. 北京：人民文学出版社，2004.

[15] 陈祥耀等. 宋诗赏析词典 [M]. 上海：上海辞书出版社，1987.

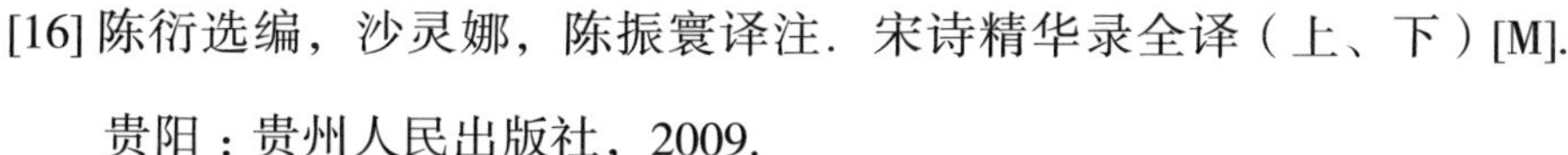

[16] 陈衍选编，沙灵娜，陈振寰译注．宋诗精华录全译（上、下）[M]. 贵阳：贵州人民出版社，2009.

[17] 史乘，等 . 宋诗赏析词典 [M]. 上海：上海辞书出版社，1987.

[18] 史乘，等．宋诗赏析词典 [M]. 上海：上海辞书出版社，1987.

[19] 李元强，卢晋．宋诗赏析词典 [M]. 上海：上海科学技术文献出版社，2008.

[20] 黄庭坚诗文选译 [M]. 南京：凤凰出版社，2011.

[21] 张海鸥．宋名家诗导读 [M]. 广州：广东人民出版社，2001.

[22] 朱明伦，等．宋诗赏析词典 [M]. 上海：上海辞书出版社，1987.

[23] 赵彩娟，郁慧娟，温斌．中国古代文学作品补选 [M]. 天津：南开大学出版社，2014.

[24] 上海辞书出版社文学赏析词典编纂中心．黄庭坚诗文赏析词典 [M]. 上海：上海辞书出版社，2012.

[25]（宋）黄庭坚．黄庭坚全集辑校编年 [M]. 南昌：江西人民出版社，2011.

[26] 李静，等．唐诗宋词赏析大全集 [M]. 北京：华文出版社，2009.

[27] 萧枫．唐诗宋词全集八卷 [M]. 北京：中国文史出版社，2001.

[28]（宋）黄庭坚，（宋）秦观．黄庭坚词集秦观词集 [M]. 上海：上海古籍出版社，2016.

[29] 霍松林．宋诗举要 [M]. 芜湖：安徽师范大学出版社，2015.

附录　黄庭坚个人简介

黄庭坚（1045—1105），字鲁直，号山谷道人，晚号涪翁，黔安居士，八桂老人。北宋诗人、书法家。黄庭坚之父黄庶（字亚父）为庆历二年（1042）进士，做官不得志，遂刻意于诗词，黄庶作诗学杜甫，著有《伐檀集》一书。黄庭坚的舅父为李常（字公择），是一位诗人兼藏书家。

黄庭坚自幼聪颖过人，五岁时就能背诵五经，七岁时写过一首《牧童诗》："骑牛远远过前村，吹笛风斜隔岸闻。多少长安名利客，机关用尽不如君。"因此，黄庶非常喜爱黄庭坚这个孩子。其舅父李常时常来黄家，随便从书架上取出一本书查问黄庭坚，黄庭坚都能对答如流。李常十分惊奇，称黄庭坚有"一日千里之功"。

嘉祐三年（1058），黄庭坚之父黄庶在康州（今广东省德庆县）任上去世。当时由于家境不太富裕，黄庭坚大约十五岁左右，就跟着舅父李常到淮南游学。嘉祐六年，黄庭坚在扬州（今江苏省扬州市）认识了诗人孙觉（字莘老）。孙觉十分推崇杜甫，他认为杜甫的《北征》诗远远胜过韩愈的《南山》诗。而另一位诗人王平甫却坚持认为《南山》诗比《北征》诗好。两人不停地争论着，谁也不能说服对方。这时候，恰巧黄庭坚也在座，于是两位老人就征求黄庭坚的意见，黄庭坚回答道："若论工巧，《北征》不及《南山》。若书一代之事，以与《国风》《雅》《颂》相为表里，则《北征》不可无，而《南山》虽不作，未害也。"（范温《潜溪诗眼》）当时的黄庭坚只有十七岁，而他的一席之言，使两位老前辈心服口服，都十分称赞黄庭坚的才气，正是他的一席话结束了他们之间的这场争论。从此，孙觉非常赞誉黄庭坚这位聪颖少年，后来，孙觉就把自己的女儿孙兰溪许配给了黄庭坚。

嘉祐八年，黄庭坚第一次参加省试，当时，传说他中了解元，住在一起的考生就设宴为他庆贺。正在饮酒的时候，有一仆人走了进来，并告诉大家：这里有三个人考中了，而黄庭坚并不在其内。于是，席上落第者纷纷散去，而黄庭坚依旧若无其事自饮自酌，喝完之后，又与大家一同看榜，没有一点沮丧的神色。

宋英宗治平三年（1066），黄庭坚再次参加了省试。诗题是《野无遗贤》，主考李洵看到黄庭坚试卷中的“渭水空藏月，传岩深锁烟”，不禁拍案叫好。说黄庭坚“不特此诗文理冠场，他日有诗名满天下”。就此黄庭坚考中了第一名。

第二年春天，黄庭坚再到汴京（今河南省开封市）参加礼部考试，中了三甲进士，从此黄庭坚登上了仕途。黄庭坚初任余干县主簿，后调往汝州叶县（今河南省叶县）县尉，途中，黄庭坚写下了《冲雪宿新寨不乐》一诗：“县北县南河日了，又来新寨解征鞍。山衔斗柄三星没，雪共月明千里寒。小吏有时须束带，故入频问不休官，江南长尽梢云所，归及春风斩竿竿。”诗中抒发了黄庭坚开始走向仕途，对小吏生涯郁郁不乐的心情。熙宁五年（1072），诏举四京学官，黄庭坚考得优等，被任为北京（今河北省大名县）国子监教授。当时留守北京的文学泰斗文彦博很器重黄庭坚的超人才学，在黄庭坚任满之后，又留他再任，黄庭坚一直在北京度过了七年。七年中，黄庭坚致力于诗歌创作，在艺术技巧上有较大的提高。元丰元年（1078），黄庭坚作了二首古风，投书给当时的徐州太守苏轼，以表示对苏轼的仰慕之意。苏轼读了其诗后，认为黄庭坚“超绝尘，独立万物之表，驭风骑气，以为造物者游，非今世所有也。”从此，黄庭坚的诗名大振，两位著名的大诗人也从此结下至死不渝的深厚友谊。

宋神宗即位后，于熙宁三年（1070）任命王安石为宰相，王安石开始推行新法。新法一开始就遭到了以司马光为首的保守派的激烈反对。后来新旧两党斗争愈演愈烈，革新和保守的斗争逐渐蜕化成了官僚集团之间的争权夺利，这场斗争一直延续到了北宋的灭亡。在这场斗争中，黄庭坚站在了旧党一边，黄庭坚十分尊敬司马光和苏轼兄弟二人。在司马光去世后，黄庭坚作诗追挽：“毁誉盖棺了，于今名实尊。哀荣有亡命，终始酌民言。蝉冕三公府，深衣独乐园。公元两无累，忧国爱元元。”（《司马文正公挽词四首》之四）但是，黄庭坚也十分尊敬王安石的人品：“然余尝观其风度，真视富贵如浮云，不溺于财利酒色，一世之伟人也。”（《跋王荆公禅简》）黄庭坚虽然没有积极地加入这场斗争，但他的一生被卷入政治斗争的旋涡里，仕途跌宕起伏。

元丰三年（1080），黄庭坚入京改官，被任为吉州太和县（今江西省太和县）知县。这是黄庭坚第一次独当一面，担任地方官。为了深入了解人民的生活疾苦和实际情况，他常常深入穷乡僻壤，几年间，黄庭坚几乎踏遍了太和县境的每个角落，他将农民的疾苦，如实上报，减轻农民负担。元丰六年，黄庭坚调任德州平镇（今山东省商河县境内）的监镇压官。此时的德州通叛赵挺之属于新党，正在德州推行市易法（由官府管理市场贸易），黄庭坚认为德平镇小民贫，实行市易法有困难，不同意这样做，从而与赵挺之不断公文往来，反复争论此事，这也为黄庭坚种下了贬官的祸根。

元丰八年（1085）三月，宋神宗去世，宋哲宗即位，因宋哲宗年幼，由宋神宗的母亲太皇太后高氏执政，司马光任宰相。四月，黄庭坚被召入汴京任秘书郎，因司马光的推荐，参加了校定《资治通监》的工作；十月，被任为宋神宗实录院检讨官，集贤校理，主持编写《神宗实录》。

绍圣元年（1094）十二月，黄庭坚被贬为涪州（今四川省涪陵县）别驾、黔州（今四川省彭水县）安置，左右惨然不安，他却颇能自我解脱，坦然处之，在黔州四年，寓居开元寺摩围阁，仍然诵书写字，沉醉于艺术世界之中。绍圣四年，黄庭坚的外兄张向任提出举夔州路常，十二月，朝廷以“回避亲嫌”为由，下诏黄庭坚移到戎州（今四川省宜宾市东北），在州南的一个僧寺里住下来。为了避免遭受进一步的迫害，黄庭坚自称“身如槁木，心如死灰”，把寺中的居室叫作“槁木庵”和“死灰 ”。后来在城南另外租了房子，又起名叫“任运堂”，表示自已安分守命，无心世事了，所以，在戎州的三年中，黄庭坚的生活还算安定。

元符三年（1100）正月，宋哲宗去世，宋徽宗即位，暂时由太后向氏听政。五月，诏复司马光等三十三人入官。十月，蔡京等人相继被贬出京。次年改元为建中靖国元年（1101）三月，黄庭坚接到权知舒州的任命。四月，又被召为吏部员外郎。他两次上表，说明身有羸疾，请求在太平州（今安徽省当涂县）或无为军（今安徽省无为县）当一个地方官。崇宁元年（1102）四月接到知太平州任命。六月，到达太平州，接受了知州的职务。不料只过了九天，吏部公文就下来了，免去了知州职务。原来，此时徽宗亲政，起用蔡京为相，新党重新掌握政权，蔡京等人对旧党人物的迫害比绍圣年间更加残酷。

崇宁二年（1103）四月，下诏销毁三苏、秦观和黄庭坚的文集。九月，又下诏在各地立“元祐奸党碑”，几乎把旧党人物一网打尽。这时，赵挺之已被蔡京荐为副宰相。庭坚在德平镇时曾与赵有过政见上的冲突，因而假公营私报宿怨，暗中指使荆州转运判官陈举从庭坚所写《承天院塔记》中摘取“天下财力屈竭”等语句，诬告庭坚“幸灾谤国”，使庭坚受到“除名羁营宜州”（今广西省宜山县）的严厉处分。崇宁三年（1104）三月，黄庭坚来到了宜州贬所，一直被官府刁难。一年后，黄庭坚被迫搬到城头破败戍楼里栖身，人不堪其忧，但终日读书赋诗，举酒浩歌，处之泰然。宜州人民敬其旷达高洁，许多人慕名前往求诗求书，向他请教学问，黄庭坚也尽量满足来访者的要求。

崇宁四年（1105）九月三十日，黄庭坚病逝于戍楼，终年六十一岁。大观三年（1109）春，由苏伯固、蒋伟护柩归葬修水县双井祖坟之西。南宋绍兴初年，宋高宗中兴，追封黄庭坚为直龙图阁士，加太师，谥号文节。

黄庭坚出自于苏轼门下，当时，黄庭坚与张耒、秦观、晁补之并称为“苏门四学士”，后与苏轼齐名，世称“苏黄”。黄庭坚最重要的成就是诗。黄庭坚的诗论标榜杜甫，但是强调读书查据，以故为新，“无一字无来处”和“脱胎换骨，点铁成金”之论。在艺术上讲究修辞造句，追求奇拗硬涩的风格。其诗多写个人生活，且称诗歌不当有“散谤侵陵”的内容，但在若干作品中仍表现出倾向旧党的政治态度。黄庭坚在宋代影响颇大，开创了江西诗派。

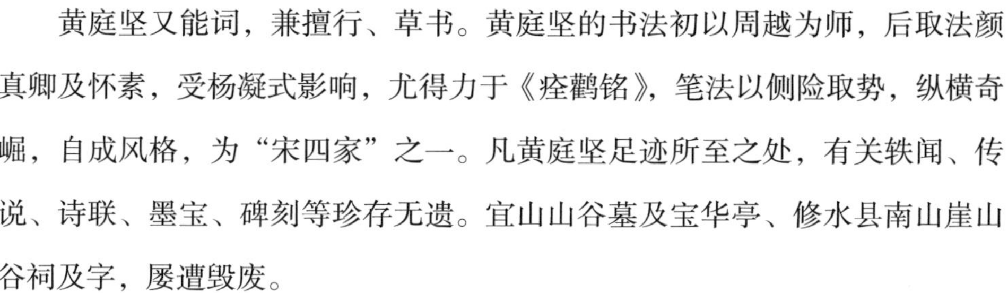

黄庭坚又能词，兼擅行、草书。黄庭坚的书法初以周越为师，后取法颜真卿及怀素，受杨凝式影响，尤得力于《瘗鹤铭》，笔法以侧险取势，纵横奇崛，自成风格，为“宋四家”之一。凡黄庭坚足迹所至之处，有关轶闻、传说、诗联、墨宝、碑刻等珍存无遗。宜山山谷墓及宝华亭、修水县南山崖山谷祠及字，屡遭毁废。

黄庭坚墓位于江西省九江市修水县杭口乡双井村，为圆顶结构，仍保持宋代古墓风貌，朴素壮观。墓园占地面积600平方米，大门为牌坊式门楼，进门为碑刻式屏风，中为黄庭坚自题小像，墓前有4柱3碑，中刻“宋谥黄文节公之墓”。建国后，黄庭坚墓被列为省级文物保护单位，增筑了围墙，新修了古式门楼。

（本文节选自蒋方编选．黄庭坚集：凤凰出版社，2014；黄庭坚著，郑永晓编．黄庭坚全集：四川文艺出版社，2001.）